Jürgen Breest

Tod auf der Wümme

Jürgen Breest

Tod auf der Wümme

Bremen-Krimi

Igel Verlag *Literatur*

Bibliographische Information der *Deutschen Bibliothek*:

Die Deutsche Bibliothek verzeichnet diese Publikation in *Der Deutschen Nationalbibliografie*; detaillierte bibliographische Daten sind im Internet über *http://dnb.ddb.de* abrufbar.

Umschlaggestaltung unter Verwendung eines Photos von Rainer Griese, Troisdorf, (Vorderseite) und Jürgen Breest (Rückseite)

1. Auflage 2006

Igel Verlag
Uhlhornsweg 99a
26129 Oldenburg
Tel.: 0441-6640262
Fax: 0441-6640263
Email: igelverlag@t-online.de
Herstellung: Fuldaer Verlagsanstalt

ISBN 3-89621-219-2

Mysteriöser Leichenfund

Toter bei Schiffsbrand auf der Wümme

Bremen-Borgfeld (Rab)
In den gestrigen frühen Morgenstunden wurde ein brennendes Sportboot in einer Schilfbucht der Wümme entdeckt. Das Schiff brannte völlig aus. In den Trümmern wurden die Reste einer männlichen Leiche entdeckt. Vermutlich wurde der Brand durch die Explosion einer Gasflasche ausgelöst. Ob es sich um einen Unfall oder ein Verbrechen handelt, ist noch ungeklärt. Nähere Aufschlüsse erhofft sich die Polizei durch eine Obduktion des Toten sowie durch Laboruntersuchungen von Wrackteilen.

Artikel aus dem ›Weser Kurier‹

I

Vor dem Frühstück machte er den üblichen Rundgang durch den Garten. Einige neue Rosen öffneten sich und reckten sich taubetropft nach den frischen Sonnenstrahlen, die durch das lockere Laub des Nußbaums fielen. Es war Mitte Mai, und das zarte Grün hatte noch kein undurchdringliches Dach gebildet. Leuchtend rote und orangene Azaleen protzten mit prächtigen Blüten, und weiße Rhododendronbüsche wetteiferten mit flockig erblühtem Kirschlorbeer. Der Rasen war schon ein paarmal gemäht worden und vom satten Regen der letzten Wochen dicht und fest.

Coldewey atmete tief durch. Man roch den Kaffee von der Rösterei aus der Hemelinger Marsch. Südwind. Den erkannte man auch an den Eisenbahngeräuschen, die vom Tunnel der Steubenstraße herüberdröhnten. Mittelmeerluft, es würde warm werden, hoffentlich endlich mal über zwanzig Grad. Störend war allerdings der Straßenlärm von der Kurfürstenallee, der an solchen Tagen bis hierher in die Heinrich-Heine-Straße drang. Die Sirene eines Rettungswagens erinnerte daran, daß dieser Frühsommermorgen nicht nur zum Genießen da war.

Coldewey ging ums Haus zum Briefkasten, der in einen der gemauerten Pfeiler der Gartentür eingelassen war. Drei Briefe und zwei Zeitungen, ›Die Süddeutsche‹ und der ›Weser Kurier‹. Er roch an den Zeitungen und grinste zufrieden. Er pflegte sie nach dem Frühstück zu lesen, möglichst bevor sie Beate in die Hände fielen. Seine Frau hatte eine ganz eigene Art, die Zeitung neu zu falten. Für ihn war das wie eine Entweihung. »Du nimmst sie einfach in Besitz und bringst mich damit um ein Vergnügen«, hatte er ihr mal gesagt. Sie hatte ihn nur ratlos angesehen.

Reklameprospekte aus dem ›Weser Kurier‹ klatschten auf den Steinplattenweg, der von der Straße zum Haus führte. »Immer dieses überflüssige Papier!« schimpfte er. Er hob es stöhnend auf. Zwei bunte Kataloge warben für die neue Damensommermode. »Vielleicht was für Beate«, brummte er. Sein Blick fiel auf die Briefe. Einer von seinem Verlag in Hamburg, einer für Beate von der Universität, für die sie manchmal Übersetzungen machte, und einer mit handgeschriebener Adresse an ihn. Er schaute auf den Absender: Anneliese Metzner. Er zuckte zusammen und stolperte über das Damenfahrrad, das den Gehweg versperrte. »Verdammt!« Er stellte das schräg gegen den Taxusbusch gelehnte Rad gerade hin und klappte den Ständer aus. Beate hatte Brötchen geholt und den Weg um das Haus zur Garage wie immer als zu weit empfunden. »Sicher will sie noch mal los«, murmelte er und schloß die Tür auf. Die mit roten italienischen Terrakotta-Platten gepflasterte Diele enthielt kaum Möbel. Eine Garderobe, eine Biedermeierkommode für die Schuhe, ein venezianischer Spiegel, den Beate geerbt hatte, und ein paar gerahmte Großfotos von Reihern, Schwänen und Enten waren alles und ließen viel Platz. Coldeweys Schlappen klatschten auf dem Boden, als er zum Wohnzimmer lief, wobei er die Zeitungen und die Briefe auf die Kommode legte.

Leise Radiomusik von ›NDR Kultur‹, Kaffeeduft und eine Flut von Licht, das durch die riesigen, bis zum Boden reichenden Fenster hereinströmte, empfingen ihn. Der große Raum war aufgeteilt in eine Eßecke und eine Sitzecke mit schweren Polstermöbeln. Ein Biedermeiersekretär, eine alte Eichentruhe, ein englischer Vitrinenschrank fürs Geschirr, Bücherregale und Landschaftsbilder im Worpsweder Stil sorgten für Behaglichkeit.

Beates in der Mitte gescheiteltes, halblanges Haar war frisch getönt. Der rötliche Schimmer war neu. Im Gegensatz zu ihm, der seine grauen Locken gern herzeigte, verbarg sie die Strähnen, die zu ihrem sonst noch so jungen Gesicht nicht passen wollten. Die randlose Brille vergrößerte die blaugrünen Augen, die ihn amüsiert musterten. »Ich hab dich in der Küche fluchen gehört. Bist du wieder mal übers Rad gefallen?« Sie biß in ein Honigbrötchen und leckte sich danach die Lippen.

Der Tisch vor ihr war sorgfältig gedeckt. Die Brötchen lagen wohlgeordnet im Körbchen, der Aufschnitt, den er morgens gern zu sich nahm, lag hübsch drapiert auf einem Silbertablett, und eine Glasvase mit frischen Rosen aus dem Garten rundete das freundliche Bild ab.

»Beinah. Und irgendwann breche ich mir die Knochen. Darauf kannst du dich verlassen«, brummte Coldewey.

»Oh, der Herr beliebt zu murren an diesem wunderschönen Morgen. Gibt es Post?«

»Einen Brief für dich von der Uni, einen für mich vom Verlag und einen von einer älteren Dame. Du wirst nie darauf kommen, wer mir da schreibt. Und eigentlich will ich auch gar nicht wissen, was sie mir mitzuteilen hat. Bestimmt nichts Erfreuliches.« Coldewey setzte sich und breitete die Serviette betont sorgfältig über die verschlissenen Jeans, als benötigten sie besonderen Schutz.

»Spann mich nicht auf die Folter. Wer schreibt dir?«

»Anneliese Metzner.« Coldewey nahm ein Brötchen und schnitt es auf. Beate schenkte ihm Kaffee ein. Er bedankte sich mit einem Kopfnicken.

»Metzner? Die Frau von unserem berühmt berüchtigten Ulf Metzner, dem Weggefährten deiner Jugend, dem Charmebolzen, der wie kein anderer Blicke werfen konnte?«

»Die Mutter, die schöne Anneliese, in die wir damals alle verliebt waren. Unser Klassenschwarm.«

»Von der gewisse ältere Herren immer noch Fotos aufbewahren.«

»Wie bitte? Was für Fotos?«

»Ach, komm. Du weißt schon, was ich meine. In deiner Grabbelkiste gibt es mehrere Jugendfotos von Ulf Metzner und dir. Auf einem steht zwischen euch eine hübsche junge Frau, die die Arme um eure Schultern gelegt hat.«

»Donnerwetter! Ja, stimmt. Dein Gedächtnis möchte ich haben. Das hatte ich völlig vergessen.«

»Verdrängt trifft's wohl besser.«

»Jawohl, Frau Psychologin. Dieser Abschnitt meiner Jugend ist mir immer noch sehr unbehaglich.« Er strich sich Butter auf das Brötchen.

»Nicht so viel Fett. Denk an dein Herz.«

»Ja, verdammt nochmal!« Er tat einen Teil der Butter zurück in die Dose. Krümel klebten daran.

»Ach nein, Jörn! Das ist unappetitlich.« Beate rümpfte die zierliche Nase und verzog den vollen, leicht geschminkten Mund.

»Wieso? Ich hab nicht daran geleckt. Und die Krümel sind absolut sauber. Mich stören die nicht. Aber du kannst sie gern abpulen, wenn du dich nicht vergiften willst. Und wenn ich jetzt das benutzte Buttermesser in den Honig tauchen würde, könntest du nur vor Ekel dahinscheiden oder für immer davonlaufen, nicht wahr?« Er grinste sie herausfordernd an.

»Willst du Streit oder nur ablenken? Nun hol schon den Brief, ehe wir uns die Köpfe einschlagen. Ich will mich nicht ärgern und bin neugierig. Warum wart ihr alle verliebt in Metzners Mutter?«

»Weil sie so jung und mädchenhaft war. Sie war kaum zwanzig bei Ulfs Geburt, also erst Anfang dreißig, als Ulf und ich uns kennenlernten. Keiner in der Klasse hatte eine so junge, attraktive Mutter. Wenn ich an meine denke – die war damals schon über vierzig und in unseren Augen uralt. Als Frau jenseits von Gut und Böse.«

»Das gehört sich auch so für Mütter. Wann willst du eigentlich mit deiner zum Augenarzt? Du hast versprochen, sie zu fahren.«

»Erst in fünf Wochen. Hoffentlich ist der Druck in Ordnung. Ich bin mir nicht sicher, ob sie regelmäßig die Tropfen nimmt. Sie wird immer vergeßlicher.«

»Was man auch von dir sagen kann. Du vergißt ständig, daß du vorsichtig mit tierischen Fetten sein sollst.« Sie sah ihm besorgt zu, wie er sich den Schinken doppelt aufs Brötchen legte.

»Jaja. Jedenfalls hat Anneliese Metzner nicht an uns rumgemeckert. Sie hat uns wie Erwachsene behandelt und richtig mit uns geflirtet. Ihr Mann war ja schon wesentlich älter und ist damals an einem Herzinfarkt gestorben.«

»Apropos Herzinfarkt. Zwei Lagen fetter Schinken sind dafür die beste Voraussetzung.«

»Ach, verdammt, Beate! Du kannst einem wirklich den Appetit verderben!« Er warf das angebissene Brötchen wütend auf den Teller.

»Owehoweh, ich nehme alles zurück. Bring dich nur um.«

»Du deckst den Tisch, daß einem das Wasser im Mund zusammenläuft, und wenn ich mich dann bediene, zählst du mir die Bissen in den Hals. Das ist nicht fair, verflucht. Das ist überhaupt nicht fair.«

»Ja, ich gebe mir Mühe, daß alles hübsch aussieht, aber das ist doch kein Freibrief für dich, die Beherrschung zu verlieren. Für mich ist das ein ästhetisches Problem, und für dich ein primitiv animalisches.«

»Ja, die Menschen sind eben verschieden. Ich bin gern animalisch primitiv. Als Tierfilmer bin ich dazu verpflichtet. Hier, hab ich etwa einen Wanst?« Er stand auf und streckte den Bauch vor. »Hab ich die bei den meisten Mittfünfzigern üblichen Hängebäckchen?« Er schlug sich auf die straffen Wangen. »Oder das obligate Doppelkinn?« Er massierte sich den Hals und setzte sich wieder.

»Jetzt willst du hören, daß du viel jünger wirkst, als du bist. Ja, Großpapa, niemand sieht dir deine Enkelkinder an. Und trotzdem hast du's am Herzen und mußt vorsichtig sein. Willst du wissen, wieviel Cholesterin in rohem Schinken sitzt?«

»Nein. Wenn du ihn mir nicht gönnst, dann kauf ihn gefälligst nicht.«

»Ich mag ihn aber selber gern. An Parmaschinken könnt ich mich befressen. Tu ich's?«

»Du hast dich eben in der Gewalt und ich nicht. Ach, verdammt, Beate, was treiben wir hier eigentlich?« Er schüttelte sich, als sei ihm kalt.

Sie lachte. »Frühstücken. Und wir zanken uns ein bißchen, damit wir uns jung und lebendig fühlen. Warte nur ab, in zwanzig Jahren ersticken wir an zuviel Harmonie. Spaß beiseite: dir ist jedes Mittel recht, um von dem Brief abzulenken. Hol ihn endlich.«

»Stimmt. Ich würde ihn am liebsten ungeöffnet in den Müll werfen. Laß mich wenigstens erst aufessen.« Er halbierte den Schinken auf der einen Brötchenhälfte und legte den Rest auf die andere.

Beate grinste. »Gut so. Wäre doch schade um ein derart stattliches Mannsbild, um meine Mutter zu zitieren. Wir haben's aber heut mit den Müttern.« Sie betrachtete ihren Mann, der verdrossen sein Brötchen in sich hineinstopfte. Ein wenig tat er ihr leid. Es bereitete ihr kein Vergnügen, ihn zu zügeln, aber seine Vitalität, die oft an Unvernunft grenzte, stellte eine Gefahr für ihn dar. Er war kräftig gebaut, hatte einen Charakterkopf mit wilden Locken über buschigen Augenbrauen, mit einer großen Nase, einem fleischigen Mund und einem eckigen Kinn. Man sah ihm an, wie druckvoll das Blut in ihm pulsierte. ›Trotzkopf‹ hatte sie ihn genannt, als sie ihn kennenlernte, ›Wutkopf‹, nachdem sie vertrauter mit ihm war. Sie liebte seine Intelligenz, seinen Charme, und sie fürchtete sein cholerisches Temperament. In den mehr als dreißig Jahren, die sie sich jetzt kannten, war ihr ein Teil von ihm immer fremd geblieben. Alle Versuche, ihn ganz für sich zu öffnen, waren fehlgeschlagen. Wenn sie ihm zu sehr zusetzte, verschloß er sich völlig. Oft fühlte sie sich allein neben ihm. Zu jenem fremden Teil seiner Persönlichkeit gehörte auch diese unerklärliche Angst vor dem Brief von Anneliese Metzner.

Er aß noch ein zweites Brötchen mit Käse, trank den Orangensaft, den sie jeden Morgen frisch preßte, schüttete Kaffee obendrauf, reckte sich und strich sich mit beiden Händen über das Pilotenhemd mit den Achselstücken, sein Skipperhemd, wie er es nannte. Beate wußte, weshalb er es angezogen hatte. Bei dem Wetter drängte es ihn aufs Boot. Sie würde wieder mal allein bleiben und mit Radiomusik die Stille aus dem Haus treiben.

Seufzend stand er auf und holte Zeitungen und Post aus der Diele. »Hier«, er warf ihr den Brief von der Uni zu, riß seinen vom Verlag auf und setzte sich zurück an den Tisch. Eine Einladung zu einer Lesung aus seinem neuesten Kinderbuch in einer Lübecker Schule. Er las gern vor Kindern, und er fuhr gern nach Lübeck. Schade, daß es mit dem Boot zu weit war. »Na bitte«, sagte er zufrieden.

»Schön«, sagte Beate, als er ihr die Einladung zeigte. »Für mich nur eine Honorarabrechnung. Aber Geld ist auch nicht zu verachten. Nun mach ihn schon auf, oder soll ich es tun?« Sie zeigte auf den dritten Brief.

Er nahm ihn, wendete ihn hin und her, studierte den Absender. »Sie wohnt in der Clausthaler Straße. Ich glaube, die geht vom

Osterdeich ab. Früher hat sie in Schwachhausen gewohnt, in der Uhlandstraße.« Er wischte sein Messer in der Serviette ab und benutzte es als Brieföffner. Vorsichtig zog er ein einzelnes Blatt hervor, auf dem nur wenige Zeilen standen. »Wie ich vermutet habe. Das gibt Ärger. Da!« Wie angeekelt warf er ihr den Brief auf den Teller.

Sie las halblaut: »›Lieber Jörn, ich darf Dich doch noch ›lieb‹ nennen, auch wenn wir damals auf nicht so schöne Art und Weise auseinandergegangen sind. Ich hoffe, daß die lange Zeit, die inzwischen verstrichen ist, alle Wunden geheilt hat, so daß wir wieder normal miteinander umgehen können. Ich schreibe Dir, weil ich Dich um etwas bitten möchte. Ulf, der gerade erfolgreich eine Therapie in Bremen-Ost macht, spricht immer noch sehr oft von Dir und bedauert, daß Eure Freundschaft kaputtgegangen ist. Ich habe das Gefühl, daß er gern wieder Kontakt zu Dir aufnehmen würde und daß ein solcher sich positiv auf seine Therapie auswirken könnte. Ich wäre Dir unendlich dankbar, wenn Du ihn mal in der Klinik besuchen würdest. Ruf mich bitte an oder schau bei mir vorbei, damit wir alles Nähere besprechen können. Liebe Grüße, auch an Deine mir leider unbekannte Frau. Anneliese Metzner‹.«

Coldewey stöhnte, nahm eine Scheibe Mettwurst vom Teller und schob sie schnell in den Mund. »Da hast du's. Warum um Gottes Willen läßt sie das Vergangene nicht ruhen?«

Langsam faltete Beate den Brief zusammen. »Eine hübsche Schrift. Kräftig und schwungvoll. Irgendwie noch jugendlich.«

»Anneliese Metzner muß an die fünfundsiebzig sein.«

Versonnen schaute Beate auf den Teller vor ihr, strich sich mit der rechten Hand über Stirn und Haar. »Wieso hab ich sie eigentlich nie kennengelernt?«

»Weiß ich nicht mehr. Hat sich wohl nicht ergeben. Außerdem war mein Verhältnis zu Ulf schon so derangiert, daß ich dich in diesen schrecklichen Wust nicht mit hineinziehen wollte. Ich gebe zu, daß ich ganz egoistisch Ulf und erst recht seine Mutter aus unserem Familienleben herausgehalten habe. Ich wollte nicht, daß der Charmebolzen, wie du ihn nennst, mit seinen alkoholgetränkten Verführungskünsten auf Klein-Thomas losgelassen wurde. Das war übrigens auch einer der Gründe für unsere Krise. Er hat mir vorgeworfen, daß ich mich und mein Familienleben vor ihm abschotte. Dünkelhaft und arrogant sei ich gewesen.«

Beate schenkte sich Kaffee nach und legte den Deckel auf die Butterdose, nachdem sie noch einige Brötchenkrümel mit dem Messer entfernt hatte. »Naja, das ist ein weites Feld. Ich erinnere mich, daß ich gern mehr Kontakt zu Ulf und seiner Frau gehabt hätte. Hieß sie nicht Vera? Ich mochte sie. Sie war eine interessante Frau. Ich hab sie bewundert, weil sie trotz der Tochter ... deren Namen hab ich vergessen ...«

»Tina.«

»Weil sie trotz dieser Tina beruflich so erfolgreich war. Die hat sich nicht wegsperren lassen, um Kinder großzuziehen. Sie hat damals schon praktiziert, was erst heutzutage selbstverständlich ist: das Nebeneinander von Familie und Beruf.« Sie wischte mit der Serviette den Rand des Honigglases ab und schraubte es zu.

»Ach, du lieber Gott. Nicht dieses Thema, bitte. Was weißt du schon von Vera? Ihr habt euch doch kaum gekannt. Im Übrigen hab ich dich nicht weggesperrt, du selbst wolltest Zeit für das Kind haben. Außerdem hast du dich doch gut etabliert in den letzten Jahren.«

»Aber erst, nachdem Thomas aus dem Haus war.«

»Ja und?« Coldewey stand auf und reckte sich. »Dieses Emanzipationsgedöns im Zusammenhang mit Ulf und Vera ist nun völlig daneben. Vera hatte gar keine andere Wahl, als erfolgreich zu sein, weil sie Ulf immer wieder auffangen und auch finanziell absichern mußte. Der hat doch nur Chaos um sich verbreitet und wäre ohne Vera in der Gosse gelandet.« Coldewey machte einen Schritt in Richtung Tür.

»Wo willst du hin?«

»Raus.«

»Typisch. Findest du nicht, daß du damals ziemlich willkürlich in unser aller Leben eingegriffen hast?«

»Nee, finde ich nicht. Mir war nur wichtig, Berufliches und Privates auseinanderzuhalten, vor allem als Ulf mein Auftraggeber war. Wir haben schließlich eine Zeitlang von ihm oder besser durch ihn gelebt.«

»Das ist und bleibt grotesk. Ich hab mich damals schrecklich darüber geärgert. Ihr wart Schulfreunde, Studienfreunde, und plötzlich gehst du auf Distanz zu ihm, nur weil er als Redakteur Filmaufträge an dich vergibt. Du hast ihn ja nicht bestochen, oder?«

Coldewey machte einen zweiten Schritt Richtung Tür. »Nein, natürlich nicht. Aber es gibt in solchen Arbeitsbeziehungen gewisse Grenzen im Interesse beider Seiten, verstehst du?« Er begann, im Zimmer auf und ab zu laufen.

»Nein, das ist Männergedöns. Wenn du schlechte Filme gemacht hättest und er dich trotzdem weiterbeschäftigt hätte um der guten alten Freundschaft willen, dann wäre das anrüchig gewesen. Aber bei euch war das völlig sauber: er hatte die Macht, Filmaufträge zu vergeben, und du hast gute Arbeit geleistet – wo ist das Problem?«

»Das verstehst du eben nicht.« Coldewey trat gegen einen Sessel und verzog vor Schmerz das Gesicht.

»Na prima. Nur eins versteh ich schon: du hast mit deiner Prinzipienreiterei und Selbstgefälligkeit diesen Menschen, der mal dein Freund war, bestimmt sehr verletzt. Ich hab das immer vermutet, doch du wolltest ja nie offen darüber reden.«

»Ach, Beate, es ist alles viel komplizierter, als du denkst. Was soll ich denn jetzt tun? Soll ich wirklich zu ihm in die Klinik gehen? Mir wird ganz mulmig, wenn ich mir das vorstelle. Wer weiß, in welchem Zustand der ist? Und was sollen wir noch miteinander? Er hat damals so absolut tabula rasa gemacht, daß es keine Anknüpfungspunkte mehr gibt.«

»So kann nur ein Jörn Coldewey in seiner ganzen Egozentrik und intellektuellen Verbohrtheit sprechen. Es gab mal Gefühle zwischen euch, Bindungen außerhalb deiner Kopfwelten, einfach so von Mensch zu Mensch, um es ganz platt zu sagen. Und an sowas kann man immer anknüpfen. Nimm ihn einfach in die Arme.«

»Das fehlte noch. Sag mal, was treibst du eigentlich mit mir? Gehe ich recht in der Annahme, daß du die Gelegenheit, die dieser blöde Brief dir bietet, benutzt, um mich zu attackieren? Wenn ich dich so höre, klingt das ganz so, als wolltest du mich für den Bruch mit Ulf verantwortlich machen. Was für eine grandiose Verkehrung der Tatsachen! Die Geschichte mit dieser sogenannten Freundschaft ist das bitterste Kapitel meines Lebens. Da gibt es kein eindeutiges Täter-Opfer-Bild: hier der rührende versoffene Ulf als Opfer und da der hochmütige Intellektuelle Jörn als Täter, der das arme Schwein in seinem Elend allein läßt. Ulf hat ständig und mit allen Mitteln versucht, mich unterzukriegen, mich zu demütigen. Das ist die Wahrheit!«

»Indem er dir Filmaufträge erteilte und dich gut verdienen ließ.« Beate schüttelte den Kopf.

»Wir haben das damals immer wieder besprochen, Beate. Und plötzlich stellst du alles in Frage.«

»Vielleicht sehe ich unsere Vergangenheit heute etwas anders.«

»Da hat sich nichts geändert. Er wollte mich in Abhängigkeit halten, er wollte Macht über mich ausüben, er wollte sich mir überlegen fühlen. So war das von Anfang an. Schon als Sextaner hat er sich an mir gerieben, sich in Konkurrenz zu mir begeben. Unsere sogenannte Freundschaft war ein einziger Machtkampf. Natürlich haben wir uns auch irgendwie gemocht, aber das war sekundär.«

»Für dich vielleicht. Weil du's sowieso nicht so hast mit den Gefühlen. Nur wie es in ihm aussah, entzieht sich deiner Kenntnis, weil es dich nicht interessiert hat. Jetzt bleib doch endlich mal stehen, verdammt nochmal! Du machst einen ganz vogelig mit deinem Rumgerenne!«

»Entschuldige.« Er setzte sich weit entfernt von ihr in einen Sessel. Beate stellte das Geschirr ineinander, zog aus der Tischschublade einen zierlichen Handfeger und fegte die Brötchenkrümel vom Tischtuch in die geöffnete linke Hand. Sie schüttelte sie in eine Tasse.

»Ich werde nicht in die Klinik gehen. Wir haben damals einen dicken Schlußstrich gezogen, den kann man nicht einfach ausradieren. Ich laß mir nicht noch einmal die Schuld geben am Versagen eines anderen. Ich hab genug Probleme.«

»Welche?« Beate setzte sich ihm gegenüber in einen Sessel und schlug die Beine übereinander, die in den weißen Sommerjeans immer noch tadellos zur Geltung kamen.

»Ach, ich weiß nicht. Ich bin nicht gut beieinander im Moment. Ich hänge in meinem Buch. Da ist so eine vertrackte Stelle, mit der ich nicht zu Rande komme. Ich hab mich richtig festgefahren. Ich glaube, ich muß mich gründlich auslüften. Ich bleibe über Mittag auf dem Wasser.«

»Aha! Und ich?«

»Komm mit, wenn du magst. Ich würde mich freuen. Und ein Tag in der Sonne würde dir guttun.«

»Sonne hab ich im Garten auch. Und der schaukelt wenigstens nicht.« Sie blies sich ein Haar aus der Stirn und zog die Augenbrauen zusammen.

»Bitte, Beate, zieh nicht so ein Gesicht. Ich muß auf andere Gedanken kommen. Und das kann ich hier zu Hause nicht, wo dieser Brief herumliegt.«

Sie spielte mit der Armbanduhr, schob sie am Gelenk hin und her. »Das kannst du hier zu Hause nicht, wo eine Frau herumsitzt, die mit deinem Verhalten nicht einverstanden ist. Dieser Brief ist ein Notruf, und du willst ihn ignorieren. Du läufst wieder mal davon, verkriechst dich auf dein Boot, auf dem du dann so schön für dich bist, nur mit dir selbst beschäftigt. Du hast es völlig verlernt, auf Menschen zuzugehen. Das hat bei dir schon Züge von Autismus.«

»Verdammte Scheiße, jetzt reicht's!« schrie Coldewey. »So kannst du nicht mit mir reden! Du weißt genau, daß das Boot mein wichtigstes Stimulans für die Arbeit ist. Andere saufen oder riechen an verfaulten Äpfeln. Ich brauche das Wasser. Auf dem Boot habe ich meine besten Einfälle. Und die Filme hätte ich nicht nur an Land drehen können. Ohne meine Boote gäbe es dieses Haus und unseren Wohlstand nicht. Du bist dir überhaupt nicht im Klaren, wie sehr du immer an dem Ast sägst, auf dem wir sitzen. Ich habe die Schnauze voll. Bis heute abend!«

»Toller Abgang. Glaub nicht, daß ich ans Telefon gehe, falls es dir mal wieder einfällt, vom Boot aus anzurufen, um mir dein schlechtes Gewissen zu beichten.«

»Ich habe kein schlechtes Gewissen. Ich sorge dafür, daß der Rubel rollt, und dafür ist das Boot eben unerläßlich.«

»Wenn du diesen Brief ignorierst ...« Sie schneuzte sich ins Taschentuch, um die Tränen nicht zu zeigen.

»Was dann?« Seine Stimme wurde versöhnlicher.

»Dann versenke ich dein Schiff.« Sie lachte schniefend.

»Laß mir ein bißchen Zeit, Liebling. Ich muß darüber nachdenken. Es wäre ein unglaublich schwerer Schritt für mich.«

»Für mich wäre es trotzdem sehr wichtig.«

»Wieso?«

»Ach, vergiß es. Ich muß jetzt in die Küche.« Sie ließ ihn stehen und verschwand.

Er rieb sich die Augen, atmete tief durch und spürte schmerzend sein Kreuz, als er sich erhob. Er nahm den ›Weser Kurier‹ und stieg von der Diele aus über die Holztreppe hinauf in sein Zimmer. Der erste Stock war, vom Bad abgesehen, sein Reich. Es gab zwar noch ein Gästezimmer, das frühere Zimmer von Thomas, aber das stand meistens leer und diente vor allem zur Auslagerung von Büchern. Beate hatte ihren Schlaf- und Arbeitsraum im Erdgeschoß.

Sein Zimmer war hell. Zwei große Gaubenfenster gingen zum Garten hinaus. Alles war in Weiß gehalten, nur die Polstermöbel und die Bettbezüge waren dunkelblau. Maritime Farbgestaltung wie auf der ›Britta‹, so hatte er seine Motoryacht in Erinnerung an seine erste Liebe getauft. Er schloß die Fenster, schüttelte sein Bett zurecht, packte seine ebenfalls dunkelblaue Bootstasche, zog seine weißen Segeltuchschuhe an und schlich über die Treppe und Diele zur Haustür. Als er sie schon geöffnet hatte, rief er über die Schulter ins Haus zurück: »Mach's gut, Liebling!« Ohne eine Antwort abzuwarten, rannte er zur Garage.

II

Anneliese Metzner erwartete ihn zum Kaffee. Er hatte sie angerufen, um seinen Besuch bei Ulf anzukündigen, und sie hatte ihn sofort eingeladen. Es sei doch besser, wenn sie ihn ein wenig vorbereite auf die Begegnung mit Ulf. Schließlich sei viel Zeit verstrichen, und an Ulfs Situation habe sich einiges geändert. Um unnötigen Mißverständnissen und Kränkungen vorzubeugen, sei es ratsam, daß Jörn von ihr erfahre, welche Themen er am besten vermeide. Jörn Coldewey war der Hörer in der Hand heiß geworden. Nach dieser Ouvertüre hätte er am liebsten die ganze Vorstellung abgeblasen.

Aber er hatte brav Blumen gekauft und suchte jetzt einen Parkplatz in der Nähe der Wohnung von Anneliese Metzner. Er fand einen nach dem Krieg renovierten Altbau mit drei Stockwerken, in dem Ulfs Mutter unterm Dach hauste. Also drei Treppen hoch ohne Fahrstuhl, für eine Mittsiebzigerin erstaunlich. Er klingelte und wartete auf den Summer. Es dauerte eine Weile, bis die Tür sich öffnen ließ.

Während er hinaufstieg, packte er die Teerosen aus. Sie empfing ihn auf einem kleinen Treppenabsatz vor der Wohnung. Er verbeugte sich, um seine Kurzatmigkeit zu verbergen, deutete einen Handkuß an. Er wußte, sie legte Wert auf Förmlichkeiten. Je chaotischer das Leben, um so wichtiger die gesellschaftlichen Spielregeln.

»Mein Gott, du bist ja grau geworden, Jörn.« Sie lächelte und trat beiseite, ließ ihm den Vortritt. »Oh, wie schön.« Sie roch an den Teerosen, die er ihr reichte. »Gib mir das Papier. Sind wohl keine Nadeln drin. Heutzutage benutzen sie nur noch Tesafilm, was den Nachteil hat, daß das Papier beim Auspacken zerreißt. Das macht eine Zweitverwertung unmöglich. Eigentlich schade, nicht wahr? Rechts ins Wohnzimmer, wenn ich bitten darf.« Sie zeigte auf die offene Tür.

Der kleine Flur bot nur Platz für eine Wandgarderobe, einen Schuhschrank und für gerade mal zwei Menschen, wenn sie sich nicht anrempeln wollten.

Das Wohnzimmer mit Dachschrägen war klein, aber hell, mit einem schönen Blick aus dem großen Mansardenfenster über Gärten und Baumkronen. Im Hintergrund sah man die Spitzen der Domtürme. »Wie reizvoll. Soviel Grün. Ein beachtliches Panorama. Westlage, nicht wahr? Ab Mittag haben Sie Sonne.«

»Die ich sehr genieße. Ich bin viel auf dem Balkon. Nur der Lärm vom Osterdeich macht mir manchmal zu schaffen. Dann fliehe ich an die Weser. Da findet man immer ein ruhiges Plätzchen. Setz dich. Ich will schnell die Blumen in eine Vase tun.«

Er nahm einen kleinen Polstersessel, der mit einem Zweiersofa und einem runden Tischchen den gemütlichen Teil des Zimmers bildete. An der Rückwand stand ein Eßtisch mit vier Stühlen. Eine Anrichte, ein Bücherregal und ein Fernseher komplettierten die Einrichtung. Der Boden war mit hellem Schlingenflor ausgelegt. Das Mobiliar wirkte spartanisch solide. Es stammte vermutlich aus einem skandinavischen Möbelhaus und hatte nicht viel gekostet. Geschmacklich war nichts dagegen einzuwenden. Coldewey fragte sich nur, wo ihre alten zum Teil antiken Sachen aus der Uhlandstraße geblieben waren. Er erinnerte sich noch gut daran. Vielleicht verkauft? Möglich, denn auch die einfachen Bilderrahmen, in denen vor allem Fotos von Ulf und seiner Familie aus den sogenannten ›guten alten Tagen‹ untergebracht waren, verrieten, daß hier eher ärmliche Verhältnisse herrschten, um nicht von Geldnot zu reden. Dafür aber die peinlichste Ordnung, wohin man sah. Nichts lag herum, nichts deutete darauf hin, daß hier ein sterblicher Mensch lebte.

»Du magst doch noch Butterkuchen.« Anneliese Metzner zeigte auf den Kuchenteller und stellte die Vase mit den Rosen daneben. »Wenn ich mich recht erinnere, konntest du früher nicht genug davon kriegen.«

»Richtig. Ich bewundere Ihr Gedächtnis.« Coldewey erhob sich und wartete, bis die Frau, die ihm ebenso vertraut wie fremd war, sich setzte. Sie tat das sehr gewandt, wobei sie den Rock so raffte, daß sie die Beine überschlagen konnte. Sie war schlank und keine Spur senil. Das braune Haar war vermutlich gefärbt, ohne so zu wirken, das sommersprossige Gesicht auf eine Weise faltig, daß es seine mädchenhafte Form nicht verloren hatte, und der Hals, von einer Stehkragenbluse mit Schleife verborgen, verriet nichts über das wahre Alter. Nur die Hände, gepflegt zwar und gut gecremt, waren die einer Greisin. Zum Ausgleich dafür konnten die Beine, die von den Knien abwärts zu sehen waren, mit denen einer attraktiven Fünfzigjährigen konkurrieren.

»Fabelhaft sehen Sie aus.« Coldewey meinte das ernst. Komplimente waren nicht sein Stil.

»Freut mich, daß deine Generalinspektion meiner Person zu einem so positiven Ergebnis kommt. Ja, man tut, was man kann.« Sie zog die Kaffeekanne unter einer Haube hervor und schenkte ein. »Ich treibe Sport, gehe viel an die Luft und ernähre mich gesund. Wenig Zucker, wenig Fett, ich lebe quasi nur von Obst und Gemüse.«

»Erstaunlich. Sport sagten Sie. Was denn?« Er hoffte, daß sie ihm seine Verlegenheit nicht anmerkte.

»Ich fahre Rad und gehe im Sommer jeden Tag schwimmen. Drüben im Stadionbad. Nimm doch bitte vom Kuchen. Er ist ganz frisch.«

»Ich bewundere Ihre Disziplin. Wenn ich bedenke, wie ich meinen Körper verkommen lasse ...«

»Aber du rauchst nicht mehr, wie mir scheint. Früher hast du gequalmt wie ein Schlot. Und Ulf erst. Mein Gott, war das eine Qual, mit euch in einem Zimmer zu sein.«

»Der Arzt hat's mir verboten. Die Pumpe will nicht mehr so recht.«

»Siehst du. Ulf sollte es auch lassen. Aber, na ja ... Greif zu. Ich werde mir zur Feier des Tages selber ein Stück genehmigen.« Sie nahm den Butterkuchen und aß so langsam, als müsse sie jede Kaubewegung genau planen. Dabei richtete sie den Blick nach innen. Die immer noch aufregend blauen Augen verschatteten sich. »Weißt du, in meiner Situation muß man mit seinen Kräften haushalten. Ich kann es mir einfach nicht leisten, alt zu werden. Du wirst lachen, ich trainiere sogar mein Gehirn mit Rätselheften und Denksportaufgaben. Es ist schon schwierig, wenn man sich nie gehenlassen darf.«

»Aber warum? Wer verlangt von Ihnen diese körperliche und geistige Leistungsfähigkeit? Sie leben doch allein.«

»Stell dich nicht dümmer, als du bist, Jörn Coldewey.« Ihr Ton wurde für einen Moment scharf. Doch sofort zauberte sie ein Lächeln auf den früher so verführerischen Mund und zeigte ein intaktes Gebiß, das nicht nach Ersatz aussah. »Wie geht es deiner Familie? Bist du noch verheiratet mit ...?« Sie überlegte.

»Mit Beate, ja.«

»Ich wäre drauf gekommen, ich schwör's dir. Beate, natürlich. Ulf hat oft von ihr erzählt. Ein wunderschöner Name. Zuviel Zukker verklebt das Gehirn.« Sie legte das angebissene Stück Kuchen auf den Teller. »Einen Sohn habt ihr, nicht wahr?«

»Ja, Thomas. Er ist Lehrer geworden. Hat selber schon zwei Kinder: Axel und Frank. Ich bin Großvater. Und es macht mir nichts aus. Im Gegenteil.«

»Und ich bin Urgroßmutter. Tina, Ulfs Tochter, hat einen kleinen Metzner in die Welt gesetzt, in die Welt von Herrn Bush. Sie ist verheiratet in den Staaten. Bloß gut, daß sie ihren Namen behalten hat. Bobby Metzner. Eigentlich Robert.«

»Und Vera? Wie geht es ihr?« Coldewey nahm ein zweites Stück Kuchen.

»Weiß ich nicht. Ist mir auch egal. Sie arbeitet immer noch im Sender, lebt mit einem Schauspieler zusammen und hält es für das Beste, Ulf seinem Schicksal zu überlassen. Der Hochmut dieser Frau ist nicht zu überbieten. Die Geburt ihres Enkels wäre doch eine Gelegenheit gewesen, mal wieder Kontakt zu mir oder Ulf aufzunehmen, aber sie denkt nicht daran. Alles läuft über Tina, und die ist weit weg. Wie du siehst, sind Ulf und ich also ganz auf uns angewiesen.«

»Vera hat doch damals alles versucht, um Ulf beim Sender zu halten und ihn vom Alkohol abzubringen. Ich übrigens auch.«

»Eben. Da wart ihr euch völlig einig. Vera und du. Manchmal ein bißchen zu einig. Vera hat ja fast nur noch mit dir und von dir geredet.«

»Was wollen Sie damit sagen?«

»Wieder stellt sich einer dumm. Vielleicht war es einer der Gründe für Ulfs Verzweiflung, daß sein bester Freund und die geliebte Frau über ihn zu Gericht saßen und sich dabei derart gut verstanden, daß man so seine Vermutungen anstellen mußte.«

»Um Gottes Willen, Frau Metzner! Was sind das für Unterstellungen!« Coldewey starrte auf den Butterkuchen, der plötzlich sehr deplaziert in seiner Hand wirkte.

»Gut, lassen wir diese unerfreulichen alten Geschichten. Entschuldigung.« Sie warf ihm einen Blick zu, in dem noch einmal etwas von dem aufblitzte, was ihn früher bis in seine Träume verfolgt hatte. »Weißt du, eine Mutter reagiert manchmal ungerecht, wenn sie zusehen muß, wie ihr armes Kind geschunden und mit Füßen getreten wird. Du hattest ja Gelegenheit, alles wieder gutzumachen bei deinem eigenen Kind. Daß er Lehrer geworden ist, dieser Thomas, freut mich. Es gibt kaum einen wichtigeren Beruf. Ein guter Lehrer kann bei diesen jungen Menschen oft mehr bewirken als Mutter und Vater, oder wie in unserem Fall mehr als nur die Mutter. Daß Ulfs Vater so früh gestorben ist, war für seine Entwicklung einfach fatal. Es fehlte das männliche Element in seiner Erziehung, und das hat er dann bei dir gesucht.«

»Aber nein, wir waren Klassenkameraden, mehr nicht.«

»Was redest du, Jörn Coldewey? Willst du dich wieder mal aus der Verantwortung stehlen? Noch eine Tasse Kaffee?«

Hilflos hielt er ihr die leere Tasse hin. Sie schenkte nach, wischte mit einem Tischtuchzipfel einen Tropfen von der Tülle.

»Danke. Vielen Dank.« Er schaute sehnsüchtig nach der Tür.

»Tut mir leid, Jörn. War nicht so gemeint. Es ist nett von dir, daß du auf meinen Brief reagiert hast und jetzt vor mir sitzt. So bescheiden, so liebenswürdig. Ich will dir wirklich keine Vorwürfe machen. Du kannst ja nichts dafür. Du hast nur getan, was du damals für gut und richtig gehalten hast, jung und egozentrisch, wie du warst. Dir ist ja nie bewußt gewesen, wie sehr Ulf zu dir aufgeblickt hat, wie sehr er von dir anerkannt werden wollte. Du hattest einen Vater, ein intaktes Zuhause, einen für damalige Verhältnisse ungewöhnlichen Wohlstand. Dein Vater als Unternehmer ...«

»Er hatte einen Buchladen, mehr nicht.«

»Immerhin den damals führenden Buchladen. Lebt dein Vater noch?«

»Nein. Eben dieser Buchladen hat ihn umgebracht. Er mußte ihn schließen, weil das Geschäft nicht mehr lief. Und das hat Vater nicht verkraftet.«

»Ach ja, ich hab davon in der Zeitung gelesen. Und deine Mutter? Wie ist sie damit fertiggeworden?«

»Sie hat Jahre gebraucht, um darüber hinwegzukommen. Gott sei Dank hat mein Vater sie finanziell abgesichert. Aber sie lebt nicht gern allein.«

»Wer tut das schon. Ich möchte dir etwas zeigen. Wenn du willst, kannst du mich übrigens duzen. Ich muß ja nun nicht mehr die Respektsperson spielen, und der Altersunterschied verwischt sich mehr und mehr, wenn man in die Jahre kommt.«

»Ich möchte lieber beim ›Sie‹ bleiben. Ich bin's so gewöhnt. Oder kränkt Sie das?«

»Überhaupt nicht. Ich wollte es dir nur leichter machen, mit mir umzugehen. Denn womöglich sehen wir uns jetzt öfter. Ich würde das sehr begrüßen. Auf geht's!« Sie erhob sich, nahm seinen Arm und führte ihn ins Nebenzimmer.

Verblüfft blieb er an der Tür stehen. »Mein Gott, das gibt's doch nicht!«

»Allerdings gibt es das. Schau dich nur um. Erkennst du es wieder?«

»Aber klar. Jedes Detail.« Er schüttelte den Kopf und lachte. Das Kinder- und Jugendzimmer von Ulf war komplett erhalten.

»Ulf wollte das nicht mehr. Oder besser gesagt: Vera wollte nicht, daß er irgendwas davon in die neue Wohnung mitbrachte. Also blieb damals in der Uhlandstraße alles bei mir. Und als ich dann hierher zog, weil mir die Etage dort zu groß wurde, hab ich die ganzen alten Klamotten verkauft bis auf Ulfs Sachen. So hab ich dafür gesorgt, daß seine Vergangenheit nicht völlig verloren ging. Wenn sich schon die Menschen von ihm abwandten, sollten wenigstens die Dinge, die er mal geliebt hat, zu seiner Verfügung stehen. Jetzt schlafe ich in seinem Bett. Sollte er mal den Wunsch haben, darin zu übernachten, nehme ich eine Matratze mit ins Wohnzimmer. Gefällt's dir?«

»Ich weiß nicht, was ich sagen soll. Das ist wie ein Traum. Plötzlich wird man zurückgestoßen in eine Zeit, die nicht mehr zu einem gehört, weil man ein anderer geworden ist. Die ganze Welt hat sich verändert, und hier ist alles noch so wie vor vierzig Jahren. Ein Ulf-Metzner-Museum.«

»Für dich vielleicht. Für mich lebt das.«

»Ja. Natürlich. Da, das Schiff haben wir zusammengebaut. Mit dem Segelflugzeug waren wir oft auf dem Werder. Die Schulbücher, mein Gott. Und die vielen Spiele. Das Kasperletheater. Dafür hab ich kleine Stücke geschrieben. Das Mobile war mir unheimlich, weil es sich wie von Geisterhand bewegte. Den Drachen hab ich ihm zum Geburtstag geschenkt. Und all die Fotos! Das hab ich auch noch.« Er wies auf eine Vergrößerung des Bildes, das ihn mit Ulf und dazwischen Anneliese Metzner zeigte.

»Ja, das liebe ich besonders. Siehst du, wie er strahlt? Da hat er die beiden Menschen, die ihm am wichtigsten waren, um sich. Kannst du das unberührt betrachten?«

»Nein. Mich macht das hier richtig fertig. Ich könnte heulen. Ein kleiner Kosmos tut sich auf. Eine Kinderwelt. Man verliert irgendwie den Boden unter den Füßen.«

»Na immerhin. Freut mich, daß doch nicht alles in dir abgestorben ist. Jörn Coldewey, der erfolgreiche Autor und Regisseur wird sentimental. Das muß man im Kalender rot anstreichen.«

»Warum so aggressiv? Gönnen Sie mir doch diesen kleinen emotionalen Ausrutscher.«

»Unbedingt. Der macht mich glücklich. Du mußt einer alten Frau nachsehen, daß sie kein Blatt mehr vor den Mund nimmt. Ich will dich nicht verletzen. Aber ich will auch nicht, daß du glaubst, in diesen kleinen Kosmos, wie du ihn nennst, einfach so wieder eindringen zu können. Ich hab ihn dir gezeigt, damit du begreifst, daß das, was du damals verraten hast, noch existiert. Nur nicht mehr für dich.« Ihr Gesicht war verzerrt und zeigte Falten, die vorher verborgen waren. Ihre Hände zitterten. Ein Blick in sein verstörtes Gesicht ließ sie aufatmen, und sofort verklärte und glättete das zauberhafteste Lächeln ihre Züge. »Entschuldige, ich rede dummes Zeug. Laß dich umarmen.« Sie lehnte sich leicht gegen ihn und legte ihm die Arme um die Taille. Er wußte nicht, wie er reagieren sollte, nahm sie bei den Schultern und zog sie an sich. Sie war noch ganz Frau. Der Körper elastisch und fest zugleich, gut durchtrainiert, wie man so sagt.

Die unwirkliche Umgebung und die Nähe dieses Frauenkörpers, der jeden Verfall leugnete, brachten ihn in Verlegenheit. Er spürte sein Herz und Schweißtropfen auf der Stirn. »Wissen Sie, daß wir damals alle in Sie verliebt waren?«

»Das will ich hoffen.« Sie machte sich los. »Für eine junge alleinstehende Mutter ist es nicht leicht mit heranwachsenden Knaben. Da liegt manchmal was in der Luft, daß einem schwindlig werden kann.«

»Warum haben Sie nie wieder geheiratet?«

»Diese Frage mußte jetzt kommen. Warum wohl nicht? Was tut eine Mutter, wenn ihr der Sohn quasi wieder in den Schoß gelegt wird? Wenn seine Ehefrau und seine Tochter davonlaufen? Wenn sein bester Freund sich von ihm abwendet? Wenn ihn die Welt, in der er gelebt hat, gleichsam ausspuckt? Sie schenkt ihm ihr Leben. Sie existiert nur noch für ihn. Natürlich gab es Männer genug für mich. Wie du selbst gesagt hast, konnte ich mich durchaus sehen lassen. Aber mich noch einmal fest zu binden, war ausgeschlossen. Gehen wir rüber. Diese Umgebung tut uns beiden im Moment nicht gut.«

Sie setzten sich wieder, tranken lauwarmen Kaffee, und Coldewey aß den Rest des Kuchens, um das große Loch, das er in sich spürte, zu stopfen und um die Verlegenheit, die zwischen ihnen entstanden war, besser zu ertragen. Er hatte das Gefühl, zu weit gegangen zu sein. Die Gegenwart der Frau beunruhigte ihn, gerade weil sie es vermied, ihn anzuschauen. Ihre immer noch schönen Augen waren mit dem Muster der Tischdecke beschäftigt.

»Wenn du ihn besuchst, rede möglichst nicht über Vergangenes. Sag ihm nichts davon, daß du in seinem Kinderzimmer warst. Ich habe schon ein schlechtes Gewissen, daß ich dich da reingelassen habe. Es muß ihm wie eine Indiskretion vorkommen. Sprich mit ihm über das Hier und Heute. Sicher wird er dir von seinen neuesten Gedichten erzählen. Gott sei Dank schreibt er wieder. Wenn er nicht davon redet, frag ihn danach. Es ist ihm das Wichtigste überhaupt. Meide das Thema Politik. Die Entwicklung seiner heißgeliebten SPD bringt ihn zur Weißglut.«

»Ich kann mit ihm nicht nur über seine Gedichte sprechen. Und das Hier und Heute funktioniert kaum ohne Politik. Und unsere Vergangenheit kann man nicht einfach ausklammern. Wollen wir es nicht dem Zufall überlassen, wie die Begegnung abläuft?«

»Dem Zufall, na besten Dank. Der Mann ist ständig in Gefahr, wieder abzustürzen.«

»Dann sollte ich am besten gar nicht hingehen. Wenn Sie mir genau vorschreiben, was ich tun und lassen soll, gerate ich in einen totalen Krampf, und das geht dann hundertprozentig schief.«

»Vielleicht. Also lassen wir das. Aber eins solltest du noch wissen. Der akute Auslöser für seine Therapie war die Trennung von einer Frau. Luitgard Sebald, so heißt sie, hat ihn völlig runtergezogen. Sie ist abhängig wie er. Sie haben sich bei den Anonymen Alkoholikern kennengelernt und gemeinsam eine Wohnung genommen. Sie ist intelligent, sieht gut aus und erst fünfundvierzig Jahre alt. Zunächst haben sie sich gegenseitig geholfen, mit ihren Problemen fertigzuwerden, und eine Weile auch trocken gelebt. Nur mit der Sexualität hat es, ich muß das so offen aussprechen, nicht geklappt bei ihnen. Wie viele Alkis hat Ulf Potenzschwierigkeiten. Und Luitgard ist wie gesagt attraktiv und zu jung, um abstinent zu leben. Also hat sie ein Verhältnis mit einem Nachbarn angefangen. Die Sache flog auf, der Krach war da und damit auch der Grund, wieder zur Flasche zu greifen. Sie fing damit an, weil Ulf sie verlassen wollte, und er war zu schwach, um neben ihr nüchtern zu bleiben. Also soffen sie sich gemeinsam ins Unglück, bis Ulf endgültig genug hatte. Er zog zu mir, um auf einen Therapieplatz zu warten. Aber Luitgard wollte und will ihn nicht aufgeben. Sie ist wohl ernsthaft in ihn verliebt. Jedenfalls läßt sie nicht locker, bombardiert ihn mit Briefen und Anrufen. Sie macht sich Vorwürfe, weil sie ihn betrogen hat und rückfällig geworden ist. Sie will, daß er ihr verzeiht und zu ihr zurückkehrt. Neuerdings versucht sie es mit Erpressung. Er schulde ihr eine große Summe, und sie verlange sie zurück, wenn er nicht nachgebe. Das ist natürlich Unfug. Ich habe alles, was er bei ihr geliehen hat, noch vor seiner Therapie zurückgezahlt.«

»Läßt sie ihn denn in der Klinik in Ruhe?«

»Sie weiß nicht, wo er die Therapie macht. Aber so viele Möglichkeiten gibt es ja nicht, und sicher hat sie's bald herausgefunden. Wenn ihr darüber sprecht, rate ihm bitte, hart zu bleiben. Er ist zu weichherzig und traut sich zuviel zu. Sie weiß ihn zu nehmen und an seine Beschützerinstinkte zu appellieren. Wenn er schwach wird und zu ihr zurückkehrt, endet das mit tödlicher Sicherheit wieder im Suff. Ich weiß nicht, ob sie auch auf Entzug ist, aber lange trocken wird sie nicht bleiben. Sie ist eine von denen, die angeblich alles voll im Griff haben, wie sie sagt. Sie ist damals nur in die Klinik und zur Selbsthilfe gegangen, weil ihr Arbeitgeber das verlangt hat. Eine durch und durch unvernünftige Person und Gift für Ulf.«

»Ich werde jetzt aufbrechen.« Jörn Coldewey erhob sich.

»Schade. Manchmal vergesse ich einfach, daß wir vierzig Jahre älter geworden sind. Jörn Coldewey, der Schwerenöter. Ich habe sehr wohl gemerkt, wie du mich im Badezimmer durchs Schlüsselloch beobachtet hast.«

Ihm schoß das Blut in den Kopf. »Dummejungenstreiche.« Seine Stimme versagte. Er räusperte sich.

Sie lachte und schaute ihn von unten an. Ihre Hände verbarg sie in der Serviette. »Ich war es von Ulf so gewöhnt. Jungen in dem Alter haben doch nur ihre Mütter als Sexualobjekte.«

»Aber vielleicht will man als Großvater nicht so gern an derlei Knabenlüsternheiten erinnert werden.« Er bemühte sich, seine Selbstbeherrschung wiederzuerlangen.

»Es war so rührend, eure Verliebtheit zu sehen. Ich war einfach dankbar, daß ihr euch um mich gekümmert habt.«

»Sie können einen wirklich in Verlegenheit bringen, Frau Metzner.« Er wandte sich zur Tür.

»Vielleicht will ich das. Vielleicht möchte ich den Panzer, den sich Jörn Coldewey zugelegt hat, aufbrechen. Knaben sind überaus verletzlich. Deshalb habe ich damals nie ein Wort über eure Heimlichkeiten verloren. Aber Männer sind derart verhärtet, daß man sie von Zeit zu Zeit mit einer Schocktherapie von ihrer Schutzhülle befreien muß, damit sie nicht an ihrer Verkrustung ersticken. Tu ihm nichts zuleide, meinem armen Kind. Zeig ihm ein bißchen von der Zärtlichkeit, mit der du damals nachts an mich gedacht hast. Es lohnt sich um ihn. Er verfügt über einen großen inneren Reichtum, nur ist er zu weich, zu gutmütig und leider auch zu wehleidig. Er ist ein Mensch, der all das doppelt und dreifach zurückgibt, was man in ihn investiert.«

»Soll ich einfach so in die Klinik marschieren?«

»Ich werde erst mit ihm reden und dann einen Termin arrangieren.«

»Ich würde ihn gern draußen im Park treffen, wenn schönes Wetter ist. Dieser Klinikbau ist mir unheimlich.«

»Ja, so hat man im Mittelalter Festungen gebaut. Aber die Betreuung ist sehr gut. Ich werde dich anrufen und dir sagen, auf welcher Bank er dich erwartet. Und lauf nicht wieder davon. Diesmal wird dir nicht verziehen.« Sie stand auf und reichte ihm die Hand wie zum Kuß. Er beugte sich darüber, ohne die welke Haut mit dem Mund zu berühren.

Er stolperte die steile Treppe hinunter. Er spürte, daß sie ihm nachsah, aber er drehte sich nicht um. Als er im Auto saß, streichelte er die Sitze und das Lenkrad. Ja, das gehörte alles ihm, stand ihm zur Verfügung, stellte keine Ansprüche. Das war seine Welt, genauso wie seine ›Britta‹, die er schleunigst aufsuchte, ohne zu Hause vorbeizuschauen. Er mußte jetzt allein sein.

III

Die Sonne hing blaß in einem milchig weißen Himmel. Es war drückend warm. Man spürte schon den Regen, der gegen Abend fallen sollte. Aber noch war das Wetter wie geschaffen für ein Rendezvous im Freien. Nachdem er seinen Audi auf dem Parkplatz der Klinik Bremen-Ost abgestellt hatte, ließ er sich von Metzner über Handy zum Treffpunkt dirigieren. Bereits von weitem erkannte er seinen ehemaligen Freund am üppigen Haarschopf, den Metzner noch genau so lang und unordentlich trug wie seinerzeit Anfang der siebziger Jahre, als die Rockmusiker die Jugendmode diktierten. Er war unverändert blond. Jeansjacke und Jeanshose, ein schwarzes Hemd, Turnschuhe: die Uniform des Nonkonformisten. Im Herunterspielen des Alters schienen sich Mutter und Sohn einig zu sein. Die elegante Sonnenbrille und die gebräunte Gesichtshaut erstickten jeden Gedanken an Suchtkrankheit im Keim. Dieser Mann hatte das Leben im Griff, jedenfalls aus der Distanz gesehen. Er unterhielt sich mit einer hübschen Frau im Jogginganzug, die sehr erregt zu sein schien, während er nur verständnisvoll lächelte. Sie stand, er saß.

Als Coldewey vor ihnen auftauchte, erschrak sie, verzog verächtlich den stark geschminkten Mund, schlug Metzner auf die Schulter und sagte mit dunkler Stimme: »Bis bald.« Sie warf Coldewey noch einen kurzen Blick zu, drehte sich abrupt um und lief Richtung Parkplatz und Straße. Ihre sportliche Figur und ihre Leichtfüßigkeit deuteten nicht auf ihre Alkoholprobleme hin, denn daß es sich bei ihr um Luitgard Sebald handelte, war Coldewey sofort klar. Sie paßte gut zu Ulf Metzner im Leugnen jeder Art von Bürgerlichkeit. Ihre Haare, dunkel mit roten Strähnen, und ihre mit viel orientalischem Silberschmuck behängten Handgelenke und Finger verwiesen auf die Ostertor-Szene. Jedenfalls wirkten die beiden wie ein perfektes Paar: ansehnlich, unkonventionell – interessante Menschen, an denen man nicht achtlos vorüberging.

Man begrüßte sich mit einem Händeschütteln und einem etwas verlegenen »Hallo!«

»Störe ich?« Coldewey wies mit dem Kopf in die Richtung der sich wie gehetzt entfernenden Frau.

Metzner schüttelte den Kopf. »Im Gegenteil. Gut, daß du sie mir vom Hals geschafft hast. Eine aufdringliche Person. Setz dich. Fabelhaft siehst du aus.«

Coldewey hockte sich in einigem Abstand zu Metzner auf die Bank. »Ist sie auch Patientin hier?«

»Nein, obwohl sie's dringend nötig hätte. Interessiert sie dich? Sie hat was, oder? Bin ich auch mal drauf reingefallen. Eine meiner verflossenen Lieben. ›O, eine sterbende Liebe ist schöner als eine werdende.‹ Von wem ist das?«

»Büchner. ›Leonce und Lena‹.«

»Bravo. Luitgard, so heißt die Dame, ist gefährlich. Sie hängt an der Flasche und will es nicht wahrhaben. Sie klammert und tritt einem dabei ständig vors Schienbein. Entschuldige das schlechte Bild. In Gegenwart eines Literaten sind sprachliche Schlampigkeiten verboten. Sagen wir es so: das Verführerische dieser Frau weckt falsche Erwartungen. Es ist destruktiv. Das Glücksversprechen wird nicht gehalten. Verstehst du?«

»Nicht so recht. Auf den ersten Blick wirkt sie sympathisch und offen.«

»Der berühmte erste Blick. Immer noch der alte Jörn Coldewey. Wie oft habe ich dir gesagt, daß man hinter die Dinge schauen muß. Rauchst du?« Er zog eine Schachtel Zigaretten aus der Hemdtasche.

»Nicht mehr. Herzgeschichten.«

»Ach, komm, altes Haus. Hier sitzt das Wrack, hier.« Er tippte sich mit dem Zeigefinger auf die Brust. »Du hast gefälligst gesund zu sein bei so einem Prachtleben, wie du es führst.« Mit zittrigen Fingern nahm er eine Zigarette aus der Schachtel und zündete sie an. »Mein Gott, Jörn Coldewey sitzt neben mir, und wir tun so, als sei nichts geschehen, als hätten wir gerade eben noch Schularbeiten zusammen gemacht. Ich darf es mir nicht wirklich vergegenwärtigen, daß du da bist, sonst fange ich an zu heulen. Warum hast du dich so weit weggesetzt? Hast du Angst vor mir? Hat dich Anneliese vorgewarnt? Was hat sie über mich gesagt?«

»Nichts. Sie hat nur den Kontakt hergestellt und Butterkuchen mit mir gegessen.«

»Hör auf! Natürlich hat sie dich instruiert. Sie kann ja nicht anders. Sie wird nie lernen, daß man das Leben nicht vorausplanen kann. Für sie sind Menschen Marionetten: man muß nur an den richtigen Fäden ziehen, und schon bewegen sie sich wie nach einem göttlichen Plan. Was schreibst du zur Zeit, mein Guter?« Er rückte näher an Coldewey heran, ohne jedoch auf Tuchfühlung zu gehen.

»Ein weiteres Kinderbuch.«

»Wie schön. Ein Kinderbuch. Also was für mich. Weißt du, Alkoholiker sind ja im Grunde alle Kinder. Du suchst die Glücksräusche der Kindheit und landest bei den Drogen. Ein Kinderbuch. Und ich bin gerade Großvater geworden, nur darf ich mein Enkelkind nicht sehen. Stell dir vor, Tina glaubt, ich könnte mich im Suff an Bobby vergehen. Stell dir das vor.« Metzner schniefte. Tränen liefen ihm über die Wangen. »Sie nennen ihn Bobby statt Robert. Ist das nicht lächerlich?« Er wischte sich die Augen mit dem Handrücken und nahm einen tiefen Zug aus der Zigarette. Sein Lächeln wirkte ohne die Augen, die hinter der Sonnenbrille versteckt waren, wie ein Zähnefletschen. »Gut, daß du da bist, alter Freund.« Er griff nach Coldeweys Hand, ließ sie aber sofort wieder los. »Nein, nein, so geht das nicht. Wo kämen wir hin, wenn wir unsere Gefühle zeigten. Ich rede mich wieder mal um Kopf und Kragen. Erzähl von dir. Ich bin so gespannt zu erfahren, wie es um dich steht, was Beate macht, was aus deinem Sohn geworden ist. Und natürlich die Enkelkinder. Du brennst sicher darauf, mir Geschichten aus einer intakten Familie zu erzählen. Und ich brauch die so dringend wie das liebe Brot. Los. Ich bin ganz Ohr.« Er klopfte Coldewey aufs Knie.

»Nun, es geht uns gut.« Coldewey fühlte sich überrannt.

»Ja, weiter, weiter.«

»Beate läßt dich herzlich grüßen. Sie möchte dich auch gern wiedersehen. Du sollst uns besuchen, wenn du hier raus bist.«

»Ja, weiter.«

»Thomas ist Lehrer geworden, hat eine nette Frau und zwei Söhne: Axel ist vier und Frank drei.«

»Ja, weiter.«

»Mein Gott, Ulf, du hetzt mich hier durch einen Zustandsbericht von meiner Familie und gehst überhaupt nicht darauf ein.«

»Wie soll man auf solche Allerweltsauskünfte eingehen? Sei mir nicht böse, Jörn, aber du kränkst mich mit dem Gerede.«

»Ich spreche nicht gern über mich.« Coldewey suchte nach seinem Taschentuch, ohne es zu brauchen. Die Sonne hatte sich verkrochen, und ein kühler Wind bauschte die Büsche auf.

»Weil du das Wesentliche verschweigst. Mich interessiert die Lackschicht auf deinem Leben nicht. Sag mir lieber, wie oft du Beate betrogen hast, wie oft du ihr davonlaufen wolltest. Oder wie oft du daran gedacht hast, mit deiner Schwiegertochter zu schlafen. Wie oft hättest du gern irgendeine Frau auf der Straße einfach überfallen und ins nächste Gebüsch gezerrt? Wie oft hättest du gern aus deinem Auto heraus andere Autofahrer erschossen, weil sie dir den Weg versperrten? Das sind die entscheidenden Fragen. Alles andere ist Mumpitz. Ich hab dir vorhin schon gesagt, daß man hinter die Dinge schauen muß. Wir sind nicht die, für die wir uns ausgeben. Ich gestehe, daß ich in Gedanken alle irgendwie vorstellbaren Verbrechen begangen habe. Wie Goethe. Diese Frau, die du gerade verscheucht hast, habe ich mindestens ein Dutzendmal umgebracht und dabei Freude und Genugtuung empfunden.«

Coldewey wußte nicht, wie er auf das Gesagte reagieren sollte. Jedes normale Wort hätte jetzt lächerlich geklungen. Also beobachtete er ein Eichhörnchen, das über die Äste einer Eiche tobte und dabei tollkühne Sprünge vollbrachte.

»Sieh da, ich hab dich zum Schweigen gebracht. Soll ich stolz darauf sein? Auf keinen Fall. Ich entschuldige mich bei dir. Du hast ja recht, man sagt nie die Wahrheit. In dem Moment, wo du etwas aussprichst, spürst du, daß auch genau das Gegenteil davon richtig ist. Wenn ich hier großkotzig verkünde, ich hätte Luitgard in Gedanken mit Wonne umgebracht, leide ich im nächsten Augenblick wie ein Hund. Nicht nur, daß ich vor mir selbst Angst bekomme, ich habe auch schlimmste Kinderängste wie nach dem Tod meines Vaters, wenn meine Mutter mich abends allein ließ, um sich mit fremden Männern zu treffen. Ich hab dir das nie erzählt damals, weil ich nicht ausgelacht werde wollte.«

»Ich hätte dich nicht ausgelacht. Ich hatte ja selbst solche Verlassensängste. Jedes Kind hat die.«

»Prima. Jedes Kind, also Fall erledigt. Das nächste Problem bitte, damit wir es bagatellisieren können.«

»Du machst es mir sehr schwer, Ulf. Ich habe mich auf diesen Besuch gefreut ...«

»Wieder so eine Floskel«, unterbrach ihn Metzner. »Du hast dich nicht gefreut. Vielleicht warst du ein bißchen neugierig, aber vor allem hattest du Schiß. Alle Leute haben Angst vor dem Umgang mit Suchtkranken. Da gelten eben die normalen gesellschaftlichen Regeln nicht mehr, diese Verabredungen der Gesunden, daß mit Selbstbeherrschung und eisernem Willen alles machbar ist. Was soll man mit diesen lallenden, hilflosen oder aggressiven Wesen anfangen, die nicht mehr funktionieren können oder wollen?«

»Es tut mir leid, wenn ich dich verletzt haben sollte.«

»Verletzt? Wieso? Du tust mir doch nichts. Du läßt mich hier abstrampeln und denkst dir dein Teil. Du kommst mir keinen Schritt entgegen. Aber immerhin läufst du mir nicht davon. Also mach ich das Kasperle und spiele meine Vorstellung, um dich zu unterhalten. Hast du genug davon? Sollen wir in die Cafeteria gehen? Ja, das ist eine gute Idee. Ich möchte dir zusehen, wie du ein Bier trinkst. Ich möchte es riechen. Ja, das wollen wir machen. Komm!« Er sprang auf und streckte beide Arme aus.

Coldewey blieb sitzen. »Nein, Ulf, genau das tun wir nicht. Laß uns hierbleiben und vernünftig reden.«

»Was ist vernünftig? Sieh sie dir an, all diese vernünftigen Patienten in Schlafanzügen und Nachthemden, nur spärlich versteckt unter Bademänteln und wattierten rosa Morgenröcken. Sie stellen ihre Leiden stolz zur Schau, ihre Verbände, ihre Gipsbeine und Stützkragen. Viele schleppen Urinfläschchen mit sich rum. Oh Gott, wie soll man sich bei Menschen in dieser Aufmachung Intimitäten vorstellen? Es wird kühl, findest du nicht?« Metzner setzte sich wieder.

»Was schreibst du im Moment?«

»Gedichte – wie immer. Nein, im Moment bereite ich einen kleinen Vortrag vor, den ich hier in der Klinik halten möchte. Der Titel: ›Warum trägt die Sonne keine Sonnenbrille?‹ Weißt du die Antwort? Natürlich nicht. Dabei ist das eine Grundfrage unseres Universums. Wer diese Frage beantworten kann, hält alle Fäden in der Hand. Die Sonne als Ursprung des Lebens und die Sonnenbrille, die uns davor schützen muß, daß wir erblinden, wenn wir in den Kern unserer Existenz schauen. Ahnst du was? Man könnte auch sagen: Oh, Sonne, ewiger Widerspruch.«

»Wann hast du zuletzt was veröffentlicht?«

»Ist das wichtig? Ich schreibe nicht, um gedruckt zu werden. Ein paar Gedichte in einer Anthologie. Ein eigenes Bändchen vor zwei Jahren. Nichts Weltbewegendes. Kleiner Verlag, kleine Auflage. Lyrik ist was für Spezialisten. Das große Publikum hat kein Interesse an Ulf Metzner. Und das ist gut so. Mich hat es nie in die Öffentlichkeit gedrängt wie viele andere.«

»Wie mich, meinst du.«

»Wenn du dir den Schuh anziehen willst ... Ich hab ihn nicht für dich hingestellt.«

»Ich muß eine Familie ernähren.«

»Oh, das kann man auch als Briefträger oder Müllwerker. Im Übrigen ist es keine Schande, wenn du den Erfolg und das dicke Geld willst. Niemand wirft dir etwas vor.«

»Doch. Ich glaube, dich stört mein Erfolg. Weißt du, es ist besser, wenn ich jetzt gehe. Ich habe deiner Mutter versprochen, nicht mit dir zu streiten. Es scheint aber alles darauf hinauszulaufen, daß wir uns richtig in die Haare geraten.« Coldewey stand auf. »Es tut mir leid, Ulf. Ich habe auch so meine kleinen Empfindlichkeiten. Ich muß mir nicht sagen lassen, was ich alles falsch gemacht habe in meinem Leben. Ich kenne meine Fehler. Nur bin ich zu alt, mich noch einmal total in Frage zu stellen. Deine radikalen Ansichten teile ich nicht, und finde sie auch, das gebe ich ehrlich zu, gefährlich für mich. Ich bin eben ein Kompromißler. Mach's gut, Ulf. Sag bitte deiner Mutter, daß es keinen Zweck hat mit uns beiden.«

Metzner hob den Kopf, lächelte sanft. »Wie findest du Anneliese? Ist sie nicht ein Phänomen? Hast du schon einmal eine Frau in dem Alter erlebt, die noch solch eine Ausstrahlung hat? Natürlich weiß und kultiviert sie das. Doch sie bleibt Verführerin bis zum letzten Atemzug. Deshalb kann ich auch nicht bei ihr wohnen, wenn ich hier rauskomme. Setz dich bitte, ich bin entspannter, wenn ich nicht zu dir aufblicken muß.«

»Ulf, was soll das? Eigentlich brauchst du mich nicht. Deine Mutter hat sich von mir Hilfe für dich versprochen ...«

»Oh, das ist rührend«, unterbrach Metzner. »Die Heimkehr des verlorenen Jugendfreundes soll den armen Lazarus heilen. Wer weiß, vielleicht hat sie recht. Aber du kannst mir nur helfen, wenn du dich wieder hinsetzt. Bitte.«

Seufzend hockte sich Coldewey erneut auf die Bank, lehnte sich nicht an, beugte sich vor und verschränkte die Arme auf den Knien.

»Ich fürchte, ich bin eklig. Wenn ich so deinen traurigen Bukkel sehe, bekomme ich ein schlechtes Gewissen. Du willst dich wohlfühlen in deiner Haut, und das mach ich dir mit meinen Gemeinheiten unmöglich. Du erwartest zu Recht Dankbarkeit für deinen Besuch.«

»Ich weiß nicht, was du eigentlich von mir willst.«

»Das weiß ich auch nicht.«

»Deine Mutter hat mir geschrieben, daß du den Wunsch nach einem Treffen mit mir geäußert hast.«

»Anneliese hört das Gras wachsen. Zugegeben, ich spreche manchmal von dir. Immerhin waren wir viele Jahre lang Freunde. Gute Freunde. Irgendwie bleibt man das. Ich weiß nicht, ob du auch so empfindest, aber Freundschaft ist letztlich nicht aufkündbar. Sie ist eine lebenslängliche Strafe.«

Ein Rettungshubschrauber knatterte heran und kreiste mit ohrenbetäubendem Krach über dem Landeplatz der Klinik. »Da bringen sie wieder so ein armes Schwein, das sie nicht in Ruhe sterben lassen können. Früher sorgten die langen und umständlichen Anfahrten zu den Spitälern für eine gesunde Auslese. Heute fangen sie schon im Krankenwagen oder im Hubschrauber an, dich zusammenzuflicken. Warum ist das Leben so unbedingt erhaltenswert? Damit man seine Freunde nicht enttäuscht? Ja, das wäre ein Grund. Freunde will man nie verlieren. Sogar Ehen sind leichter auflösbar als Freundschaften. Schau mich nicht so kritisch an, bitte. Ich war und bin immer bei dir, auch wenn du es nicht gemerkt hast. Natürlich hab ich dich meistens gehaßt oder verachtet, wenn ich von dir in der Zeitung las oder im Radio hörte. Und trotzdem bist und bleibst du ein wesentlicher Teil meines Lebens. So, nun ist es raus. Du findest es sicher lächerlich. Oder als unzulässige Einmischung in dein Leben. Mach damit, was du willst. Nimm keine Rücksicht. Ich bin abgehärtet, nicht mehr verletzbar.«

»Das soll ich dir glauben? Wie auch immer, es ist gut, daß du so offen bist. Damit kann ich umgehen. Ich habe wie du alles aufgehoben, was mich an dich erinnert.«

»Oh, sie hat dir mein Zimmer gezeigt. Das habe ich ihr ausdrücklich verboten. Ich hasse es, wenn man mit solchen Reliquien falsche Emotionen weckt. Sie hat dich damit psychisch unter Druck gesetzt, und das wollte ich vermeiden. Das Zeug gehört auf den Sperrmüll.«

»Schon wieder so radikal. Der Raum ist wichtig für sie. Laß ihr die Freude.«

»Das ist wie Totenkult, und ich lebe noch. Was ist daran radikal, wenn ich das nicht mag? Und überhaupt: wieso bin ich radikal? Ich bin doch mehr als maßvoll und fair. Ein anderer hätte dir schon längst den Marsch geblasen nach all dem, was geschehen ist. Statt dessen mache ich dir Liebeserklärungen, daß man glauben könnte, wir wären schwul miteinander gewesen.«

»Ich muß jetzt wirklich los, Ulf. Ich bin im Moment ein bißchen konfus und brauche Abstand. Ich werde mit deiner Mutter sprechen. Wenn sie es für ratsam hält, daß wir uns weiter treffen, melde ich mich. Wir haben ja unsere Handy-Nummern und können uns jederzeit erreichen.«

»Du wirst nicht mit Anneliese reden. Diese Frau hat genug Schaden angerichtet. Hast du völlig vergessen, wie sie uns Kinder mißbraucht hat? Nicht, daß sie uns sexuell zu nahe getreten wäre, aber sie hat uns psychisch von sich abhängig gemacht. Du warst genauso verschossen in sie wie ich. Sie hat uns das Gefühl gegeben, Auserwählte zu sein, Lieblinge einer Göttin. Ja, ich habe sie angebetet und begehrt. Genau wie du. Ich mußte, um mit Freud zu reden, keinen Vater bekämpfen und besiegen, weil er tot war, nur dich, den Freund. Aber du warst kein ernsthafter Konkurrent, ich besaß diese Frau, ich ganz allein. Und deshalb kann ich nicht mehr bei ihr wohnen, und schon gar nicht in diesem Kultraum.«

»Wo willst du dann hin? Zurück zu dieser Luitgard?«

»Das ist genauso ausgeschlossen. Ich muß mir was anderes suchen. Wenn du von einer kleinen, billigen Wohnung hörst, laß es mich wissen.«

»Ich werde mich umschauen. Das mit deiner Mutter habe ich so kraß nicht gesehen, obwohl ich in sie verknallt war. Hat das auch mit deinem ..., ich meine ...?«

»Natürlich hat das mit meinem Suff zu tun. Ich habe getrunken, um ihr zu imponieren, wenn ich das verkürzt ausdrücken würde. In Wahrheit war es komplizierter. Aber lassen wir das. Es tut weh und im Moment nichts zur Sache. Wieso reden wir eigentlich nur über mich? Jetzt bist du dran. Erzähl mir von deinem neuen Buch.«

»Ungern. Ich bin mitten drin und in keiner guten Phase. Ich komme nicht recht weiter.«

»Vielleicht kann ich dir helfen. Du weißt, ich war immer ein guter Anreger und Kritiker.«

»Danke. Doch dazu müßtest du den Text, soweit er fertig ist, erst mal lesen.«

»Nur zu gern. Zwar ist meine Beziehung zu Kindern etwas gestört, denn Tina verschanzt sich vor ihrem Vater und schickt ihm nicht mal ein Foto vom kleinen Bobby, doch das wird meine Objektivität in bezug auf deinen Text nicht beeinträchtigen.«

»Fein. Ich mach dir eine Kopie und schick sie dir.«

»Lieber bringen. Man ist hier so schrecklich isoliert. Dann hätte ich etwas, auf das ich mich freuen kann. Sicher spielt das Wasser wieder eine große Rolle darin.«

»Klar. Es ist die Geschichte einer Kranichfamilie, also etwas über das Phänomen der Zugvögel.«

»Und du stattest deine Tiere wie immer mit menschlichen Eigenschaften aus.«

»Bei Kinderbüchern geht das nicht anders.«

»Weiß ich nicht. Aber gut, das ist deine Masche. Ich werde mich darauf einstellen.«

»Masche?«

»Verzeihung. Deine Methode, deine künstlerische Absicht. Einverstanden?« Er lachte.

Coldewey atmete befreit auf. Sie redeten wie normale Menschen miteinander.

»Und ein Boot hast du immer noch?«

»Was fragst du! Ohne das geht es nicht. Meine ›Britta‹ ist meine heimliche Geliebte und hat auch menschliche Eigenschaften.«

»Sicher eine große Yacht inzwischen.«

»Es geht. Eine Holländerin aus Stahl. Zwei Kojen, Pantry, Salon, WC und Dusche.«

»Und die fährst du allein?«

»Mit Müh und Not, ja. Beim Schleusen ist das manchmal heikel. Aber Beate mag nicht so gern an Bord sein. Sie wird leicht seekrank. Und Thomas hat nicht viel Zeit. Es fehlt einfach ein zweiter Mann. Wie wär's mit dir?«

»Mein Gott, Jörn, weißt du, was du mich da fragst?«

»Nur zu gut. Wenn du wirklich möchtest, würde ich mich schrecklich freuen. Ich vermisse es so sehr, diese Euphorie, die man oft an Bord hat, mit jemandem zu teilen. Die Naturerlebnisse werden noch intensiver, wenn man mit seiner Begeisterung nicht allein bleibt.«

»Ich habe immer wieder an unsere Törns mit deiner Segeljolle gedacht. Das war noch, bevor die Scheiße am Sender anfing. Dieses sanfte Gleiten vor dem Wind, einfach berauschend. Bootfahren hat was mit Sex zu tun, oder?«

»Spinner. Es macht glücklich.«

»Aber das macht Sex auch.«

»Selten. Meistens macht er müde.«

»In der Beziehung war Luitgard eine aufregende Frau. Im Bett war sie in ihrem Element. Da flogen die Fetzen, das kann ich dir sagen. Auf dem Gebiet ist sie unschlagbar.«

Coldewey verschränkte die Arme hinterm Kopf und streckte die Beine aus. »Allmählich tut mir der Hintern weh von der harten Bank. Außerdem sieht es nach Regen aus.«

»Wollen wir ein bißchen laufen? Oder soll ich dir mein Zimmer zeigen? Man hat einen tollen Blick bis zum Weyerberg.«

»Ach, nein, ich muß gleich los. Beate will noch zum Weserpark zum Einkaufen. Ich hab versprochen, sie hinzufahren.«

»Dann hättest du sie gleich mitbringen sollen. Von hier aus ist es ganz nah dahin. Na ja, wäre wohl zu verbindlich gewesen. Zuviel des Guten, nicht wahr? Schläfst du noch mit ihr?«

»Du kannst Fragen stellen, Mann.« Coldewey schüttelte verärgert den Kopf.

»Ich dachte, wir hätten das Kriegsbeil begraben. Damals haben wir über alles gesprochen. Es gab keine Tabus. Ich hab dir sogar von Veras Vorlieben im Bett erzählt. Du warst ein dankbarer Zuhörer.« Metzner lachte und zündete sich eine weitere Zigarette an.

»Also!« Coldewey sprang auf die Füße, als müsse er den endgültigen Aufbruchsentschluß demonstrieren. »Wann soll ich dir den Text vorbeibringen?«

»So schnell wie möglich. Ich bin gespannt und freue mich, etwas für dich tun zu können.«

»Morgen?«

»Klar. Und bring ein bißchen Zeit mit. Wir haben soviel zu bereden. Gott, sind das schöne Aussichten. Endlich wieder auf ein Boot.«

»Ich hol dich, sobald du hier raus bist.«

»Warum nicht früher? Ich kann ohne weiteres mal einen halben Tag weg. Vielleicht am Wochenende. Da ist es hier unerträglich mit den vielen Besuchern.«

»Laß uns warten, bis du damit durch bist. Bei einer Bootsfahrt weiß man nie so genau, ob man pünktlich wieder zurück ist.«

»Schade.«

»Also bis morgen. Übrigens noch eins: wenn du nach der Therapie nicht gleich eine Wohnung findest, kannst du erstmal zu uns kommen. Thomas' Zimmer ist ja frei.«

»Das ist nicht dein Ernst. Und Beate hat wohl auch noch ein Wörtchen mitzureden.«

»Keine Sorge, das krieg ich schon hin.«

Ulf Metzner umarmte Jörn Coldewey. »Das hätte ich nie erwartet«, flüsterte er.

Coldewey winkte noch einmal vom Parkplatz aus, während Metzner unverändert an der Bank stand und ihm nachschaute. Als er im Auto saß, prügelte Coldewey auf das Lenkrad ein. »Du Idiot! Du verdammter Idiot! Du bist von allen guten Geistern verlassen.«

IV

Beate hatte nur den Kopf geschüttelt, als er vom Besuch bei Ulf berichtet und sie über die baldige Einquartierung informiert hatte. Manchmal sei er einfach unberechenbar. Er, der sich immer mehr abschotte, lade sich ohne Not solch ein Problem auf, hatte sie schließlich angemerkt und sich in ihr Zimmer zurückgezogen. Offensichtlich hatte sie nähere Erklärungen nicht erwartet, und dafür war Coldewey dankbar, denn er hätte sie nicht geben können.

Jetzt putzte sie das Gästezimmer wie beim Großreinemachen und zog die frisch gewaschenen Gardinen auf. Saubere, duftende Bettwäsche und ein Strauß Rosen aus dem Garten waren bereit für Metzners Empfang. Alles, was noch an Thomas erinnert hatte, war auf dem Dachboden oder in Schränken verschwunden. Ein helles, gepflegtes Hotelzimmer ohne Hinweise auf frühere Bewohner.

»Du trägst die Verantwortung«, sagte sie zu ihrem Mann, den sie gerufen hatte, damit er den Raum begutachten und abnehmen konnte. »Ich habe meinen Teil erledigt. Wenn er hier bei uns auch zu essen gedenkt, mußt du für die zusätzlichen Kosten aufkommen. Das Haushaltsgeld, an dem du immer sparst, reicht gerade für uns beide.«

»Wie gesagt, ich glaube nicht, daß er sich für länger hier festsetzen und uns auf der Tasche liegen wird. Außerdem trifft es nicht die Ärmsten. Er braucht eine Schlafgelegenheit, bis er eine Wohnung gefunden hat.«

»Warten wir's ab.«

»Jedenfalls wird Ulf ein bißchen Abwechslung in unser Leben bringen.«

»Haben wir die nötig?« Sie band sich die Schürze ab und zupfte noch einmal an der Bettdecke, obwohl sie absolut straff und gerade lag.

»Du bist immer noch böse mit mir.« Er streckte die Hand nach ihr aus.

Sie wich vor ihm zurück. »Nein. Ich hatte nur gedacht, daß dieses Haus uns beiden gehört, wie es im Grundbuch steht, daß wir gemeinsam darüber verfügen.«

»Es war so ein spontaner Entschluß, einfach weil mir der Kerl leidgetan hat. Er ist quasi ein Obdachloser. Ich werde mich selbst darum kümmern, daß er bald was findet. Und dann ist alles wieder so wic vorher.«

»Da wäre ich mir nicht so sicher. Du mußt los, wenn du um elf da sein willst. Fürs Mittagessen ist jedenfalls gesorgt. Und auch heute abend können wir ihn mit durchfüttern. Was morgen passiert, wird sich finden.«

»Vermutlich hab ich Mist gebaut. Spontane Entschlüsse sind so eine Sache, obwohl gerade du dafür Verständnis haben müßtest. Du wirfst mir ja immer vor, daß ich unbeweglich geworden bin. Wie man's macht, macht man's falsch.«

»Du sagst es. Hau ab.« Sie gab ihm ein versöhnliches Lächeln mit auf den Weg.

Metzner bestand darauf, unterwegs etwas für Beate zu kaufen. »Ich kann bei euch nicht mit leeren Händen aufkreuzen. Mag sie Pralinen? Nein? Schade. Blumen?«

»Wir haben genug im Garten.«

»Vielleicht eine hübsche Bluse? Oder ist das zu persönlich?«

»Das mußt du wissen.«

»Hilfst du mir beim Aussuchen? Du kennst ihren Geschmack und ihre Größe.«

»Dezent und vierzig.«

Im Damenmodengeschäft brauchte Metzner viel Zeit. Immer wieder ließ er die Blusen, die auf Bügeln an einem Drehständer hingen, im Kreis herumschwingen, befühlte den Stoff und hielt jede Bluse, die er in die engere Wahl zog, am Fenster ins Tageslicht.

Schließlich wählte er eine schlichte, rostbraune aus. Als es ans Bezahlen der sechzig Euro ging, zog er Coldewey in einen Winkel des Ladens und flüsterte: »Kannst du das auslegen? Ich war ja noch nicht bei der Bank. Morgen kriegst du's wieder. Ehrenwort.«

Sie saßen auf der Gartenterrasse, wo Beate den Tisch mit Gläsern und Obstsaft in einer Karaffe gedeckt hatte. Die Überreichung des Geschenks baute Metzner zu einer kleinen Zeremonie aus. Er verbarg die Tüte unter seiner Jacke und holte sie erst mit stolzem Blick hervor, nachdem man sich begrüßt und die üblichen Bemerkungen über das Wetter und den schönen Garten ausgetauscht hatte.

»Ich habe dir etwas mitgebracht.« Das Siegerlächeln hätte jeden geblendet.

»Mir?« Beates Kinderaugen glühten vor Neugier.

»Rate.«

»Mach's nicht so spannend, Ulf. Ich bin als Kind jedesmal zu Weihnachten vor Aufregung krank geworden.«

»Nur das nicht. Also bitte, hier. Ich hoffe, sie gefällt dir.«

Beate stieß einen kleinen Freudenschrei aus, als Metzner die Bluse aus der Tüte zog. »Hundertprozentig mein Geschmack!« rief sie. »Hat Jörn dich beraten?«

»Traust du mir nicht zu, selbst herauszufinden, was dir gut steht?«

»Doch, natürlich. Entschuldige.« Beate lächelte verlegen wie ein Schulmädchen und verschwand für einige Minuten. Als sie aus ihrem Zimmer zurückkam, trug sie die Bluse. Dazu hatte sie einen olivgrünen Rock angezogen. Hochhackige Sandalen zwangen sie, ihre hübschen braungebrannten Beine nur in zierlichen Schritten zu bewegen. Metzner klatschte Beifall und zündete sich eine Zigarette an, während Coldewey sich die Augen rieb.

»Weißt du, Ulf, mein Mann schenkt mir keine Blusen mehr. Er gibt mir höchstens das Geld dafür, und auch das erst nach mehrmaliger Aufforderung.«

»Armer Jörn.« Metzner tippte ihm mit dem Zeigefinger auf den nackten Unterarm. »Um was bringst du dich, lieber Freund! Es gibt nichts Aufregenderes, als in Damengeschäften herumzustöbern und sich vorzustellen, wie dieses oder jenes an einem begehrenswerten Frauenkörper aussieht.«

»Ich bin kein Fetischist.«

»Aber ein Spielverderber. Nochmals vielen Dank, Ulf. Wollen wir jetzt mal dein Zimmer besichtigen? Ich möchte gern wissen, ob du alles so in Ordnung findest.«

»Laß nur, ich erledige das schon.« Coldewey erhob sich. »Vielleicht kannst du uns ein bißchen was zu knabbern besorgen. Der Saft bleibt einem ja vor dem Magen stehen. Komm, Ulf. Und mach die Zigarette aus.«

Auf der Treppe sagte Metzner lachend: »Weißt du, Eifersucht ist ein mir völlig fremdes Gefühl. Ich bin dazu unfähig. Als du damals mit Vera ...«

»Ich denke«, unterbrach ihn Coldewey, »wir sollten morgen früh gleich mal zum Makler fahren. Wir können natürlich auch die Wohnungsangebote in der Zeitung studieren. In welches Viertel möchtest du denn?« Er stieß die Zimmertür auf und ließ Metzner den Vortritt.

»Donnerwetter! Womit hab ich das verdient? Wirklich, Jörn, ich bin zutiefst gerührt. So schön hab ich noch nie gewohnt. Dieses Licht und dieser Blick auf den Garten. Ein Arbeitstisch direkt am Fenster. Wer da keine Einfälle hat, ist selber schuld. Weißt du, mit der Wohnungssuche würde ich gern so lange warten, bis ich wieder etwas Geld auf dem Konto habe. Ein Hörspiel von mir liegt bei mehreren Sendern. Eine Redakteurin beim WDR ist begeistert davon. Ich kenne sie von einer Lyrikwerkstatt. Sie möchte es machen und wartet nur auf die Zustimmung des Abteilungsleiters. Wahrscheinlich bekomme ich in wenigen Tagen einen Vertrag und das halbe Honorar. Dann habe ich erst mal was für die Miete und kann dir auch die Bluse bezahlen.«

»Ich denke, wir gehen morgen zur Bank.«

»Gern. Nur wird das nichts nützen. Mein Konto ist gesperrt. Sie haben neulich die EC-Karte am Automaten eingezogen.«

»Paß auf, ich schieße dir das Geld für das Hörspiel erstmal vor. Dann kannst du sofort was mieten. Und das mit der Bluse vergiß ruhig.«

»Kommt überhaupt nicht in Frage! Die Bluse bezahle ich, und wenn ich dafür eine Bank überfallen muß. Vielleicht können wir's so machen: du gibst mir noch neunhundertfünfzig Euro dazu. Dann schulde ich dir runde tausend.«

»Die Bluse hat sechzig gekostet.«

»Wirklich? Ganz schön teuer der Laden, in den du mich geschleppt hast. Kriegst du da Prozente?« Metzner lachte. »Entschuldige. Ich bin einfach gut gelaunt. Wenn ich mir vorstelle, daß ich hier jetzt wohnen darf, könnte ich vor Glück heulen. Du ahnst ja nicht, wie sehr mich dieser Zustand gequält hat: entweder zurück zu meiner Mutter, die mich am liebsten in Fesseln legen würde, oder zurück zu Luitgard, die sich um mich herumwickelt wie eine Schlingpflanze oder besser wie eine Boa constrictor. Beate hat sowas erfrischend Unbefangenes. Man hat bei ihr überhaupt nicht das Gefühl, daß man auf der Hut sein muß.«

»Du kennst sie gerade mal eine halbe Stunde.«

»Sowas spüre ich auf Anhieb. Entweder springt der Funke sofort über oder nie. Das ist keine Frage von Zeit. Außerdem kenne ich sie ja schon ewig. Ich erinnere mich noch gut an die Zeit, als du sie erobert hast. Ich habe dich damals sehr beneidet. Heute kann ich dir's ja gestehen.«

»Danke. Das beruhigt mich ungemein. Gehen wir runter?«

»Wer hat das Zimmer nebenan? Ist das euer Schlafzimmer?«

»Nein, da arbeite und schlafe ich, ich ganz allein.«

»Ihr schlaft getrennt?«

»Was dagegen?«

»Um Gottes willen. Ich wundere mich nur. Wenn man Beate so erlebt ...«

»Komm, ich zeig dir mein Zimmer.« Coldewey wandte sich zur Tür.

»Darf ich hier bei mir rauchen?« Metzner hatte schon wieder eine Zigarette in der Hand.

»Wenn du immer gründlich lüftest.«

»Dann möchte ich jetzt mal zehn Minuten für mich allein sein. Hier drin in meinem Reich. Ich muß das alles aufsaugen wie den Rauch der Zigarette. Das ist das Glück.«

»Ich wollte dir noch mein Zimmer zeigen.«

»Später, lieber Jörn, später. Das ist ja fest eingebaut in dein Haus und wird uns nicht davonlaufen. Aber dieses hier, das jetzt mir gehören soll, ist noch nicht so gut verankert. Jedenfalls hab ich das Gefühl, daß es mir wieder abhanden kommen könnte, wenn ich es nicht sofort in Besitz nehme.«

»Wie du meinst.« Coldewey verließ den Raum und hörte, wie Metzner hinter ihm abschloß.

Beim Mittagessen verzichtete Coldewey auf sein Glas Rotwein, das er sonst als Stärkungsmittel für sein Herz zu sich zu nehmen pflegte. Überhaupt hatte er alle Alkoholika vor Metzners Ankunft in den Keller getragen und in einem Schrank eingeschlossen. Das Geschnetzelte in Rahmsoße kam ihm fad vor. Ohne das Stimulans des Weines schmeckte alles eintönig, so als seien Zunge und Gaumen betäubt. Das Schlucken bereitete ihm Schwierigkeiten, und das Ekelgefühl verlor sich erst bei der Schokoladencreme, die Beate frisch angerührt hatte.

Metzner war einsilbig. Auch ihm schien das Zerkauen und Herabwürgen fester Substanzen nicht zu behagen. Er trank viel Wasser und wischte sich oft den Mund mit der Serviette.

Nur Beate aß mit Appetit. Sie fragte Metzner nach seiner Arbeit und sagte anerkennend, daß er Coldewey sehr geholfen habe mit seinen Ratschlägen für dessen Text. »Hat er sich schon bedankt bei dir?«

»Wenn du unter einem muffigen ›Vielleicht hast du recht‹ eine Danksagung verstehst, dann ja.« Sie lachten einträchtig.

»Sehr witzig.« Nun schmeckte Coldewey auch die Schokoladencreme nicht mehr.

Beate wechselte das Thema und erzählte von den Enkelkindern, die mit ihrer Mutter zum Nachmittagskaffee erscheinen würden. »Und Thomas kommt zum Abendessen dazu. So erlebst du die ganze Familie in einem Aufwasch.«

»Vielleicht ziehe ich mich zwischendurch mal zurück. Die Therapie war sehr anstrengend und hat mich ein wenig geschwächt.«

»Leg dich doch nach dem Essen hin.«

»Ich bin kein Mittagsschläfer. Außerdem will ich bei meiner Mutter vorbeischauen. Sie wartet sicher schon ungeduldig und brächte es fertig, hier sonst einfach reinzuschneien.«

»Warum nicht?« fragte Beate gutgelaunt. »Ruf sie an und lade sie zum Kaffee ein. Der Kuchen reicht bestimmt. Der kommt gleich in den Ofen.«

»Selbstgebackener Kuchen? Das wäre natürlich was für sie. Was meinst du, Jörn? Soll sie dazustoßen?« Metzner wandte sich erwartungsvoll an den Hausherrn.

»Ich weiß nicht. Die Kinder sind sehr anstrengend und sicher eine Zumutung für eine alte Dame.«

»Alte Dame? Du hast sie erlebt. Die nimmt es mit jedem noch so chaotischen Kinderhaufen auf. Der kann es gar nicht lebhaft genug sein.«

»Ich finde, es reicht erstmal, wenn du unsere Familie kennenlernst.«

»Das war deutlich. Nicht zuviel Metzners auf einmal. Sind eben nicht so leicht zu verdauen.«

»Ich verstehe das nicht!« Beate sprang auf und zerknüllte ihre Serviette.

»Ich geh raus in den Garten.« Coldewey nahm die Zeitung und verschwand durch die Terrassentür.

»Ich helfe Beate beim Abdecken und mache mich dann auf die Socken. Bis später, lieber Jörn.«

Er hatte gehofft, daß Beate nach dem Aufräumen in der Küche zu ihm herauskäme und es sich wie sonst bei schönem Wetter im zweiten Liegestuhl bequem machen würde. Er wartete vergebens. Nach einer Stunde schaute er nach ihr. Sie lag in ihrem Zimmer auf dem Bett und las im ›Spiegel‹. »Kommst du nicht raus?« fragte er von der Tür aus.

»Ich muß gleich wieder in die Küche.« Sie unterbrach ihre Lektüre nicht.

»Es ist schön in der Sonne. Du versäumst was.«

»Mag sein. Aber ich entgehe auf diese Weise nervenden Gesprächen.«

»Es tut mir leid wegen Ulf und seiner Mutter. Soll ich sie anrufen und sie noch einladen?«

»Mach, was du willst. Ulf wird ihr längst gesagt haben, daß sie hier nicht willkommen ist.«

»Sie ist sehr anstrengend und streitsüchtig. Ich möchte nicht, daß sie die Kinder attackiert.«

»Neulich war sie noch faszinierend, charmant und außerordentlich geistreich. Ich hatte das Gefühl, du warst wieder richtig verschossen in sie nach deinem Besuch bei ihr. Wie damals als Pennäler.«

»Was du redest. Sie ist fünfundsiebzig. Sie ist eben mal dies, mal das. Aber primär ist sie eine Nervensäge. Also gut, ich gehe wieder raus. Dann kannst du in Ruhe weiterschmollen.«

»Ich schmolle nicht. Ich möchte mich nur entspannen, und das kann ich schlecht in deiner Gegenwart. Geh in dich, Jörn Coldewey. Schließlich hast du uns diesen Gast beschert. Dafür, daß er erst drei Stunden bei uns ist, bist du ganz schön daneben. Wie soll das in drei Tagen, drei Wochen oder womöglich in drei Monaten aussehen?«

»Dann habe ich ihn längst rausgeschmissen.«

»Also bereust du jetzt schon, ihn hergebeten zu haben.«

»Vielleicht. Nein, du hast recht. Ich werde in mich gehen. Wahrscheinlich fehlt mir einfach mein Glas Rotwein. Ich werde ihn oft auf die ›Britta‹ verfrachten. Das wird uns beiden guttun.«

»Ja«, seufzte sie. »Euch wird das guttun.«

»Du solltest den Rock weiter runterziehen. Du bringst mich auf dumme Gedanken.«

»Ach, Coldewey, was soll das?« Sie drehte sich zum Fenster und ihm den Rücken zu.

Schwiegertochter Dagmar hatte nichts dagegen, daß Metzner mit den Kindern hinten im Garten spielte, wo sich eine Sandkiste und eine Schaukel befanden. Die Kinder hatten sofort Vertrauen zu Metzner gefaßt und ›Onkel Ulf‹ als Gefährten akzeptiert.

Dagmar genoß es, ohne Störung mit Beate reden zu können, hatte sie doch ein Problem mit einer Freundin, die sich erst Geld bei ihr geliehen und dann den Kontakt abgebrochen hatte. Dagmar Coldewey-Siebert trug ihren Doppelnamen ebenso stolz wie den langen Zopf, der ihr bis aufs Hinterteil hinabreichte. Das schwarze Haar, die braune Haut, die dunklen Augen, die hohen Wangenknochen und die kühn geschwungene Nase gaben ihr das Aussehen einer Indianerin. Beate kam sich neben ihr immer ein wenig dürftig und unterversorgt vor, zumal Dagmar auch noch über einen üppig ausladenden, gut geformten Körper verfügte. Wenn sie stand, herrschte sie, wenn sie saß, thronte sie. Als sie noch unterrichtete, war sie ebenso beliebt wie gefürchtet. Daß der eher zurückhaltende introvertierte Thomas neben dieser Frau zu seinem Recht kam, war ein Wunder. Doch er beklagte sich nie. Und sie sprach immer mit Respekt und Zärtlichkeit von ihm. Auch die Kinder litten nicht unter der Dominanz der Mutter, waren fröhlich und zutraulich, aber nie aufsässig. Was wollte man mehr?

»Was würdest du an meiner Stelle tun?« fragte Dagmar. »Die Sache auf sich beruhen lassen oder das Geld zurückfordern?«

»Schwer zu sagen. Die Freundschaft ist ja wohl so oder so kaputt. Also kannst du's getrost zurückverlangen.«

»Macht man sich damit nicht kleiner, als man ist?«

»Das ist auch ein wichtiger Aspekt. Wenn es dein Stolz nicht zuläßt ...«

»Ach, Stolz. Ich kapier einfach nicht, wie ein Mensch sich so verhalten kann. Wir kennen uns schon von der Uni, sind oft zusammen verreist, haben uns immer bestens verstanden. Und dann das. Es sind immerhin achthundert Euro. Und wenn ich sie zurückfordere und sie nicht reagiert, soll ich sie dann verklagen? Nein, das ist ekelhaft und menschlich mies.«

»Ja, menschlich mies«, seufzte Beate und aß noch ein Stück von ihrem Nußkuchen.

Coldewey lief im Garten hin und her, beschnitt die Rosen, zupfte Unkraut aus den Beeten, hörte mit halbem Ohr auf das Gespräch der Frauen und schaute immer wieder nach den Kindern, die sich mit Metzner bestens zu amüsieren schienen. Axel, der ältere der beiden, hatte die schwarzen Haare und die dunkle Haut der Mutter, während der jüngere Frank ein echter Coldewey war mit hellen Locken und blauen Augen. Daß sie Brüder waren, erkannte man nur am Gesichtsschnitt und an der Form der Nasen.

Schließlich setzte sich Coldewey auf eine Gartenbank der Spielecke gegenüber. Ein Kirschlorbeerbusch verbarg ihn. Coldewey rief: »Hallo, ihr beiden, Opa hat sich versteckt. Ihr müßt ihn suchen!« Die Kinder reagierten nicht. Sie kreischten über irgendwelche Späße, die Metzner mit ihnen machte.

»Ihr wollt doch sonst immer Verstecken mit mir spielen!« Coldewey versuchte es noch einmal. Wieder erfolgte keine Reaktion. Coldewey lehnte sich zurück und schaute in die Baumkronen. »Verdammt«, murmelte er.

Er hörte, wie Metzner die Kinder fragte, ob er ihnen was vorlesen sollte. Sie waren begeistert. »›Erich, der Erpel‹!« rief Axel. »Das ist von Opa. Ich weiß, wo es ist.« Er lief ins Haus und holte das Buch, das zusammen mit anderen Kinderbüchern im Wohnzimmer im Regal stand. Axel kannte sich damit aus, denn Coldewey mußte jedesmal daraus vorlesen, wenn die Kinder bei ihnen übernachteten. Das würde in Zukunft schwierig werden, denn das Gästezimmer war nun besetzt. Notfalls mußte Coldewey sein Domizil räumen und bei Beate unterschlüpfen, wenn sie es denn erlaubte. Oder er übernachtete auf dem Boot und überließ Metzner die Rolle des Hausherrn.

Metzner las aus dem Buch. Durch seine Diktion klang der Text seltsam albern. Metzner parodierte die Figuren, unterbrach die Sätze von Erich und Erna, dem Entenpaar, durch lautes Geschnatter, verlieh Erich eine übertriebene Baßstimme und ließ Erna im schrillen Falsett keifen. Plötzlich brach er ab. »Findet ihr das richtig, daß Enten wie Menschen denken und reden?«

»Doch. Hat Opa ja so geschrieben«, sagte Axel stolz.

»Aber habt ihr das schon mal erlebt? Sagen die Enten ›Danke‹, wenn ihr sie im Bürgerpark füttert?«

»Nee«, gab Axel zu.

»Na, also. Was hier im Buch steht, gibt es in Wirklichkeit nicht.«

»Ist ja nur für Kinder«, sagte Axel altklug.

»Und Erna ist immer so lieb zu ihren Küken«, meinte Frank.

»Gerade weil es für Kinder ist, sollte sich euer Opa doch an die Wirklichkeit halten. Hier steht zum Beispiel, daß Erich, der Erpel, sich besonders schön macht für die Hochzeit mit Ente Erna. Er zieht sein farbenprächtigstes Gewand an und legt es nie mehr ab als Zeichen der Treue zu seiner Erna. Glaubt ihr das?«

»Jaha«, sagte Axel gedehnt, als kämen ihm Zweifel.

»Unsinn. Die männlichen Enten haben von Anfang an ein buntes Gefieder, und die weiblichen Enten sind unauffällig braun. Bei vielen Vögeln ist es so, daß die Männchen mit Lockfarben versehen sind, um die Weibchen zu ködern. Aber die bunten Federn sind kein Zeichen der Treue, sondern eher im Gegenteil. Bei manchen Vogelarten bleiben zwar die Paare zusammen, aber bei vielen anderen finden sie sich immer wieder neu, um für eine gesunde Auslese zu sorgen. Versteht ihr das?«

»Nein«, sagten beide Jungen.

»Okay, dann lassen wir das. Es reicht auch. Ich mag aus dem Buch nicht mehr vorlesen. Es ist nicht gut für Kinder. Da wird euch eine Scheinwelt vorgegaukelt. Habt ihr ›Mensch, ärgere dich nicht‹?«

»Das kann ich nicht«, sagte Frank.

»Er kann noch nicht zählen«, erklärte Axel.

»Ich bringe es ihm bei. Das ist jedenfalls die richtige Schule fürs Leben. Glück und Pech und Schadenfreude. Kommt, wir gehen rein. Das muß man am Tisch spielen.«

Man hörte nur noch die Frauen reden und eine Singdrossel ihre schluchzenden Triller verbreiten. Coldewey schlich ums Haus herum auf die Heinrich-Heine-Straße. »Er wußte, daß ich alles mithöre!« schimpfte er.

Er lief einmal bis zur Schwachhauser Heerstraße und zurück. Auf dem Heimweg kaufte er in einem Spielwarengeschäft Ecke Scharnhorststraße zwei Holzenten auf Rädern, die eine bunt, die andere naturfarben. Mit dem Kugelschreiber malte er im Gehen die Namen ›Erich‹ und ›Erna‹ auf die Tiere.

Als er sein Grundstück erreichte, lief er zum Mülleimer neben der Garage und warf die Tüte mit den Enten hinein. Er stellte einen stinkenden Abfallbeutel darüber, damit Beate nichts bemerkte.

Beim Abendessen zog er seinen Sohn in ein intensives Gespräch über aktuelle Politik, während Metzner sich den Frauen widmete, was beide zu genießen schienen. Die Kinder jedoch konnten vor Müdigkeit kaum noch essen, geschweige denn reden, ein Grund für Dagmar und Thomas, möglichst schnell aufzubrechen.

Schon um neun zog sich Coldewey auf sein Zimmer zurück unter dem Vorwand, noch arbeiten zu wollen. Er stellte leise den Fernseher an und öffnete eine Flasche Rotwein, die er schon am Nachmittag im Kleiderschrank versteckt hatte.

Um zehn hörte er Metzner sein Zimmer aufsuchen. Der riß das Fenster auf, vermutlich um zu rauchen. Dann rannte er hin und her, als würde er seinen Koffer auspacken. Er richtete sich häuslich ein und dachte offensichtlich nicht mehr daran, daß er Coldewey immer noch einen Besuch in dessen Zimmer schuldig war.

Um halb elf wurde das Fenster verriegelt und die Tür abgeschlossen. Coldewey ging leise ins Bad, leerte danach die Flasche bis zum letzten Tropfen und ließ sich ins Bett fallen.

V

Metzner lobte das Auto, die elegante Ausstattung, die Klimaanlage, den Fahrkomfort und den dunkelblauen Metalliclack. Er erkundigte sich nach der Marke, obwohl die vier Ringe auf dem Lenkrad eindeutig darauf hinwiesen. Sie waren unterwegs zur Lesum, zum Liegeplatz der ›Britta‹.

»Du hattest schon immer ein Faible für große Autos, nicht wahr?«

»Ich hab's gern bequem. Und so ein Achtzylinder bietet einiges.«

»Sind die Ledersitze im Winter nicht zu kalt?«

»Die haben Heizung. Also kein Problem.«

»Na ja, du bist halt viel unterwegs für deine Recherchen. Da lohnt sich so ein Luxus.«

»Ich kann es mir leisten, ohne daß deswegen irgend jemand in der Familie auf etwas verzichten müßte.«

»Wie schön für euch alle. Trotzdem schien mir Beate beim Frühstück irgendwie verstimmt zu sein. Hat es zwischen euch gekracht?«

»Ach, nur das Übliche. Sie hat es nicht gern, wenn sie wegen des Boots alleingelassen wird. Ich würde mich über die Maßen freuen, wenn sie mit an Bord käme, aber sie mag das Schaukeln nicht und haßt das Skipper-Getue, wie sie sagt.«

»Was meint sie damit?«

»Naja, die Skipper sind ein eigenes Völkchen. Man grüßt sich, man hilft sich, man ist Teil einer großen Familie. Skipper sind allesamt nicht ganz dicht, meint Beate.«

»Und ihretwegen auf das Boot verzichten willst du nicht?«

»Wie kann ich das? Nur zu Hause eingesperrt würde ich verkümmern und keinen Satz mehr zu Papier bringen.«

»Also unversöhnliche Fronten.« Metzner lachte. »Was war eigentlich mit dem Mülleimer?«

»Dir entgeht ja wohl nichts. Ich habe etwas weggeworfen, was sie noch für brauchbar hielt. Altes Spielzeug.«

»Die beiden Enten? Sie sahen noch wie neu aus, nachdem Beate sie geputzt hatte. Wirklich zu schade zum Wegwerfen. Aber warum ist Beate so wütend geworden? Beschimpft sie dich öfter?«

»Laß mich in Ruhe, Ulf!« Coldewey gab Gas und fuhr schneller als die 120 km/h, die auf der A27 erlaubt waren.

»Jedenfalls passen die Enten gut zu deinem Buch. ›Erich‹ und ›Erna‹ – wirklich ein hübscher Text. Ich habe gestern den Kindern daraus vorgelesen.«

»Das ist mir nicht entgangen.«

»Oh! Ich dachte, du hättest gearbeitet. Du fährst übrigens zu schnell.«

»Hast du Angst um dein kostbares Leben?«

Den Rest der Fahrt verbrachten sie schweigend. Vor dem Anleger sprang Metzner sofort aus dem Wagen, warf die Arme in die Luft und rief: »Mein Gott, wie schön!«

Coldewey nahm die Kühltasche mit dem Grillfleisch und die Tüte mit den anderen Lebensmitteln aus dem Kofferraum.

»Soll ich dir tragen helfen?« Metzners Laune konnte besser nicht sein.

»Schaff ich schon.« Coldeweys Laune hielt sich in Grenzen. Daß Beate das Spielzeug in der Mülltonne gefunden und ihn für übergeschnappt erklärt hatte, hing ihm nach. Er atmete tief durch und schaute in den Himmel. Westwind trieb Wolkenberge vor sich her, die jedoch nicht nach Regen aussahen. Vielleicht mal ein Schauer, aber kein durchgehendes Schmuddelwetter, das war gewiß. Daß die Sonne nicht ununterbrochen ihre Haut strapazieren würde, war von Vorteil, denn Coldewey spannte nicht gern das Sonnendach auf, weil sich darunter die Hitze staute.

Die Lesum hatte auflaufendes Wasser, also würden sie Richtung Hamme fahren, vielleicht bis Worpswede, um dann mit dem Nachmittagsniedrigwasser zurückzukehren. Bei der Gelegenheit konnte Metzner in Ritterhude gleich das Schleusen lernen.

»Mensch, Jörn, das ist ja ein fabelhaftes Boot. Man ist wie geblendet. Alles frisch gestrichen, wie mir scheint.«

»Steckt viel Arbeit drin. Im Winter war es in der Halle und ist von oben und unten komplett überholt worden.«

»Und das hast du alles selbstgemacht?«

»Den Unterwasserteil nicht. Aber oben rum war ich selbst aktiv. Auch bei den Türen und der Badeplattform. Wenn du so willst, ein neues Schiff.«

»Ich will. Mein neues Zuhause kann gar nicht prächtig genug aussehen. Jörn, ich fasse es nicht. Erst das schöne Zimmer und jetzt das hier. Du machst mich wirklich glücklich.«

»Freut mich.«

Aus einer Wolkenlücke übergoß die Sonne die ›Britta‹ mit gleißendem Licht. Metzner kletterte aufs Achterdeck zum Außensteuerstand, während Coldewey die Tür zum Salon aufschloß und beiseite schob. Sofort öffnete er die gegenüber liegende Tür, damit die stickige Luft abziehen konnte. Er stieg hinab in die Pantry und legte das Fleisch in den Kühlschrank. Die übrigen Lebensmittel packte er auf das Ablaufbrett der Spüle und schaute sich nach Metzner um. Der hatte sich auf dem Achterdeck einen Klappstuhl bereitgestellt und rauchte.

»Willst du dir nicht das Boot von innen ansehen?«

»Sofort. Laß mich nur einen Moment den herrlichen Blick und dieses Gefühl von Freiheit genießen. Du bist ein Glückspilz, Jörn Coldewey. Du weißt gar nicht, wie privilegiert du bist.«

Coldewey drehte das Gas an und stellte Kaffeewasser auf. Dann schaute er sich um. Alles war tadellos aufgeräumt oder so verstaut, daß er jederzeit wußte, wo was zu finden war.

»Jetzt zeig mir dein Reich.« Ulf stand neben ihm und roch nach Rauch.

»Gut. Dies hier ist die Pantry mit Kühlschrank, Kochherd und Spüle. Drüben die Eßecke.«

»Der Tisch hat ja hochgezogene Kanten.«

»Damit bei Seegang nichts runterfällt. Da vorn ist die Bugkajüte mit zwei Schlafplätzen. Sie hat eine Lüftungsklappe mit Glasscheibe nach oben, so daß man abends in die Sterne gucken kann, wenn man im Bett liegt.«

»Romantisch. Aber mehr was für Jüngere wie Dagmar und Thomas. Weißt du eigentlich, daß du eine sehr attraktive Schwiegertochter hast?«

»Weiß ich.«

»Ist das nicht gefährlich für euer Familienleben?«

»Komm, ich zeig dir den Salon. Der liegt etwas höher, weil sich darunter der Motor befindet. Ein Diesel mit sechzig PS. Das ist der Innensteuerstand mit allen wichtigen Instrumenten. Unter den Polsterbänken rundherum sind Staufächer. Hier kann man sich's an verregneten Abenden gemütlich machen .«

»Mit Fernseher. Es ist an alles gedacht. Über die Stereoanlage hörst du sicher deinen Bach. Liebst du ihn immer noch so abgöttisch?«

»Aber ja. Durch die kleine Tür hinten geht's in die Achterkajüte mit Doppelbett, Toilette und Dusche. Schau ruhig rein, aber zieh den Kopf ein.«

»Hier schläfst also du mit Beate. Das Allerheiligste sozusagen. Da pfeift was.«

»Der Wasserkessel. Ich brüh uns mal schnell einen Kaffee auf.«

»Darf ich mich auf das Bett legen?«

»Natürlich. Das ist in Zukunft dein Platz.« Coldewey lief in die Pantry, nahm Kanne mit Filter und Tüte aus dem Geschirrschrank unter der Spüle, füllte Kaffee in den Filter und goß Wasser darauf.

»Man schläft sicher gut, wenn man so sanft gewiegt wird«, rief Metzner aus der Achterkajüte.

»Kommt drauf an. Beate mag hier nicht übernachten.«

»Warum hast du dann ein so großes Boot gekauft?« Metzner kam aus der Kajüte und blieb im Salon stehen, drehte sich um sich selbst. »Wahnsinn. Was für eine Platzverschwendung. Vier Betten für eine Person.«

»Sechs. In der Pantry kann man auch noch zwei Schlafplätze einrichten.«

»Also noch großkotziger. Ein schwimmendes Ferienhaus für nur eine Person. Theoretisch könnten wir allesamt darin hausen: Anneliese und ich hinten, Beate und du vorn, Dagmar und Thomas in der Pantry und die Kinder hier im Salon. Ist das eine Idee, mal eine größere Fahrt zu machen – wir alle zusammen?«

»Mit Beate wird das schwierig.«

»Wir können ja so planen, daß wir immer in Orten mit einem Hotel in der Nähe anlegen. Da könnte Beate schlafen.«

»Mal sehen. Willst du den Kaffee lieber im Salon oder draußen?«

»Draußen natürlich. Wann fahren wir los?«

»Gleich. Laß mich erstmal einen Augenblick zur Ruhe kommen. Nimm du die Kanne. Ich bringe die Tassen, Milch und Zukker«.

Metzner trug die Kanne feierlich wie eine Monstranz vor sich her. »›Britta‹, ich liebe dich.«

Sie saßen in Klappstühlen, schlürften den heißen Kaffee und schauten aufs Wasser. »Starke Strömung«, sagte Metzner, »eigentlich müßte man das Boot nur losbinden und einfach treiben lassen.«

»Es wäre nicht steuerfähig und würde gegen das Ufer knallen oder auf Grund laufen. Vor allem würde man andere Boote beschädigen. Die Tidenströmungen sind sehr intensiv und unberechenbar. Du wirst jetzt einiges lernen müssen. Zuerst das Losmachen und Festmachen. Dann die wichtigsten Knoten, zum Beispiel den Webeleinstek für die Fender.«

»Sind das die Gummipolster mit den Bändern dran?«

»Genau. Die mit den Tampen. Wichtig ist auch der Kreuzschlag für das Belegen der Klampen.«

»Du redest in Rätseln, lieber Freund.«

»Eben. Du mußt ja nicht gerade den Bootsführerschein machen, aber gewisse Grundkenntnisse solltest du schon haben als zweiter Mann an Bord.«

»Du bist also der Kapitän und ich der Matrose.«

»Oder der Rudergänger. Du darfst das Boot auch steuern, wenn ich dabei bin.«

»Jawohl, Herr Kapitän.« Metzner legte die rechte Hand seitlich an die Schläfe und grüßte militärisch.

»Du machst dich lustig.« Coldewey stellte die Tasse ab und strich sich übers Haar.

»Ist Lachen an Bord verboten?«

»Überhaupt nicht. Nur ist die Skipperei keine ungefährliche Sache. Die starke Strömung, die Schwerfälligkeit solcher Stahlschiffe, die Berufsschiffahrt auf der Weser... Was meinst du, was da für Pötte unterwegs sind. Und dann die Untiefen, oder plötzlich Querströmungen und so weiter, und so weiter. Jede Fahrt ist ein kleines Abenteuer. Du wirst es erleben.«

»Ich liebe die Gefahr. Im Ernst: ich freue mich auf den Kitzel. Außerdem bin ich ein passabler Schwimmer, wie du noch aus der Penne weißt. Wenn wir absaufen, können wir uns doch einfach an Land retten.«

»Unterschätz die Strömung nicht. Und das Wasser ist noch saukalt. Ich mit meiner Pumpe ...«

»Wozu hast du einen Rettungsring?«

»Und Schwimmwesten. Natürlich ist für Ernstfälle vorgesorgt. Und trotzdem ...«

»Willst du mir Angst machen?«

»Nein. Du sollst nur wissen, daß man ein gewisses Risiko eingeht, wenn man sich aufs Wasser begibt. So harmlos, wie es meistens wirkt, ist Wasser nicht.«

»Danke für die Belehrung. Ich verstehe schon, weshalb Beate nicht so gern mit dir herumfährt.«

»Entschuldige. Du hast ja recht. Statt dir Appetit zu machen, verderbe ich ihn dir. Ich bin heute etwas daneben. Dabei bin ich so froh, daß ich endlich meinen Bordkameraden gefunden habe. Komm, ich zeig dir, wie man die Maschine startet.«

Sie legten ab, nachdem Coldewey genau erklärt hatte, wie die Leinen am besten gelöst und auf dem Anleger zurückgelassen wurden. Das Wichtigste dabei war, immer die Strömung richtig einzukalkulieren. Für das Wiederanlegen mußten die Leinen für den Bootshaken gut erreichbar sein, damit sie sofort an Bord geholt und über die Klampen geworfen werden konnten. Zu zweit sei das alles kein Problem, aber allein an- und abzulegen, sei heikel. Da müsse jeder Handgriff sitzen. Metzner hatte eifrig genickt und versprochen, sich alles genau zu merken.

Sie glitten auf der Lesum dahin, wurden von der Strömung vorwärtsgetrieben, so daß der Motor nur mit kleiner Drehzahl lief. Coldewey erklärte Öldruck, Lot und Logge und übergab Metzner das Steuer. Er schärfte ihm ein, das Lot ständig im Auge zu behalten, weil der Fluß in den Biegungen reichlich Untiefen habe. Am besten würde das Schiff immer auf dem äußeren Bogen der Kurve gehalten.

Metzner lachte. »Wie soll man die Natur genießen, wenn man ständig die Instrumente beobachten muß.«

»Wenn du dich dran gewöhnt hast, läuft das ganz automatisch, und du hast trotzdem einen Blick für die Umgebung. Hast du schon Hunger?«

»Überhaupt nicht. Ein bißchen ist das Skippern wie Indianerspielen, oder? Eigentlich ein Kindervergnügen.« Er drehte übermütig am Steuerrad. Das Boot kam vom Kurs ab.

»Vorsicht. Da vorne an Steuerbord gibt's eine Untiefe. Du kannst es schon an der Wasserkräuselung und an der Färbung sehen.«

»Das Schiff, das wir mal gebaut haben, hatte immer Schlagseite. Weißt du noch? Als wir es mit einem Gegengewicht aufrichten wollten, ist es fast abgesoffen. Du warst sehr böse auf mich, weil ich mich so dumm angestellt habe. Erinnerst du dich?«

»Nein. Keine Ahnung.«

»Du wolltest es dann mit dem Luftgewehr versenken, aber da habe ich protestiert. Hast du das Gewehr noch?«

»Nein. Ich habe es damals, Ende der Siebziger, als wir alle so friedensbewegt waren, in den Sperrmüll getan. Ich wollte auch nicht, daß es Thomas in die Hände fiel.«

»Verrückt, was? Von heute aus gesehen waren wir ganz schön überspannt. Deutsche Soldaten sind überall auf der Welt im Einsatz, und Waffen gelten als sexy.«

»Das besagt aber nicht, daß wir seinerzeit im Unrecht waren. Die heute grassierende Unvernunft und dieser geradezu verherrlichte Infantilismus sind weiß Gott nicht ermutigend. Ich mag nicht darüber nachdenken, in welch eine Welt meine Enkelkinder hineinwachsen.«

»Meines wächst im geistigmoralischen Mittelalter auf, in der Welt von Herrn Bush, der die Erde demnächst wieder zur Scheibe erklären wird. Und alles, woran wir mal geglaubt haben, wird von dieser SPD und auch von den Grünen verraten. Die normativen Zwänge der Realität. Hahaha!«

»Paß auf! Der von da vorn hat ziemlich viel Dampf drauf und wird ganz schön Wellen machen. Am besten gehst du dann etwas quer und schneidest sie im Winkel von fünfundvierzig Grad.«

»Ay ay, Sir. Nein, du tust das einzig Richtige. Der schnöden Welt ade sagen und in die Natur fliehen. Eskapismus ist das Gebot der Stunde. Mit diesem Kahn realisierst du dir den Traum vom sinnvollen Leben. Beneidenswert. Aber es gehört auch eine große Portion Naivität dazu, denn das Ganze funktioniert nur, wenn man die Realität leugnet, die Realität, daß dieses Wasser vermutlich verseucht ist, daß die Vögel wie jener prachtvolle Reiher da drüben lebensbedrohliche Viren in sich tragen, daß diese Flüsse eines Tages für immer über die Ufer treten und ganz Norddeutschland ins Meer zurückholen werden. Vielleicht schauen noch die Spitzen der lieblichen Lesmona-Hügel oder des Weyerberges aus dem Wasser, aber das alles hier um uns herum wird Meeresgrund. Da hilft keine ›Britta‹ und auch nicht die Regel, daß man immer gegen den Strom und gegen den Wind anlegen soll. Wenn du jetzt mal das Steuer übernehmen könntest, ich muß mal deine süße kleine Toilette aufsuchen. Und dann wird geraucht. Für was und für wen soll ich mich schonen?«

»Ist dir schlecht?«

»Immer. Aber nicht vom Bootfahren. Einfach so.«

»Neben dem Klobecken ist ein kleiner roter Knopf in der Wand. Den mußt du drücken für die Wasserspülung.«

»Und das Zeug geht dann einfach so in die Lesum?«

Coldewey zuckte die Achseln.

»Siehst du. Auch die Flucht in die Idylle bleibt nicht ohne Folgen für die Umwelt.« Er verschwand im Salon.

Coldewey erhöhte die Geschwindigkeit, fuhr ein paar Sekunden mit Vollgas und zog eine Qualmwolke hinter sich her. Ein Angler in einem Ruderboot, das nah am Ufer ankerte, hob drohend den Zeigefinger. »Schon gut, schon gut«, flüsterte Coldewey und stellte den Gashebel zurück, bis die ›Britta‹ wieder die erlaubten zwölf Stundenkilometer fuhr.

»Wohin geht es da nach rechts?« fragte Metzner, zündete sich eine Zigarette an und setzte sich auf seinen Platz.

»Das ist die Wümme. Auf der kommt man nach Borgfeld und Lilienthal oder ab Dammsiel über die kleine Wümme in die Innenstadt.«

»Oh, das müssen wir mal machen: mit dem Schiff in die Stadt.«

»Mit der ›Britta‹ geht das nicht. Die hat zuviel Tiefgang und ist zu hoch für die kleinen Brücken am Bürgerpark. Aber wir können mit dem Schlauchboot hinfahren. Da hängt es.« Er zeigte auf ein Beiboot, das am Heck an zwei Davids über der Badeplattform befestigt war.

»Unbedingt.« Metzner saugte hektisch an seiner Zigarette.

»Ich schlage vor, wir fahren noch bis Ritterhude an die Schleuse und grillen uns was, bis wir um zwei auf die Hamme können.«

»Wieso erst um zwei?«

»Bis dahin macht der Schleusenwärter Mittag.«

»Wunderbar. So hat auch die Bootsromantik ihre gewerkschaftlichen Grenzen. Arbeitszeitordnung für Schleusenwärter. Das ist komisch.«

Sie legten vor der Schleuse an, und Coldewey kümmerte sich um den Grill, während Metzner an Land kletterte und die Schleuse besichtigte. Er verschwand aus Coldeweys Blickfeld. Als der Tisch gedeckt war und das Fleisch sich bräunte, war Metzner noch nicht zurück. Coldewey stieg ebenfalls die rostige Leiter empor und hielt Ausschau. Vor dem Lokal an der Schleuse stand Metzner mit zwei Männern zusammen, die gestenreich auf ihn einredeten. Das machte einen bedrohlichen Eindruck, und Metzners Miene verriet, daß er sich in seiner Haut nicht wohl fühlte. Coldewey bedauerte, keinen Bootshaken dabeizuhaben, während er auf die Gruppe zulief. Als die Männer den hochgewachsenen, kräftigen Skipper erblickten, ließen sie sofort von Metzner ab, sprangen in einen großen schwarzen Ford und rasten mit quietschenden Reifen davon. Metzner verlor schlagartig alle Besorgnis aus dem Gesicht und kam lächelnd auf Coldewey zu.

»Man riecht's bis hierher. Jetzt hab ich richtig Appetit auf Gegrilltes.«

»Was wollten die von dir?«

»Keine Ahnung. Ich denke, die wollten sich mit mir anlegen, weil ihnen mein Gesicht nicht gefiel. Passiert mir öfter.«

»Erzähl mir nichts, Ulf. Natürlich kanntest du sie.«

»Du mußt es ja wissen. Weißt ja immer mehr als ich. Dabei bist du ein so guter Koch. Mein Gott, läuft mir das Wasser im Mund zusammen.« Er kletterte noch vor Coldewey aufs Boot zurück und setzte sich an den gedeckten Tisch. Coldewey verteilte das Fleisch und den Kartoffelsalat, gab Kräuterbutter auf die Steaks und wünschte förmlich guten Appetit. Metzner machte sich über das Essen her wie ein Verhungernder. Coldewey aß mit Mühe.

»Wieso finden die dich hier an der Ritterhuder Schleuse? Die müssen uns doch schon vom Anleger gefolgt sein und dann hier gewartet haben.«

»Laß mich bitte in Ruhe essen, Jörn. Das hat alles nichts zu sagen.«

»Die Männer haben dich bedroht. Das war mehr als deutlich.«

»Sie haben mich übers Schiff ausgefragt. Vielleicht wollen sie es klauen. Was weiß ich.«

»Hast du irgendwelche Probleme mit den Typen? Hast du Schulden bei denen?«

»Ich bin zwar nicht wohlhabend wie du, aber bisher hab ich meine finanziellen Verhältnisse immer noch zu ordnen gewußt. Du siehst Gespenster.«

»Die Kerle waren sehr konkret und wirkten nicht zimperlich. Sind das Schläger von einer Inkassofirma?«

»Verdirb mir bitte nicht den Appetit. Was kann ich dafür, wenn sich in Ritterhude dubiose Typen herumtreiben? Jedenfalls solltest du dein Boot immer gut abschließen.«

Die Fahrt nach Worpswede verlief ziemlich schweigsam. Metzner war in Gedanken versunken und blockte jeden weiteren Versuch Coldeweys, mehr über die Männer zu erfahren, rigoros ab. Coldeweys Plauderbemühungen waren ebenso erfolglos. Seine Hinweise auf Wasservögel, schöne Ausblicke oder bizarre Wolkenbildungen wurden von Metzner nur mit mäßigem Interesse aufgenommen. »Soviel Himmel und soviel Landschaft können einen auch fertigmachen«, sagte er beim Nachmittagskaffee, den sie mit Blick auf den Weyerberg zu sich nahmen. Vom Rest des Nußkuchens, den Beate für sie eingepackt hatte, aß Metzner nur ein paar Krümel, während Coldewey sich damit vollstopfte, enttäuscht wie er war.

»Diese Leere um einen herum tut weh«, sagte Metzner. »Wo ist der Zauber der Wiesenlandschaft, von dem du immer redest? Alles ist nur weit und kahl und von geradezu unmenschlicher Gleichgültigkeit. Selbst die Blicke der Schwäne und Reiher sind kalt und grausam. Diese Viecher wollen alle nur töten.«

»Tut mir leid«, seufzte Coldewey, »daß sich dir die Faszination dieser Gegend nicht erschließt. Verspricht nichts Gutes für unsere gemeinsame Zukunft.«

Sie fuhren zurück. Inzwischen hatte sich die Sonne steil in ein großes Wolkenloch gestellt und leuchtete jeden Winkel gnadenlos aus. Das Glitzerband der Hamme erinnerte an glühendes Metall. Die Männer verbargen sich hinter Sonnenbrillen und unter Schirmmützen.

Erst kurz vor der Schleuse wurde Metzner gesprächig. »Es quält mich sehr, daß ich dir den Tag versaut habe. Entschuldige bitte. Stimmt, die Leute wollen Geld von mir. Aber eigentlich ohne jede Berechtigung. Doch das ist eine lange Geschichte. Jedenfalls haben sie nichts gegen mich in der Hand, und deshalb versuchen sie es nun mit Drohungen. Das ist reine Erpressung. Ich möchte nur wissen, wie die herausbekommen haben, daß ich bei dir wohne. Die müssen uns von der Klinik gefolgt sein. Die haben erfahren, wann ich entlassen werde, und auf uns gewartet. Solche Typen haben ja ihre Informanten überall. Sicher auch in der Verwaltung von Bremen-Ost. Wie gesagt, ich bedaure das alles sehr. Aber ich verspreche dir, ich bringe das in Ordnung.«

»Wenn du Geld brauchst ...«

»Du hast mir ja schon tausend geliehen. Noch mehr könnte ich nicht annehmen. Außerdem höre ich bestimmt bald vom WDR. Sag mal, müssen wir vor der Schleuse wieder anlegen?«

»Allerdings. Aber du bleibst schön an Bord. Am besten gehst du solange unter Deck. Ich werde die schon los, wenn sie wieder da sind. Nimm mal eben das Steuer. Ich hole nur was von unten.«

Coldewey verschwand im Salon und kehrte mit einer großkalibrigen Pistole zurück.

»Um Gottes Willen!« Metzner erschrak.

»Keine Bange. Die ist nur für Leuchtkugeln im Notfall. Macht aber viel her und wird die Kerle schon zur Räson bringen.«

VI

Der leichte Regen störte ihn nicht, als er zu Fuß nach Horn ging. Er wählte einen Seitenweg, der vom Focke-Museum parallel zur Straße Alten Eichen bis zur Horner Kirche führte. Er liebte den Weg, vor allem das letzte Stück am Wasser, einem Bach, aus dem später die kleine Wümme wurde. Links des Flüßchens erstreckte sich eine große Pferdekoppel, und dahinter befanden sich die Anlagen eines Altenwohnheims.

Er brachte Briefe zur Post, besorgte sich neue Kreislauftabletten in der Horner Apotheke und kaufte bei ›Lestra‹ Schreibpapier und Umschläge. Er holte einen vorbestellten Erzählungsband von John Updike in einem kleinen Buchladen ab und versäumte nicht nachzuschauen, ob die letzten beiden Kinderbücher von ihm vorrätig waren. Es bedeutete ihm viel, daß Menschen Geld ausgaben, um sich das, was in seinem Kopf entstanden war, zu eigen zu machen. Er entdeckte die Bände in mehreren Exemplaren und war zufrieden.

Der Regen wurde stärker, so daß Coldewey die Haare fönen mußte, als er zurück war. Das Haus wirkte leer und düster. Metzner hatte sich vermutlich auf sein Zimmer zurückgezogen, und Beate war in die Stadt gefahren, um nach einer Stehlampe für ihr Zimmer zu schauen. Sie mochte die alte, die noch aus ihrer Kindheit stammte, nicht mehr leiden.

»Also an die Arbeit!« befahl sich Coldewey und widerstand der Versuchung, sich ins Wohnzimmer zu setzen und sich die Rätselseite des ›Weser Kurier‹ vorzunehmen.

Als er den oberen Flur betrat, hörte er einen Wortwechsel aus Metzners Zimmer. Kein Zweifel, die Frauenstimme gehörte Beate.

Coldewey zögerte. Aber schnell verwarf er den Gedanken, es könnte indiskret sein, einfach in Metzners Zimmer einzudringen. »Das ist mein Haus«, flüsterte er, klopfte kurz, um im selben Moment die Klinke herunterzudrücken. Beide fuhren herum: Beate, die auf Metzners ungemachtem Bett saß, und Metzner, der dicht vor ihr stand mit einem Blatt Papier in der Hand.

»Ach, hier bist du! Ich dachte, du wolltest in die Stadt.«

»Bei dem Regen? Außerdem wollte Ulf mir was vorlesen.«

»Ja«, sagte Metzner eifrig. »Und wo du gerade da bist: auch deine Meinung würde mich interessieren. Ich habe gestern abend noch etwas geschrieben. Magst du's hören?«

Coldewey nickte. »Wenn du nicht verlangst, daß ich mich auch auf das Bett setze.« Er nahm einen Stuhl.

Metzner stellte sich in Positur wie ein Schauspieler. »Es heißt: ›Abschied‹

Geh, dein Gesicht ist alt
wie ein Gesicht aus Gizeh.
Die Tauben schauen aus träumenden Augen,
wenn sich dein Schritt im Morgen verliert.
Du suchst nach Gewißheit im Tau,
während die Männer behende
die Schleusen des Tages öffnen
und die immerwährenden Klagen
zwischen schwarzen Zähnen zermalmen.
Du gehst, dein Gesicht ist kalt
wie ein Gesicht aus Schnee.«

»Ich finde es schön. Es ist sehr musikalisch. Je öfter du es vorliest, um so mehr öffnet es sich für mich.« Beate lächelte ein wenig verlegen und zog den Rock über die Knie.

»Nun ja.« Coldewey zögerte und verzog gequält das Gesicht. Er nahm das Blatt Metzner aus der Hand und überflog es noch einmal. »Der Anfang ist gelungen. ›Gesicht aus Gizeh‹ – ein hübsches Bild mit Alliteration und pointierter Klangmalerei. Der Mittelteil ist ein wenig schwülstig und zu bewußt verrätselt. Die beiden Schlußzeilen sind platt und der nachklappende Reim von Schnee auf Gizeh schlicht peinlich.«

»Was ist daran peinlich?« Beate sprang auf und lehnte sich an den Schreibtisch. Metzner stellte sich neben sie.

»Ich empfinde es so.« Coldewey verschränkte die Arme und schlug die Beine übereinander.

»Aha. Und das ist ausschlaggebend? Ich empfinde es nicht so! Die letzten beiden Zeilen symbolisieren den Tod. ›Gesicht aus Schnee‹ ist dafür ein kraftvolles Bild.«

»Das Todessymbol ist mir nicht entgangen. Aber den Tod mit Eis und Kälte in Verbindung zu bringen, ist eben klischeehaft und banal.«

»Wie gut, daß wir dich haben und du uns sagst, was richtig und falsch ist!« Beates Wut wirkte übertrieben.

»Laß nur, Beate.« Metzner legte den Arm um ihre Schultern. »Das ist das alte Spiel zwischen Jörn und mir.«

»Warum überarbeitest du es nicht? Soll ich dir dabei helfen?«

»Vielen Dank. Überarbeiten wir's doch gleich so.« Metzner löste sich von Beate, zerriß das Blatt und ließ die Fetzen auf den Boden fallen.

»Wieso nimmst du das ernst?« fuhr Beate Metzner an. »Wenn du etwas schreibst, dann steh verdammt noch mal dazu! Oder verkneif es dir! Und lies es mir vor allem nicht vor. Wenn dir an meiner Meinung liegt, dann laß sie auch gelten.«

»Tut mir leid, Beate. Ich bin eben leicht zu entmutigen. Es liegt mir wirklich sehr an deiner Meinung.«

»Gut, daß du das klarstellst. Ich hätte ja auf die Idee kommen können, du willst nur mit mir flirten, wenn du mir Gedichte offerierst. Aber wieso streite ich eigentlich mit dir? Der da hat meinen Zorn viel mehr verdient.« Sie zeigte auf Coldewey. »Verstehst du das unter Freundschaft?«

»Ehrlichkeit ist das Wichtigste in einer Freundschaft«, sagte Coldewey lächelnd.

»Taktlosigkeit auch? Ich finde euch beide ziemlich widerlich und will euch bis zum Mittagessen nicht mehr sehen!« Sie rannte aus dem Zimmer und schmetterte die Tür hinter sich zu.

»Famoser Abgang«, sagte Coldewey. »Geh ihr nach. Oder willst du sie nicht trösten?«

»Wäre das jetzt nicht deine Aufgabe?«

»Glaubst du, daß sie Wert darauf legt? Unsere Streitereien brauchen keinen sauberen Abschluß mehr. Wir sind die Versöhnungsrituale irgendwie leid geworden.«

»Schade. Aber es gibt doch eine starke emotionale Bindung zwischen euch. Das spürt man einfach. Sowas wie ein Urvertrauen.«

»Schönes Wort. Besser sagt man: Urgewöhnung.«

»Hab ich dich mit meinem Gedicht verletzt?«

»Wie kommst du darauf?«

»Weil du so extrem reagiert hast.«

»Du nicht minder.«

Sie lachten.

»Wer findet seine Frau schon gern auf einem ungemachten Männerbett vor.«

»Ja, du hast recht. Eine blöde Angewohnheit von mir. Liegt wohl daran, daß ich oft ganze Tage im Bett verbringe. Dann lohnt es sich nicht, es herzurichten. Außerdem sind so aufgeschüttelte Betten für mich wie Totenbahren.« Metzner kniete sich hin und begann, die Papierfetzen aufzusammeln. Er legte sie auf den Schreibtisch, als wollte er sie wieder zusammenfügen. »Soll ich das Bett jetzt machen?« fragte er

»Bitte.«

Metzner schüttelte das Kopfkissen zurecht und zog die Decke gerade. »Hast du Beate oft betrogen?«

»Ich denke, das geht dich nichts an.«

»Ich will gar nicht wissen, mit wem. Und von Vera wollen wir auch nicht sprechen. Mich interessiert nur, wieviele Ehebrüche so eine Beziehung erträgt.«

»Ich weiß es nicht und finde, daß das kein Thema zwischen uns ist.«

»Ich zum Beispiel war Vera damals absolut treu. Ich hätte mir ein Verhältnis gar nicht vorstellen können. Später war ich in vielen fremden Betten, aber das waren nur Strohfeuer. Im Grunde hab ich mich nach Vera nie wieder binden können.«

»Und Luitgard Sebald?«

»Wie findest du sie?«

»Aus der Distanz gesehen interessant. Und sehr attraktiv.«

»Du wirst sie noch näher kennenlernen. Sie ist frei. Ich kann ihr nicht gerecht werden, obwohl sie mir wirklich geholfen hat. In jeder Beziehung.«

»In jeder Beziehung?«

»Ach, Anneliese hat gequatscht. Hätte ich mir denken können. Weißt du, es gibt Frauen, die einen sexuell so bedrängen, daß man es nicht schafft. Das ist, wie wenn du jetzt sagen würdest: setz dich hin und schreib ein Gedicht. Kein Wort würde mir einfallen.«

»Kann man das vergleichen?«

»Wenn Sex sich von Eros löst und reiner Selbstzweck wird, muß ich passen. In der Beziehung gehöre ich nicht in die heutige Welt. Ich bin ein Romantiker. Luitgard will Sex, nichts als Sex. Ihre Roheit verletzt mich. Wahrscheinlich würde sie nicht davor zurückschrecken, auf die Straße zu gehen, wenn sie Geld braucht. Vielleicht täusche ich mich auch in ihr. Sie ist ein Mensch, den man irgendwie nicht zu fassen kriegt. Sie hat mich immer verunsichert. Beate ist da völlig anders. Bei ihr fühle ich mich geborgen. Darf ich so über sie sprechen?«

»Nur zu.« Coldewey öffnete ein Fenster. Der Geruch nach kaltem Rauch störte ihn zunehmend.

»Beate ist ein Mensch, dem man sich ganz und gar anvertrauen kann. Sie stellt keine Forderungen, ist einfach wie selbstverständlich da und gibt einem Halt. Aber wem erzähle ich das? Du kennst sie ja viel besser.«

»Wer weiß. Vielleicht verhilfst du mir zu einer anderen Sicht auf sie.«

»Ich finde es toll, daß ich so mit dir reden kann, ohne daß du gleich den Ehemann hervorkehrst. Sie ist ja nicht nur deine Ehefrau, sondern zunächst einmal eine ganz eigene Person, zu der auch andere ein Verhältnis haben können. Versteh mich bitte nicht falsch.«

»Gewiß nicht. Ich verstehe dich völlig richtig.«

»Eine Frau wie Beate könnte mich bestimmt von meinen Leiden heilen, besonders von dem einen, von dem die Rede war.«

»Du suchst also quasi eine therapeutische Beziehung?«

»So nüchtern würde ich es nicht ausdrücken. Ich brauche eine Beziehung, in der nicht das Animalische im Vordergrund steht.«

»Sondern das Ästhetische.«

»Bitte?«

»Vergiß es. War nur eine Anspielung. Beate wirft mir manchmal animalische Bedürfnisse vor.«

»Da siehst du es. Beate hat einen untrüglichen Blick für das Wesentliche. Sie schaut hinter die Dinge. Auch wenn du es vielleicht nicht richtig findest, sie inspiriert mich, sie regt meine Phantasie an. Was soll ich tun? Die Art und Weise, wie sie auf meine Gedichte reagiert, macht mich glücklich. Ich mußte sie einfach umarmen, verstehst du?«

Coldewey nickte, setzte sich an den Schreibtisch und legte die Papierfetzen wie ein Puzzle zusammen.

»Manchmal hab ich das Gefühl, du weißt gar nicht, was für eine Kostbarkeit unter deinem Dach verborgen ist. Mir scheint, daß in Beate noch viel zu wecken ist. Warum nutzt du das Angebot, daß sie dir unterbreitet, nicht besser?«

»Die Metapher ›zwischen schwarzen Zähnen zermalmen‹ ist am wenigsten gelungen. Kannst du dafür was anderes finden?« Coldewey beugte sich über das zusammengeschobene Blatt. »Es lohnt sich, das zu reparieren.«

»Man müßte die Zeit einfach zurückschrauben. Wie wunderbar, wenn wir uns gemeinsam um die junge Beate bemühen könnten so wie damals um Anneliese. Daß du genauso vernarrt in meine Mutter warst wie ich, hat meine Leidenschaft ständig angestachelt. Nur wirkliche Freunde können sich derart ergänzen in bezug auf eine Frau.«

»Ich gehe jetzt drüben arbeiten. Wir sehen uns beim Mittagessen. Denk dir was Hübsches aus, um unsere Hausfrau zu beschwichtigen.«

»Jörn! Ulf!« hörten sie Beates Stimme von unten. »Hier ist Besuch für euch! Frau Metzner.«

Coldewey öffnete die Tür. »Ulf ist schon unterwegs!«

»Du auch bitte. Sie möchte euch beide sprechen. Sie wartet im Wohnzimmer.«

Anneliese Metzner stand am Terrassenfenster und betrachtete den Garten. Beate deckte den Couchtisch mit Kaffeetassen. »Wie wunderschön.« Anneliese Metzner drehte sich um und reichte den Männern die Hand. Metzner küßte sie auf die Wange. Sie trug ein elegantes Kostüm, war dezent geschminkt und duftete nach Zitrone. »Tut mir leid, daß ich hier so einfach reinplatze, aber es gibt Wichtiges zu besprechen. Und da hätte ich dich als Hausherrn gern dabei, Jörn. Sie natürlich auch, Frau Coldewey, wenn es Ihre Zeit erlaubt. Sie sehen übrigens hervorragend aus, wenn ich das mal so sagen darf.«

»Das Kompliment kann ich nur zurückgeben. Jörn hat wirklich nicht übertrieben, als er von Ihrer Jugendlichkeit geschwärmt hat.«

»Er hat von mir geschwärmt? Wie charmant. Jörn, du bist und bleibst ein Schwerenöter.«

»Ich darf mich in die Küche verabschieden. Die Essensvorbereitungen, Sie verstehen. Ich würde mich freuen, wenn Sie bis zum Mittag bleiben könnten.«

»Das wird nicht gehen. Es reicht, daß mein Sohn Ihre Gastfreundschaft in Anspruch nimmt. Dafür allein bin ich Ihnen auf ewig verpflichtet.«

»Der Kaffee kommt sofort.« Beate nickte allen zu und verschwand.

»Was für eine zauberhafte Frau. Jörn, du bist ein Glückspilz.« Anneliese Metzner ließ sich in einen Sessel fallen und zog kokett den Rock über die Knie. Coldewey und Metzner nahmen auf dem Sofa Platz. »Ein schöner Anblick – ihr beide so nebeneinander. Wie Max und Moritz, habe ich früher immer gesagt. Nie hätte ich zu hoffen gewagt, euch noch einmal so traut Seite an Seite sitzen zu sehen. Leider scheint anderen Leuten eure Wiedervereinigung, wenn ich das mal so nennen darf, ein Dorn im Auge zu sein. Ich spreche von Luitgard Sebald. Sie war heute früh bei mir. Völlig überraschend und nicht mit guten Absichten. Wie konntest du dich jemals mit dieser Person einlassen, Ulf? Na ja, nicht mehr zu ändern. Mit einem Wort: sie will ihr Geld zurück. Sie behauptet, du hättest noch viel mehr Schulden bei ihr, als du mir gegenüber eingeräumt hast. Sie habe für dich sogar ein Darlehen aufgenommen von dreitausend Euro.«

»Das stimmt. Ich brauchte das Geld als Druckkostenzuschuß für meinen Gedichtband«, räumte Metzner kleinlaut ein.

»Und jetzt sitzt sie da mit den Raten.«

»Natürlich. Ich hab im Moment nichts, wovon ich sie bezahlen könnte. Aber ich hab ein bißchen Geld in Aussicht für ein Hörspiel. Nur das dauert seine Zeit.«

»Darf ich fragen, weshalb ich bei diesem Gespräch dabei sein muß?« Coldewey wollte aufstehen.

»Weil wir deinen Rat und deine Hilfe brauchen. Diese Frau wird vermutlich demnächst hier auftauchen. Ich mußte ihr Ulfs jetzige Adresse geben. Sie hat gedroht, ihn sonst anzuzeigen.«

»Wegen nicht gezahlter Kreditraten?« fragte Coldewey ungläubig.

»Nein, wegen Kokainhandels.«

»So, jetzt kommt der Kaffee!« Beate stieß die Tür mit dem Fuß auf, stellte Milch und Zucker zurecht und schenkte ein. »Ich hoffe, ich habe nicht gestört«, sagte sie in das plötzliche Schweigen hinein.

»Wie können Sie stören in Ihrem eigenen Haus«, sagte Frau Metzner devot.

»Oh, das kann schon passieren.« Beate verließ mit schiefem Grinsen den Raum.

»Ach Gott, hört das denn nie auf!« jammerte Ulf Metzner. »Ich gebe ja zu, daß ich viel falsch gemacht habe, aber diese dauernden Geldforderungen drücken mir die Kehle zu. Und mit Kokain habe ich nie gedealt. Das erfindet sie.«

»Bist du sicher? Schön wär's schon, wenn du mal auf ordentliche Weise Geld verdient hättest.«

»Ich kann nicht mehr als schreiben, Mutti. Gerade heute habe ich wieder ein Gedicht gemacht. Beate ist begeistert davon.«

»Mit deinem Schreiben bist du nie auf einen grünen Zweig gekommen. Statt Geld damit zu verdienen, zahlst du noch drauf. Mit arbeiten meine ich was anderes.«

»Soll ich Kinderbücher schreiben und mich dem Markt ausliefern?«

»Jedenfalls besser als auf Kosten deiner Mutter und deiner Exfrau zu leben.«

»Du erhältst Geld von Vera?« Coldewey bereute seine Neugier sofort. »Entschuldige, geht mich nichts an.«

»Frag nur. Vera interessiert dich eben. Ja, sie unterstützt mich gelegentlich. Nicht regelmäßig, nur wenn's unbedingt nötig ist. Sie verdient Geld genug. Und ihr Lebensgefährte spielt große Rollen in Fernsehserien. Warum sollen immer nur Männer ihre Exfrauen durchfüttern? Ich habe Vera nicht freiwillig verlassen.«

»Wo bleibst du mit all dem Geld?« fragte Anneliese Metzner.

»Ich werfe es in die Weser. Mutti, ich habe dir das schon tausendmal erklärt. Ich lebe wirklich bescheiden. Selbst wenn ich saufe, tut es der billigste Doppelkorn zum Lagerbier. Irgendwann ist leider mal ein großes Loch entstanden. Seitdem bin ich nur noch damit beschäftigt, die alten Schulden mit neuen abzuzahlen.«

»Und wie ist das große Loch entstanden?« wollte Coldewey wissen.

»Dazu muß man nur eine Weile Dauergast in einem Kasino sein. Ich hab dort Trost gesucht, als Tina nichts mehr von mir wissen wollte.«

»Hör mir auf mit Tina! Du hast kein Recht, dich in irgendeiner Weise über das Mädchen zu beklagen.«

»Siehst du, Jörn, solche Familien gibt es. Sei froh, daß du deine Beate hast.« Metzner lächelte Coldewey unterwürfig an.

»Ich weiß immer noch nicht, weshalb ich bei diesem Gespräch anwesend sein muß.«

»Ich will dich vorwarnen, Jörn. Die Sebald bringt es fertig und haut dich um Geld an. Das ist der Grund.«

»Ich werde mich zu wehren wissen.«

»Außerdem dachte ich, du würdest dich freuen, mich wiederzusehen.«

Luitgard Sebald ließ nicht lange auf sich warten. Pünktlich zum Nachmittagskaffee stand sie vor der Haustür. Sie sah gepflegt aus, hatte frisch gewaschene Haare, trug ein hübsches Sommerkleid und zeigte ein unwiderstehliches Lächeln, als Beate sie hereinließ. Sie stellte sich als ›gute Bekannte von Herrn Metzner‹ vor. Sie sei zufällig vorbeigekommen und wolle mal nach dem Patienten sehen. Beate rief Ulf Metzner und bat die Besucherin ins Wohnzimmer. Deren Begeisterung über den ›zauberhaften Blick‹ aus dem Fenster und das ganze Ambiente verfehlte ihre Wirkung auf Beate nicht. Die Frau war ihr sympathisch, und das Gerede von Metzner und seiner Mutter über die Gefährlichkeit der Person schien ihr übertrieben. »Wie schön, daß wir uns mal kennenlernen«, sagte sie und meinte es ernst.

»Ulf hat sicher schon von mir erzählt und vermutlich nichts Gutes.« Frau Sebald lachte.

»Was Männer so reden.« Beate ließ sich vom Lachen anstekken.

Zunächst polterte Metzner die Treppe herunter. Sekunden später folgte auf leisen Sohlen Coldewey. Während Metzner die Besucherin mit einer flüchtigen Umarmung begrüßte, meldete sich Coldewey von der Tür aus mit einem halblauten »Hallo«.

»Dann wären wir ja alle beisammen«, meinte Beate fröhlich. »Das ist übrigens mein Mann, Jörn Coldewey.«

»Ich weiß. Ich habe ihn schon in Bremen-Ost gesehen. Und noch mehr hab ich von ihm gehört. So also sieht ein Freund von Ulf aus. Charmant.« Sie nickte ihm lächelnd zu und zeigte dabei makellose Zähne.

Coldewey war überrascht über den damenhaften Auftritt der Frau, der so gar nicht zu ihrer Erscheinung in der Klinik und erst recht nicht zu den Berichten von Metzner und seiner Mutter passen wollte.

»Ich denke, Luitgard und ich sollten uns erst in Ruhe auf meinem Zimmer unterhalten«, schlug Metzner nervös vor.

»Ich mache inzwischen Kaffee. Vielleicht können wir uns gleich noch zusammen in den Garten setzen. Es wird ja immer heller, und die Sonne wird sicher bald durchkommen. Ich würde mich freuen, wenn Sie uns ein wenig Gesellschaft leisten könnten, Frau Sebald.«

»Gern. Vielen Dank für die Einladung. Wo müssen wir hin, Ulf?«

»Nach oben.« Er wies mit dem Kopf an die Decke.

»Dann komm!« Sie nahm energisch seine Hand und zog ihn aus dem Wohnzimmer zur Treppe.

Coldewey sah ihnen von der Tür aus nach und betrat erst jetzt vorsichtig den Raum. »Ich bleibe besser unten, damit sie sich ungestört fühlen«, sagte er und setzte sich aufs Sofa.

»Hoffentlich streiten sie nicht.«

»Mit Ulf kann man nicht streiten. Im Ernstfall macht er einen Rückzieher und gibt klein bei. Er wird sie mit dem Geld vom WDR vertrösten. Warum hast du die Frau eingeladen? Das gibt doch nur Ärger.«

»Ich finde sie nett. Vielleicht kann man gerade dadurch Ärger vermeiden, daß wir sie ein wenig an uns binden.«

»Außerdem ist es gut, eine Rivalin unter Kontrolle zu haben.«

»Bitte?«

»Sie ist attraktiv und weiß Ulf zu nehmen. Was glaubst du, was sich da oben gerade abspielt? Ulf wird alles versuchen, sie gnädig zu stimmen.«

»Sei nicht geschmacklos.«

»Fällt es dir schwer, dir Intimitäten zwischen Ulf und einer anderen Frau vorzustellen?«

»Seit dieser Mann im Haus ist, bist du von allen guten Geistern verlassen, Jörn Coldewey. Ich habe im Laden angerufen. Die haben mir bestätigt, daß du zwei Holzenten gekauft hast. Gekauft, um sie gleich darauf in den Mülleimer zu werfen.«

»Vielleicht gefielen sie mir nicht mehr.«

»Warum hast du sie dann nicht umgetauscht?«

»Was willst du hören?«

»Nichts. Ich geh Kaffee kochen.« Beate sprang auf und stolperte über ein Tischbein. Nur mit Mühe konnte sie sich am Sessel abfangen. »Warum lachst du nicht?«

Metzner und Frau Sebald wirkten nicht wie ein Paar, das sich gerade gestritten hat, als sie die Terrasse betraten. Zufrieden lachend setzten sie sich an den gedeckten Kaffeetisch. Beate legte die Zeitung beiseite und rief Coldewey, der in der Sandkiste aufräumte und das Schaukelbrett auf seine Festigkeit prüfte.

»Ulf ist zu beneiden, daß er hier bei Ihnen Unterschlupf gefunden hat. Er sagt, daß er gar nicht die richtigen Worte findet, um seine Dankbarkeit auszudrücken. Wissen Sie, bei mir war es doch etwas eng, und Ulf hatte kein eigenes Arbeitszimmer. Außerdem fühlt er sich in Blockdiek nicht so wohl. Für einen Schriftsteller ist das ein sehr prosaisches Viertel. Wenn es eine Adresse gibt, die ihm entspricht, dann ist es die Heinrich-Heine-Straße.«

»Ja, das kann schon kein Zufall mehr sein«, lachte Metzner. »Aufgewachsen in der Uhland-Straße und literarisches Asyl bei Heinrich Heine, den ich wie kaum einen anderen verehre.«

»Ich dachte, Novalis und Baudelaire seien deine großen Vorbilder«, wandte Coldewey ein.

»Die auch, natürlich. Hauptsache: Romantik.«

»Und welche Vorbilder haben Sie, Herr Coldewey?«

»Kannst du dir doch denken: die Realisten. Fontane, Raabe und so weiter«, sagte Metzner schnell.

»Braucht man Vorbilder?« Coldewey schüttelte ärgerlich den Kopf.

»Auf jeden Fall Goethe. ›Reineke Fuchs‹, oder?« Metzner lachte.

»Ich finde es wunderbar, daß Sie sich den Tieren widmen. Das größte Verbrechen der Menschheit ist der permanente Massenmord an den Tieren.«

»Sind Sie Vegetarierin?« fragte Beate.

»Unbedingt. Ulf war mit meiner Küche selten zufrieden. Manchmal ist er einfach weggelaufen, um irgendwo eine Bratwurst oder ein Schnitzel zu essen. Dabei ist meine Diät genau das Richtige für seine kranke Leber.«

»Ich bin nicht krank.« Metzner schüttelte unwillig den Kopf.

»Natürlich nicht, mein Lieber.« Frau Sebald schaute ihn innig an. »Trotzdem ist es gut, daß du Menschen gefunden hast, die sich um dich kümmern. Du solltest jede Überanstrengung meiden.«

»Warum verschweigst du uns, daß du noch besondere Rücksichtnahme brauchst, Ulf?« fragte Beate vorwurfsvoll. »Ich vermute mal, daß auch das Bootfahren nicht gerade das Richtige für dich ist.«

»O doch, Beate. Unbedingt. Bessere Erholung gibt es nicht. Luitgard übertreibt. Sie verordnet immer lebensverlängernde Maßnahmen, auch wenn man kerngesund ist.«

Plötzlich schien aller Gesprächsstoff ausgegangen zu sein. Nur die Vögel, die der inzwischen siegreichen Sonne zujubelten, sorgten für Unterhaltung.

»Nachdem ich den Männern nun die Laune verdorben habe, werde ich mich mal auf den Weg machen.« Frau Sebald gab sich einen Ruck und stand auf.

»Wie schade. Ich hoffe, wir können unser Gespräch bald fortsetzen.« Beate brachte Frau Sebald an die Tür, während die Männer sitzenblieben, nachdem ihnen nur eine Kußhand zugeworfen worden war.

»Ich meine das ernst«, betonte Beate und begleitete die Frau bis an die Gartenpforte. »Besuchen Sie uns öfter. Es würde Ulf guttun und mir ehrlich gesagt auch. Es war wirklich nett, Sie kennenzulernen.«

»Finde ich auch. Ich komme gern wieder, Beate. Ich darf Sie doch beim Vornamen nennen? Tschüß.« Sie küßte Beate auf die Wange.

»Klar, Luitgard. Schon wegen Ihres aparten Vornamens würde mir das gefallen. Tschüß!« Sie winkte ihr nach.

VII

Coldewey gönnte Metzner vier Tage Ruhe, bevor er ihm wieder eine Bootstour vorschlug. Die Andeutung von Luitgard Sebald, daß der Freund leberkrank sei, hatte Coldewey erschreckt. Auch

Beate behandelte den Gast mit besonderer Aufmerksamkeit. Sie kochte Fisch und viel Gemüse, preßte unermüdlich frische Obstsäfte und servierte Quark statt Wurst zum Abendessen. Ansonsten war jeder mit sich selbst beschäftigt. Die Männer verbrachten den größten Teil des Tages in ihren Arbeitszimmern. Beate putzte die Küche gründlich und schaffte Ordnung in den Wandschränken. Sie fuhr oft in die Stadt, ohne größere Besorgungen zu machen.

Abends saß man noch eine Weile zusammen, vielleicht um sich einen Film im Fernsehen anzuschauen oder um die Dämmerung auf der Terrasse zu genießen. Man mied heikle Themen und demonstrierte Friedlichkeit um jeden Preis. Coldewey nahm keinen Anstoß daran, daß er Beate und Metzner in der Küche zu dicht beieinander stehen sah, und Metzner lächelte versonnen, als er spätabends Coldewey aus Beates Zimmer kommen hörte.

Leichter Nebel hing über der Lesum, als Coldewey das taunasse Schlauchboot zu Wasser ließ. »Die Sonne ist bald durch«, versprach er Metzner, der zitternd auf dem Anleger stand. »Die Juninächte können noch sehr kalt sein. Willst du eine Decke?«

Metzner schüttelte den Kopf. »Warum müssen wir bloß so früh los?«

»Weil ich das Wasser im Morgenlicht besonders liebe. Alles ist frisch und jungfräulich.« Er rieb das Boot mit einem alten Handtuch trocken. Den Proviant verstaute er im Bug und legte eine Decke über die Kühltasche. »Später wird's tüchtig warm. Da, creme dich ein, du wirst es brauchen.« Er warf Metzner eine Flasche mit Sonnenschutzlotion zu.

»Mit dem kleinen Ding wollen wir bis nach Bremen rein?« Metzner verteilte mißmutig Sonnencreme im Gesicht.

»Das ist schneller als die ›Britta‹. Setz dich vorn auf die Bank. Ich geh nach hinten an die Pinne.« Sie stiegen ein, und Coldewey warf den Außenbordmotor an. »Meine ganzen Tierbeobachtungen hab ich nur mit diesem Boot gemacht. Wenn man es rudert, vertreibt man die Vögel nicht.«

»Aber man sitzt unbequem.«

»Du kannst dich quer auf den Boden legen und die Füße über Bord baumeln lassen. Hier, tu dir das Kissen drunter. So hat sich es Thomas immer gemütlich eingerichtet, wenn wir auf die Pirsch gingen. Gut, alles griffbereit: Fernglas, Sonnenbrillen, Mützen ...«

»Kein Aschenbecher. Darf man hier nicht rauchen?«

»Doch, solange du mir keine Löcher in die Luftkammern brennst. Die Kippen kannst du da reinwerfen.« Er zeigte auf eine Blechdose, die zum Wasserschöpfen gedacht war. »Und los geht's!«

Der Motor heulte auf, und das Boot trug die Männer hinaus auf die Lesum. Die Flut hatte in etwa den höchsten Punkt erreicht, so daß das Wasser fast zum Stillstand kam. Erst einige Zeit später begann es langsam abzulaufen, ohne daß die Geschwindigkeit des Bootes sonderlich davon beeinflußt wurde. »Wir bieten nicht genug Widerstand für die Strömung!« Coldewey mußte laut sprechen wegen des Motorgeräuschs.

Die letzten Nebelschwaden wehten plötzlich davon, und die Sonne nahm alles in Besitz. Die Männer zogen die Pullover aus und setzten Sonnenbrillen und Mützen auf.

»Man fühlt sich so ausgeliefert in diesem winzigen Boot«, klagte Metzner. »Du spürst jede kleine Welle, und dieser Motor zerreißt einem die Ohren. Außerdem mag ich es nicht, wenn man sich so auf die Pelle rückt.«

»Es war dein Wunsch, in die Stadt zu fahren. Und das geht nur so. Ich hab's dir erklärt.«

»Hätte ich gewußt, auf was ich mich da einlasse ...«

»Wollen wir umkehren? Wir können mit der ›Britta‹ zur Weser runterfahren. Ich kann dir den Space-Park vom Wasser aus zeigen. Oder das Stahlwerk. Imposant sind auch die U-Boot-Bunker aus dem letzten Krieg.«

»Klingt nicht sehr verlockend. Dann lieber hier leiden. Ich werd mich dran gewöhnen.«

»Hat doch seinen Reiz. Riechst du nicht das Wasser? Man ist einfach näher dran von hier aus. Du erlebst die Natur viel intensiver.«

Als sie die Lesum verließen und in die Wümme einbogen, richtete sich Metzner ein wenig auf. »Mein Gott, was für Unmassen von Schilf. Man sieht ja das Ufer gar nicht.«

»Gut für Wasservögel. Die haben dort ihre Nester. Deshalb darf man da nicht reinfahren oder ankern.«

»Pfui, ist das Wasser dreckig! Eine braune Brühe.«

»Das ist kein Dreck. Es sind organische Reste aus den Moorgebieten. Fürs Auge unerfreulich, aber nicht ungesund. Den Fischen macht es nichts.«

»Angelst du noch?«

»Nein.«

»Damals haben wir das mit Begeisterung getan.«

»Und selten was gefangen. Und wenn, dann mußte ich die Fische töten.«

»Du warst eben schon immer der Robustere.«

Coldewey zog das T-Shirt aus und cremte den nackten Oberkörper ein. »Willst du mal ans Steuer?« fragte er.

»Gern. Nur wie komm ich da hinten hin?«

»Das geht schon. Wir schieben uns beide mit den Beinen voran aneinander vorbei. Siehst du. Mit der Pinne kannst du auch das Gas regulieren.«

Metzner drehte das Gas voll auf, und das Boot machte einen Satz. Coldewey mußte sich festhalten.

»Hör auf. Das gibt sonst Ärger. Hier ist Naturschutzgebiet, und die Polizei kontrolliert regelmäßig.«

»Ein braver Bürger hält sich an die Vorschriften.«

»Ich liebe diese Landschaft und akzeptiere, daß sie schutzbedürftig ist. Ich will auch in zehn Jahren noch seltene Pflanzen und Tiere erleben.«

»Das klingt wie aus einem Prospekt. Ich gebe mich geschlagen, auch wenn ich in zehn Jahren bestimmt nicht mehr hier herumfahre. Mein Gott, ist mir schlecht.«

In Dammsiel stieg Coldewey an Land und läutete die Glocke für den Schleusenwärter. Da es kurz vor zehn war, mußten sie nicht lange warten, denn die Schleuse wurde zur halben und vollen Stunde betätigt.

Die kleine Wümme hatte kaum Strömung und einen festen Wasserstand. Das Boot glitt langsam dahin, der gedrosselte Motor blubberte gutmütig. Ein Gebiet mit Wochenendhäusern und Bootsanlegern ließ Metzner die Nase rümpfen. »Das ist deine vielgepriesene Natur?« fragte er.

»Wart's ab«, vertröstete ihn Coldewey.

Schon bald öffnete sich der Flußlauf und gab den Blick frei auf endlose Wiesenlandschaften zu beiden Seiten. Die schmalen Straßen links und rechts waren weit genug vom Wasser entfernt und kaum befahren, allenfalls von Radlern. Baumgruppen und kleine Haine wechselten sich ab. Teilweise wuchsen die Zweige von beiden Ufern über den Fluß und bildeten ein grünes Dach, in dem das Sonnenlicht funkelnd versprühte. Seerosenfelder und Schilfbänke sorgten für Abwechslung. Hinter jeder Biegung der kleinen Wümme eröffneten sich neue Perspektiven.

Coldewey geriet wie immer, wenn er hier entlangfuhr, in Verzückung. »Na, was sagst du?« fragte er Metzner, der sich auf die Bootsspitze gesetzt hatte und an Coldewey vorbei in den Himmel schaute.

»Was willst du hören? Daß die Schwalben sehr hoch fliegen und gutes Wetter ankündigen?«

»Daß du selten etwas so Schönes gesehen hast. Möchte man nicht die Welt umarmen, wenn man derart beglückt wird?«

»Ach, teurer Freund, ist doch alles nur leicht verderbliche Ware.« Er hielt sich den Magen.

»Ist dir noch schlecht?«

»Das verdammte Miststück hat euch völlig um den Finger gewickelt«, stöhnte er.

»Wovon redest du?«

»Natürlich von Luitgard. Sie läßt ihren Charme spielen, und ihr fallt beide komplett darauf rein.«

»Warum entspannst du dich nicht? Wo sonst, wenn nicht hier und jetzt?«

»Wie soll ich mich entspannen, wenn ich wie festgeklebt sitze? Man kann ja nicht mal die Beine ausstrecken. So ein Gummiboot ist vielleicht was für Kinder. Zwei erwachsene Männer sind einfach zu viel, zumal, wenn der eine sich nicht wohl fühlt.«

»Okay. Ich schlage vor, wir fahren weiter in die Stadt, legen im Findorffer Hafen an, gehen schnell was essen, und du nimmst dir ein Taxi nach Hause. Ich bringe das Boot danach allein zurück. Alles kein Problem. Und jetzt mach ein anderes Gesicht.«

»Sie will mich wieder einfangen. Und ich weiß nicht, wie ich mich dagegen wehren soll. Irgendwie ist sie vernarrt in mich. Mit allen Tricks arbeitet sie: Verführung, Drohungen, Erpressung – sie scheut vor nichts zurück. Schon mehrmals ist sie wegen Ladendiebstahls bestraft worden. Das kümmert sie nicht – wenn sie ihn nicht bezahlen kann, klaut sie sich den Schnaps. Sie hat auch schon mal Koks nach Deutschland geschmuggelt und dabei versucht, einen Teil davon abzuzweigen und auf eigene Faust zu verscherbeln. Windelweich haben sie sie geschlagen.«

»Sieht man ihr nicht an. Sie ist doch berufstätig.«

»Sie führt das Büro von einem Bauunternehmer. Den hat sie total im Griff so wie euch. Wenn sie es zu arg treibt und er sie raussetzen will, zeigt sie Busen und Beine und stopft ihm so das Maul.«

Coldewey lachte. »Neulich habt ihr euch doch gut verstanden. Ich dachte, ihr schlagt euch die Schädel ein. Statt dessen haltet ihr ein Schäferstündchen ab.«

»Ach, der Herr hat gelauscht. Wie wär's, wenn du dich nicht überall einmischen würdest? Ist hier was zu essen in der Tasche? Mir ist flau im Magen.«

»Klar. Butterbrote und Obst. Für das Obst liegt auch ein Messer drin.«

Metzner öffnete die Kühltasche, holte ein Brot heraus und hielt das spitze Obstmesser hoch erhoben in der Faust. »Und was passiert, wenn ich dieses Ding hier in die Schläuche haue? Erst in den einen und dann in den anderen?«

»Dann saufen wir ab, waten an Land und gehen zu Fuß.«

»Mehr nicht? Keine Schläge? Kein Paddel über den Schädel? Es wäre so einfach. Du brauchst nur meinen Kopf unter Wasser zu drücken. Schwach wie ich bin, dürfte das für einen strammen Kerl wie dich kein Problem sein. Und es wäre uns beiden damit gedient. Du bist mich los, und ich habe meine Ruhe und muß nicht Zeuge sein von all diesen Skipper-Albernheiten.«

»Gib mir das Messer!«

»Nimm's dir, wenn du dich traust.« Er richtete die Spitze auf Coldewey.

»Lieber Gott im Himmel, laß diesen Verrückten zur Vernunft kommen!« Coldewey drosselte den Motor. Das Boot blieb stehen.

»Verrückt? Wen meinst du? Dich oder mich? Ist es nicht verrückt, wenn ein älterer Mann, der auf die sechzig zugeht, sich vor Wonne naß macht, wenn er Boot fahren kann? Wenn dieser ältere Mann für all den Kinderkram die liebenswerteste Ehefrau vernachlässigt und sogar ihren Verlust riskiert?«

»Halt die Klappe, Ulf Metzner, halt endlich die Klappe!«

»Zu Befehl, Herr Kapitän!« Metzner griff in seine Gesäßtasche und holte eine kleine Flasche Korn hervor. Blitzschnell entfernte er den Drehverschluß, schüttete den Inhalt in sich hinein und warf die leere Flasche ins Wasser.

Coldewey konnte nur zusehen. »Bist du wahnsinnig?« schrie er.

»Das bin ich. Der Schwächling hat wieder mal aufgegeben. Beschimpf mich nur. Ich bin's gewöhnt von dir. Der große allwissende Manitu soll strafen. Du hast ja recht: ich bin ein verzogenes Muttersöhnchen, ein Weichei, ein Selbstbemitleider. Ich bin ein Spinner, ein Aufschneider, ein Größenwahnsinniger. Ich bin ein Säufer, ein Kokser, ein Fixer. Ich bin ein Versager, ein Impotenter, ein verkorkster Dichterling. Reicht das? Oder hast du noch mehr auf Lager? Dann raus damit!« Er griff in die andere Gesäßtasche und holte eine zweite Flasche hervor. Diesmal wollte Coldewey eingreifen, aber Metzner bedrohte ihn mit dem Messer. »Wenn du mir zu nahe kommst, hau ich dir das in den Wanst. Warum willst du verhindern, was keiner verhindern kann? Wenn ich saufen will, saufe ich. Besonders delikat, daß ich es im Moment von deinem Geld tue. Mit deinem Bestechungsgeld förderst du meine Sucht. Ist dir das klar?« Metzner hatte schnell auch die zweite Flasche geleert.

»Was meinst du mit Bestechungsgeld?« fragte Coldewey resigniert.

»Alles, was du im Moment für mich tust, ist so etwas wie Bestechung, damit ich schweige über das, was du mir angetan hast. Wieso soll ich eigentlich diese Dreckslandschaft schön finden? Das dahinten ist doch der Müllberg, und die Türme gehören zur Müllverbrennung, und stinken tut's auch. Pfui Teufel, Jörn Coldewey, Betrug, Betrug und immer wieder Betrug! Dein ganzes Leben ist auf Betrug aufgebaut. Schon in der Schule hast du von mir abgeschrieben oder meine Ideen als deine ausgegeben. Auf der Uni hab ich dir quasi deine Referate geschrieben. Du bist ein Schmarotzer durch und durch. Du hast meinen Einfluß im Sender genutzt, um Karriere zu machen. Und als du Erfolg hattest, mußtest du mich loswerden. Du hast gegen mich intrigiert, bis man mich rausgeschmissen hat. Du hast meine Frau dazu gebracht, sich von mir abzuwenden. Du hast unsere Familie zerstört. Wahrscheinlich hast du auch mit Vera geschlafen, obwohl sie das heftig bestreitet. Wie auch immer, du hast dich stets aus meinem Fundus bedient. Bis zum heutigen Tag finde ich meine Ideen in deinen Arbeiten wieder.«

»Du bist betrunken und weißt nicht, was du sagst.«

»Dazu müßte ich zwanzig solcher Fläschchen trinken. Und das werde ich auch tun, wenn ich von diesem lächerlichen Gummiboot herunter bin!«

»Ich werde dir an der Findorffschleuse mit dem Handy ein Taxi bestellen. Dann bist du in zehn Minuten zu Hause.«

»Wie schön, allein mit Beate zu Hause, und du mußt das Boot zurückbringen. Allein mit Beate! Weißt du eigentlich, daß sie in mich verliebt ist?«

»Hat sie das gesagt?«

»Oh ja! Und mit einem Kuß unterstrichen. Ich hab ihr erzählt, daß du nichts dagegen hast, wenn sie mich von der Impotenz heilt.«

»Wie bitte? Woraus schließt du das?«

»Jedenfalls ist sie nicht abgeneigt, wie mir scheint. Genau heute wäre der ideale Zeitpunkt. Der Schnaps tut seine Wirkung und bei so niedriger Dosis genau in die richtige Richtung. Wir werden uns einen schönen Tag machen, während du die kleine Wümme anhimmelst.«

»An der Universität gibt es kleine Häfen mit freien Liegeplätzen. Ich werde das Boot erstmal dort lassen und dich nach Hause bringen.«

»Sieh an, Jörn Coldewey fürchtet um seine Ehe.«

»Nein, um dich. Du tust mir leid. Soviel Verworrenheit wie in deinem Hirn muß jedermanns Mitgefühl wecken. Komm zur Vernunft, Ulf, alter Freund. Du darfst nicht wieder mit der Sauferei anfangen.«

»Zu spät, verlorener Freund. ›Alia jacta est‹, um mit Kunze zu reden. In Latein war ich ein As, bis du meintest, mich übertrumpfen zu müssen.«

»Iß dein Brot und ein bißchen Obst, damit der Alkohol seine Wirkung verliert. Und viel Wasser trinken.«

»Den Teufel werd ich tun. Ich vergeude doch nicht diesen hübschen kleinen Rausch.«

Während Coldewey in Findorff mit der Selbstbedienungsschleuse beschäftigt war, entwischte ihm Metzner, der sich angeblich zum Pinkeln in die Büsche geschlagen hatte, auf die Hemmstraße zur Bushaltestelle. Ehe Coldewey ihm folgen konnte, hatte Metzner einen Bus bestiegen.

Mit dem Handy rief Coldewey Beate an. Sie schrie auf, als sie hörte, was passiert war. »Das kommt von dieser verdammten Bootsfahrerei. Natürlich hat er deine Vorräte an Bord entdeckt und sich bedient.«

»Wir waren mit dem Schlauchboot unterwegs. Auf dem gibt es keinen Alkohol. Ich bin jetzt in Findorff an der Schleuse.«

»Dann nimm sofort ein Taxi. Ich brauche deine Hilfe, wenn er hier auftaucht.«

»Ich denke, du kannst ihn allein am ehesten zur Vernunft bringen. Außerdem muß ich zurück nach Lesum, um das Auto zu holen. Das werde ich brauchen, sollte ich ihn suchen müssen.«

»Komm sofort, bitte. Ich habe Angst vor Ulf, wenn er getrunken hat. Er neigt dann zur Gewalttätigkeit. Ich weiß es von Luitgard, mit der ich vorhin telefoniert habe.«

»Du telefonierst mit der Sebald?«

»Ja, ich wollte mich mit ihr verabreden. Wir treffen uns in der Stadt.«

»Was willst du von der Frau? Woher hast du überhaupt ihre Nummer?«

»Von Ulfs Mutter, und deren Nummer liegt auf Ulfs Schreibtisch.«

»Du kramst in seinen Sachen?«

»Ruf dir endlich ein Taxi!«

»Ich bringe jetzt das Boot zurück und hole das Auto. Soviel Zeit muß sein. Ich denke, Ulf wird irgendwo in der Stadt versakken. Ruf mich an, wenn Not am Mann ist.«

»Unglaublich, daß du mich allein läßt.«

»Bis später, Schatz. Etwa in zwei Stunden bin ich zurück.« Er drückte den roten Knopf und hätte das Handy am liebsten über Bord geworfen.

Er fand Beate im Liegestuhl auf der Terrasse mit einem Seidentuch über dem Gesicht. Als er es wegziehen wollte, fuhr sie ihn an: »Laß das! Ich hab verheulte Augen.«

»Hat er sich gemeldet?«

»Natürlich nicht. Willst du nicht wissen, weshalb ich geweint habe?«

»Kann es mir denken.«

»Kannst du nicht. Nicht wegen dieses verzweifelten Säufers, wie du glaubst, sondern deinetwegen, nur deinetwegen. Ich kenne meinen Mann nicht mehr. Da lebt ein Mensch neben mir in diesem Haus, der mir so fremd ist wie ein Neandertaler ...«

»Ich werde alle drei Frauen anrufen, seine Mutter, die Sebald und Vera. Wenn wir Glück haben, ist er bei einer von ihnen gelandet, wenn nicht, können wir nur warten.«

»Er hängt in irgendwelchen Kneipen rum und säuft bis zum Umfallen.«

»Vermutlich.«

»Du hast alles getan, um ihn so weit zu bringen.«

»Klar, ich bin schuld, daß er sich mit meiner Frau amüsiert und darüber den Kopf verliert.«

»Hast du auch getrunken?« Beate setzte sich auf im Liegestuhl, nahm das Tuch vom Gesicht und starrte Coldewey mit verquollenen Augen an.

»Keinen Tropfen. Ich gehe telefonieren.«

»Du bleibst jetzt hier, verdammt!«

»Bis später, Schatz. Mach dir keine Sorgen. Die Lasten sind ja gut verteilt. Ich bin verantwortlich für alles und stehe notgedrungen dazu.« Coldewey holte das Telefonbuch und das schnurlose Telefon aus dem Wohnzimmer. Er zog sich in den hinteren Garten zurück und setzte sich auf die Schaukel.

Bei seiner Mutter war Metzner nicht aufgetaucht. »Ich wußte, daß das nicht gutgeht mit euch. Ich hätte dem nie zustimmen dürfen. Es steht einfach zu viel zwischen euch.«

»Ich hab mich redlich bemüht.«

»Was redest du, Jörn Coldewey? Es ist doch nicht damit getan, jemandem ein Dach über dem Kopf und einen Teller Suppe zu geben. Das tun sie im Obdachlosenasyl auch. Ulf braucht ein wirkliches Zuhause.«

»Das wurde ihm hier angeboten.«

»Du hattest nie vor, ihn für immer bei dir aufzunehmen, ihm wirklich ein verläßlicher Freund zu sein. Du wolltest nur dein schlechtes Gewissen beruhigen, um ihn dann später noch tiefer ins Elend zu stoßen. Wie es so deine Art ist. Schick ihn sofort zu mir, wenn er sich meldet. Ich werde mich um ihn kümmern, wie es sich gehört.« Sie legte auf, ohne sich zu verabschieden.

Luitgard Sebald lachte. »Das ging ja schnell. Ein paar Monate hätte ich ihm schon gegeben bei soviel guter Pflege und bei soviel Wohlwollen. Beate ist wirklich ein Schatz. Sie strahlt eine menschliche Wärme aus, die jedem Kranken auf die Beine helfen muß. Ich hab mich so gefreut, euch kennenlernen zu dürfen. Ich hoffe nur, daß unser Freund nicht wieder alles kaputtmacht. Zu mir wird er bestimmt nicht kommen. Er weiß, daß ich ihn gar nicht erst reinlasse, wenn er unter Strom steht. Haltet mich bitte auf dem Laufenden. Ihr seid wirklich zwei famose Menschen, wenn ich das mal so sagen darf. Tschüß, Jörn. Ich darf Sie doch beim Vornamen nennen? Danke. Bis bald.« Sie legte auf, und Coldewey rieb sich die Stirn.

Beate lag wie tot im Liegestuhl, das Tuch wieder über dem Gesicht. »Zwei famose Menschen«, flüsterte Coldewey und suchte nach Veras Nummer im Telefonbuch. Sie wohnte immer noch in der Humboldtstraße und war sofort am Apparat, als hätte sie auf den Anruf gewartet.

»Wer ist da?« fragte sie verblüfft.

Coldewey wiederholte seinen Namen und erklärte, weshalb er anrief.

Vera Metzner schnaufte durch die Nase. »Eigentlich hatte ich schon lange Lust, dich mal anzurufen und zu fragen, wie es dir so geht. Aber unter diesen Umständen kann ich gut auf ein Gespräch mit dir verzichten. Wie kommst du auf die Idee, daß Ulf bei mir landen könnte?«

»Er hat mir gesagt, daß du ihn finanziell unterstützt. Außerdem werdet ihr ja wohl auch wegen Tina noch Kontakt haben.«

»Erstens unterstütze ich ihn nicht. Ich gebe ihm manchmal einen Almosen, wenn er mich anbettelt. Zweitens will Tina überhaupt nichts mehr von ihm wissen, nachdem er jede Kontrolle über sich verloren hat. Ulf hat in meinem Leben nichts mehr zu suchen. Ich habe viel zu tun im Sender, lebe in einer harmonischen Partnerschaft und bin stolze Großmutter. Wie gesagt, ich hätte mich gern mal wieder mit dir unterhalten, aber bestimmt nicht im Zusammenhang mit Ulf Metzner.«

»Du trägst immerhin noch seinen Namen.«

»Aus Bequemlichkeit und weil eine geborene Meyer froh ist über jeden anderen Namen. Zudem wechselt man im Medienbetrieb nicht ohne Not seinen Namen, wie du weißt. Das berühmte Markenzeichen. Mach's gut, Jörn, und melde dich mal, wenn das mit Ulf ausgestanden ist. Ich hätte nie für möglich gehalten, daß ausgerechnet du dich seiner annimmst. Sachen gibt's ...« Sie legte auf.

VIII

Noch vor dem Frühstück erhielt Coldewey einen Anruf aus dem Polizeipräsidium.

»Wir haben hier einen Ulf Metzner, der behauptet, bei Ihnen zu wohnen. Wir hatten ihn über Nacht zur Ausnüchterung hier nach einer Schlägerei im Bahnhofsviertel. Die ärztliche Untersuchung hat nichts ergeben, was ein weiteres Verbleiben hier oder in einer Klinik erforderlich macht. Herr Metzner bittet Sie, ihn mit dem Wagen abzuholen, weil sein Zustand nicht so ist, daß er sich auf die Straße oder in ein Taxi traut.«

»Kann ich ihn sprechen?« fragte Coldewey.

»Moment.« Man hörte Getuschel, dann meldete sich Metzner mit dünner Stimme. »Hallo, Jörn. Tut mir leid, daß ich dir Ärger mache. Ich bin noch ein bißchen wacklig auf den Beinen, deshalb wäre ich dir dankbar ...«

»Ich bin sofort bei dir.«

»Bitte, laß dir noch sagen, daß ich alles zutiefst bereue. Sag das auch Beate. Sie hat sich bestimmt sehr gesorgt. Ihr seid so lieb zu mir, und ich danke euch das auf diese Weise. Bitte, verwende dich bei Beate für mich, alter Freund, bitte, bitte.« Er legte auf.

Ein blaues Auge, ein Pflaster auf der Stirn, Kratzer im Gesicht und auf den Armen und ein Verband um den linken Daumen zeugten von Metzners nächtlichen Abenteuern. Im Auto kauerte er sich zusammen, verschränkte die Arme vor der Brust und bettelte: »Mach mich nicht fertig, Jörn. Ich bin das schon. Selten habe ich mich so gedemütigt gefühlt. Sie haben mir das ganze Geld weggenommen und das Handy.«

»Du hast das Geld mit dir rumgeschleppt?«

»Natürlich. Wenn bei euch eingebrochen wird, und wir sind unterwegs, was dann? Was sagt Beate? Nimmt sie mich noch einmal auf? Ich hätte ihr das nicht antun dürfen.«

»Klär das selber mit ihr. Wenn ich mich im Moment für dich verwende, ist das eher kontraproduktiv.«

»Wieso? Habt ihr Krach miteinander?« Metzner richtete sich auf und schaute Coldewey neugierig an.

»Krach ist nicht das richtige Wort. Das geht tiefer. Aber was reden wir.«

»Ja, du hast recht. Über manches sollte man schweigen. Ich hätte nie gedacht, daß du mich abholst. Ich hab nur gefragt, um zu hören, daß du nichts mehr von mir wissen willst. Und jetzt sitze ich hier im Auto, und du bringst mich nach Hause. Bist nicht mal böse, wie mir scheint. Mich muß gestern der Teufel geritten haben. Dabei war es so schön mit dir auf dem kleinen Boot. Ich hatte wirklich nicht die Absicht, es zu zerstechen. Wenn man so ein Messer in der Hand hat, kommt man auf die dümmsten Gedanken. Hab ich viel Blödsinn geredet? Wenn ja, dann entschuldige bitte. Du darfst nicht ernstnehmen, was ich sage, schon deshalb nicht, weil ich mich später nicht mehr daran erinnere. Angeblich habe ich Anneliese mal eine Hure genannt. Stell dir das vor. Und nicht ein Hauch von Erinnerung. Wie weggeblasen. Kommt sicher vom Alkohol. Die schönen Erinnerungen bleiben merkwürdigerweise. An die traumhaften Bootsfahrten zum Beispiel. Oder an unsere Ausflüge damals. Weißt du noch, wie wir zum Stones-Konzert nach Berlin getrampt sind und keine Karten mehr gekriegt haben? Und obendrein nicht mal einen Platz in der Jugendherberge? Die ganze Nacht haben wir uns rumgetrieben. Und dann der Sonnenaufgang am Ernst-Reuter-Platz! Das werde ich nie vergessen. Warum sagst du nichts?«

»Du redest ja ununterbrochen.«

»Weil ich Zeit hatte nachzudenken. In einer Ausnüchterungszelle kommst du zur Besinnung, mein Lieber. Dabei wollte ich keinen Krach in der ›Hansa-Klause‹. Das waren früher mal Kumpels, jedenfalls haben sie so getan. Aber du hast sie ja erlebt an der Schleuse. Manche Menschen entwickeln sich nicht zu ihrem Vorteil. Mit Gewalt wollten sie mir das Geld abnehmen. Und da hab ich mich natürlich gewehrt. Ich hab sie wirklich nicht provoziert. Doch wenn man mich anfaßt, bin ich nicht mehr zu halten. Gott sei

Dank ist der Wirt dazwischen gegangen. Was später draußen vor der Tür passiert ist, weiß ich nicht mehr. Filmriß. Nur diese Andenken hier«, er zeigte mit dem verbundenen Daumen in sein Gesicht, »sprechen eine deutliche Sprache. Geld und Handy sind weg. Und eine Anzeige wegen Ruhestörung und Widerstand gegen die Staatsgewalt hab ich auch an der Backe. Lustig ist das alles nicht. Du hast hoffentlich nichts zu Anneliese gesagt.«

»Doch, hab ich. Ich wollte wissen, ob du bei ihr bist.«

»Mist! Na gut, ich werd's wieder einrenken. Wenn ich euch allen schwöre, daß es ein einmaliger Ausrutscher war, können wir zur Tagesordnung übergehen, oder?«

»Ach, Ulf Metzner«, seufzte Coldewey und bog in die Heinrich-Heine-Straße ein.

Während er den Wagen in die Garage fuhr, wartete Metzner vor dem Haus. Er hatte den Kopf tief zwischen die Schultern gezogen und stand knickbeinig gegen einen Laternenpfahl gelehnt. Als Coldewey die Haustür geöffnet hatte, gab Metzner sich einen Ruck und schlich mit hängenden Schultern in die Küche, wo Beate ihn in die Arme nahm. Er legte den Kopf an ihre Wange und schniefte.

»Armer Kerl«, sagte Beate zärtlich. »Komm erstmal frühstükken. Ein weiches Ei und ein Joghurt sind jetzt genau das Richtige. Der Orangensaft ist frisch gepreßt.«

»Wenn du meinst.« Er legte ihr den Arm um die Taille und ließ sich ins Wohnzimmer führen.

»Und du bist mir nicht böse?«

»Wie könnte ich?«

»Aber es war vorsätzlich. Ich hab mir den Schnaps selbst gekauft. Jörn trifft keine Schuld.«

»Nein, dafür nicht. Mach's dir bequem. Der Kaffee ist noch warm.«

»Ich schwöre, es war das letzte Mal.« Ulf sah lächelnd zu ihr auf, als sie ihm einschenkte und ein Ei aus dem Körbchen in seinen Becher stellte.

»Darf ich auch ein Ei?« Coldewey griff nach der Kaffeekanne.

»Was fragst du? Es ist für jeden eins da. Soll ich's dir aufklopfen?« Beate setzte sich und nahm ein Ei. Das Aufschneiden mit dem großen Brotmesser wirkte wie eine Hinrichtung.

Ein frischer Morgen. Zu kühl, um draußen zu sitzen. Nachdem Metzner sich zurückgezogen hatte, um seine Mutter anzurufen, und Beate sich in der Küche zu schaffen machte, legte sich Coldewey im Wohnzimmer mit der Zeitung aufs Sofa. Nach einer Viertelstunde faltete er den ›Weser Kurier‹ wieder zusammen und stand auf. Er trat an die Terrassentür und legte die Stirn an die Scheibe. Ein übermütiger Wind ließ die Rosen schaukeln und die Blätter der Büsche aufgeregt flattern.

»Es geht zu weit, es geht zu weit«, murmelte Coldewey und begann, im Zimmer auf und ab zu marschieren.

Beate erschien in der Tür mit der Blumenkanne und einem Staubtuch in der Hand. »Machst du Wandertag?« Sie goß den großen Ficusstrauch neben der Terrassentür und die Töpfe auf den seitlichen Fensterbänken. Sie wischte den Couchtisch mit dem Staubtuch und schob Leuchter und Jugendstilvase zurecht. »Willst du nicht arbeiten?« fragte sie obenhin.

»Bin nicht in der richtigen Stimmung. Ich weiß nicht, was ich machen soll. Ich glaube, ich schmeiße ihn raus.«

»Das tust du nicht. Man kann einen Menschen in so jämmerlichem Zustand nicht auf die Straße setzen.«

»Er übertreibt seine Jämmerlichkeit, weil er genau weiß, daß er dich damit rumkriegt. Vorhin im Auto war er putzmunter. Es spottet einfach jeder Beschreibung, was er sich geleistet hat.«

»Typisch, daß dich das Elend eines anderen Menschen so kalt läßt.«

»Es ist selbstverschuldet. Metzner verdient kein Mitleid. Der reagiert nur auf Druck. Wenn wir ihm drohen, ihn rauszuschmeißen, erreichen wir damit mehr als mit jedem Mitleidsgetue. Er hatte überhaupt keinen Grund für die erneute Sauferei. Was hab ich mich gestern um ihn bemüht. Man macht sich ja lächerlich.«

»Ja, das tust du. Du konstatierst nur Äußerlichkeiten, ohne nach Gründen zu fragen. Es muß ihn etwas aufgeregt oder verletzt haben. Ulf zieht nicht ohne jeden Anlaß los und kauft Schnaps.«

»Er ist süchtig, mein Schatz. Sucht fragt nicht nach Gründen. Oder benutzt jeden x-beliebigen. Vielleicht hat ihn ja euer Techtelmechtel durcheinandergebracht.«

»Wovon redest du?«

»Er behauptet, du seist in ihn verliebt, hättest ihn deswegen sogar geküßt.«

»Das ist nicht dein Ernst.« Beate wandte sich von Coldewey ab und korrigierte mit einem leichten Stups die Waagerechte eines Bildes.

»So wie du ihn eben in Empfang genommen hast, erscheint einem das durchaus plausibel. Wenn ich dazurechne, wie du unentwegt an mir herumkritisierst, ergibt sich ein klares Bild. Vielleicht wolltest du ihm zu Beginn wirklich nur helfen, doch inzwischen ist da etwas zwischen euch entstanden, was außer Kontrolle zu geraten scheint. Jedenfalls ist Ulfs Schwärmerei für dich schwer zu ertragen.«

»Du tust mir leid, Jörn Coldewey.« Beate wandte sich zur Tür. Aus der Gießkanne schwappten ein paar Tropfen auf den Teppich.

»Warum tut er dir leid?« fragte Metzner vom Flur aus. »Weil er mit mir geschlagen ist? Schön, daß ihr beide gerade da seid. Ich möchte euch etwas vorlesen. Frisch aus meiner Feder. Ich bin gespannt, was ihr dazu sagt. Wollen wir uns nicht setzen?«

Beate nahm den Sessel, legte das Staubtuch auf den Schoß und stellte die Kanne darauf. Coldewey setzte sich rittlings auf einen Eßzimmerstuhl, so daß Metzner das Sofa ganz für sich hatte. Er las mit belegter Stimme:

»Der Wind greift kalt dir ins Haar
und grüßt damit jubelnd die Sonne.
Der Schwan taucht trunken sein Haupt
in das moorgebräunte Wasser.
Ich trink dir das Rot von den Lippen
und atme den Duft deiner Brust.

Ich stehle den Glanz deiner Augen
und schmücke damit meinen Traum.«

Metzner faltete das Blatt zusammen und hob langsam den Blick, richtete ihn auf Beate, die errötete. »Ich wollte es dir widmen. Bist du damit einverstanden, Beate?«

»Nur zu, nur zu!« Coldewey konnte nicht mehr an sich halten und prustete los. »Mein Gott, was für ein Schwulst!« rief er und biß sich in den Zeigefinger. »Und dieser verballhornte Hölderlin: ›Der Schwan taucht trunken sein Haupt in das moorgebräunte Wasser‹. Das ist schlicht nicht zu übertreffen! Ich muß an die Luft!« Er riß die Terrassentür auf und stürzte in den Garten.

Beate nahm vorsichtig Staubtuch und Kanne und stand behutsam auf, als wollte sie Metzner nicht aus seiner Erstarrung wekken. Mit kleinen Schritten lief sie zur Tür.

Metzner hob den Kopf und rief ihr nach: »Findest du es auch schwülstig, Beate?«

»Ach, ich weiß nicht, Ulf. Mit der Hölderlin-Anspielung hat Jörn sicher recht. Und du solltest keine Gedichte für mich schreiben. Dafür sind wir beide zu alt.«

»Was hat das mit dem Alter zu tun?« fragte er ratlos.

Sie hatte die Tür schon hinter sich geschlossen.

Coldewey hatte sich für den Abend bei Thomas und Dagmar eingeladen. Beate hatte er freigestellt, ob sie ihn begleiten wollte oder nicht. Er jedenfalls habe das dringende Bedürfnis, einen Abend außer Hauses zu verbringen, der gute Ulf habe den Bogen einfach überspannt. Beate, sichtlich verunsichert durch Metzners verschlüsselte Liebeserklärung, hatte nicht gewagt zu widersprechen und sich Coldewey angeschlossen.

Das Altbremer Reihenhaus in der Colmarer Straße war elegant eingerichtet. Zwei ineinander übergehende Zimmer im Erdgeschoß boten viel Platz. Durch den verglasten Wintergarten sah man nach hinten in eine üppige Gartenlandschaft. Die Schlafzimmer befanden sich im Obergeschoß, wohin die Kinder schon verbannt worden waren. Die hatten gedroht, erst dann zu schlafen, wenn Oma und Opa ihnen ›gute Nacht‹ gesagt hätten. Also stiegen Beate und Coldewey die Treppe hinauf, um nach ihnen zu sehen. Der Schlaf war stärker gewesen, so daß die Großeltern nur noch entrückte Kindergesichter betrachten konnten. Coldewey griff nach Beates Hand, und sie entzog sie ihm erst nach einigen Sekunden.

Dagmar hatte Wein und Käsegebäck auf den Couchtisch gestellt. Sie schenkte ein, und man prostete sich zu. »Was habt ihr auf dem Herzen?« fragte Thomas sanft. Sein feines Gesicht mit großen blauen Augen hinter einer randlosen Brille wurde umrahmt von blondem Haar und blondem Bart. Er war unverkennbar der Sohn Beates. »Ihr seht beide irgendwie gerupft aus. Es hängt mit Metzner zusammen, stimmt's?«

»Es ist schwieriger, als wir gedacht haben. Er hat sich die Nacht rumgetrieben und ist in einer Ausnüchterungszelle gelandet«, sagte Beate.

»Da gibt's nur eins: raus mit ihm! Wenn er rückfällig wird, seid ihr völlig damit überfordert. Da können nur Profis helfen.« Dagmar rückte ihren Sessel energisch näher an den Tisch.

»Das sagt sich so leicht.« Beate nippte an ihrem Wein. »Er ist ein liebenswerter Kerl.«

»Diese Seite haben viele Alkoholiker. Im Erzeugen von Mitleid sind sie nicht zu übertreffen. Ich muß gestehen, ich habe mir große Sorgen gemacht, nachdem ich ihn bei euch erlebt habe. Er ist durchtrieben. Er nützt eure Toleranz und Großzügigkeit schamlos aus.« Dagmars dunkle Augen glühten.

»Jetzt übertreib nicht, Daggi. Er hat was Rührendes. Die Kinder waren hellauf begeistert von ihm«, wandte Thomas Coldewey sanft lächelnd ein.

»Gerade das zeigt seine Gefährlichkeit.«

»Er war mal mein Freund. Sowas kann man nicht einfach vom Tisch wischen.« Coldewey verschüttete ein paar Tropfen Wein auf sein Hemd. Er sprang auf und wischte mit dem Taschentuch hektisch an den roten Flecken. Er trat ans Fenster zur Straße. Zwei Männer machten sich an seinem Wagen zu schaffen. Einer versuchte, die Fahrertür zu öffnen, der andere schaute sich nervös um.

Wegen des Schmuddelwetters dunkelte es bereits, so daß man die Gesichter nicht erkennen konnte. »Verdammt! Diese Mistkerle!«

Coldewey stürzte aus dem Wohnzimmer und dem Haus. Auf der Straße sah er die Männer wegrennen. Sie waren jung und schnell. Es hatte keinen Zweck, sie zu verfolgen.

»Was ist denn?« fragte Beate ängstlich, als er atemlos zurückkehrte.

»Zwei Typen waren am Auto zugange«, keuchte er.

»Bedarf es noch deutlicherer Hinweise?« fragte Dagmar spitz. »Sieht so eine Freundschaft aus? Früher gab es doch dauernd Krach zwischen euch. Er hat keinen guten Charakter, Jörn, und er hat mit dubiosen Menschen zu tun, wie man sieht.« Sie warf den Zopf nach hinten.

»Vielleicht waren es ganz gewöhnliche Autodiebe«, sagte Thomas.

»Die Kinder gegen dich aufzuwiegeln, war schlicht hinterhältig.«

»Nun laß mal die Kirche im Dorf, Daggi. Die Kinder haben das mit dem Buch gar nicht verstanden. Die lassen doch nichts auf ihren heißgeliebten Opa kommen.« Thomas Coldewey lachte und schob die Brille auf der Nase hin und her.

»Es geht nicht darum, was er bei den Kindern anrichtet. Es geht um seinen Vorsatz. Er will Zwietracht säen. Um es ganz deutlich zu sagen: er gefährdet eure Ehe. Mir ist nicht entgangen, wie er dich zu umgarnen versucht hat, Beate.«

»Jetzt mach aber mal einen Punkt, Daggi. Ich möchte einen Menschen wie ihn gewiß nicht im Haus haben, aber er hat auch seine Qualitäten. Er ist intelligent, charmant und wirkt überhaupt nicht spießig.« Thomas Coldewey bemühte sich um Ausgleich.

»Und er verbreitet eine gewisse menschliche Wärme«, fügte Beate hinzu. »Müssen wir ihn nicht warnen, Jörn? Vielleicht waren das eben die Kerle aus dem Bahnhofsviertel. Vielleicht wollten sie das Auto präparieren.«

»Womit? Mit einer Bombe?« Thomas Coldewey lachte.

»Gut, ich rufe ihn an. Er dürfte noch bei seiner Mutter sein.« Coldewey nahm das schnurlose Telefon vom Schreibtisch, auf dem sich Schulhefte stapelten. Er wählte. Anneliese Metzner meldete sich.

»Wenn man vom Teufel spricht ... Du bist heute unser Hauptthema. Willst du wissen warum?«

»Nein. Geben Sie mir bitte Ulf. Es ist wichtig.«

»Großer Gott, wie uncharmant! Hier, dein Busenfreund.« Sie gab das Telefon weiter.

»Jörn? Du mußt einen sechsten Sinn haben, gerade reden wir über dich. Rate, wo wir sind. Wir sitzen auf meinem Kinderbett und schmieden Zukunftspläne. Was sagst du nun?«

»Zukunftspläne?«

»Ja. Mutti und ich wollen wieder enger zusammenrücken. Es kann ja nicht so weitergehen wie bisher. Vielleicht nehmen wir gemeinsam eine größere Wohnung. Noch schöner wäre ein kleines Haus. Was meinst du dazu?«

»Ich muß dich warnen. Eben gerade haben zwei Kerle versucht, mein Auto aufzubrechen.«

»Hast du die Polizei verständigt?« fragte Metzner verunsichert.

»Nein, ich konnte die Burschen ja vertreiben.«

»Gott sei Dank. Bloß nicht wieder die Polizei. Mach dir keine Sorgen, alter Freund. Das waren sicher Kleinganoven. Hast du was Wertvolles im Wagen liegen?«

»Nein. Wie kommst du nach Hause?«

»Ich bin zu Hause.«

»Du weißt, was ich meine. Nimm ein Taxi. Oder soll ich dich abholen?«

»Keinesfalls. Vielleicht schlafe ich hier. Und sonst nehme ich einen Wagen. Mutti hat mir Geld gegeben. Bis später, mein Guter.« Er legte auf.

Alle schauten Coldewey erwartungsvoll an, nachdem er den Apparat abgestellt hatte. »Er tut völlig unbesorgt. Er ist wieder ganz dicke mit seiner Mutter.«

»Na fein«, sagte Dagmar. »Hoffentlich zeigt dir das, wie unberechenbar er ist. Wenigstens du mußt einen kühlen Kopf bewahren. Daß Frauen mit ihrem Mutterinstinkt Männer wie Metzner nachsichtiger beurteilen, kann passieren. Manchmal sind wir etwas realitätsblind, wenn es um emotionale Bereiche geht.«

»Beziehst du dich mit ein?« fragte Thomas Coldewey vorsichtig.

»Durchaus. Aber ich gehe dagegen an.«

»Mir gefällt diese Art von Gespräch nicht«, sagte Beate. »Mich ängstigt das alles. Dein Vater hat Metzner ins Haus geholt. Er bezeichnet ihn als seinen Freund. Er allein muß entscheiden, wie es weitergehen soll.«

»Sitze ich hier auf der Anklagebank?« fragte Coldewey verdrossen.

»Du verhältst dich widersprüchlich. Mal willst du ihn rausschmeißen, mal sinkt ihr euch in die Arme vor Rührung, besonders wenn's ums Boot geht. Ihr seid wie zwei Kinder, die, eben noch ein Herz und eine Seele, im nächsten Moment aufeinander losdreschen.«

»Vielleicht sind das die alten eingefleischten Verhaltensmuster. Es gibt keine Eindeutigkeit. Während wir hier reden und am liebsten alles ungeschehen machen würden, sorge ich mich schon wieder um ihn. Wer weiß, was heute nacht noch passiert.«

»Deine Sorgen gelten nie diesem Menschen, sondern nur dir selbst. Wenn er dir auf dem Boot Gesellschaft leistet, ist er willkommen, wenn er seine Not offenbart, möchtest du ihn los sein.«

»Und du ermunterst ihn, sich gehenzulassen. Du himmelst ihn an, wenn er schwachsinnige Gedichte vorträgt, und entschuldigst jedes noch so unmögliche Betragen. Du verhältst dich so, daß er auf dumme Gedanken kommen muß.«

»Jeder Satz von euch zeigt nur, daß er aus eurem Leben verschwinden muß!« sagte Dagmar energisch und schenkte Wein nach.

»Er ist und bleibt ein Teil meines Lebens. Als ich ihn wiedergesehen habe, wußte ich, jetzt schließt sich der Kreis. Ich fühlte mich irgendwie erlöst, als hätte ich die ganze Zeit nach unserer Trennung mit einem Defizit existiert. Es waren einfach noch zu viele Fragen zwischen uns offen. Die Wunden müssen endlich heilen.«

»Und warum wirfst du dann Mama vor, wenn sie ihn bemitleidet?« fragte Thomas Coldewey. »Du erwartest von ihm Freundschaft und Gefolgschaft und bietest dafür Obdach und Pflege. Im Gegensatz zu Mama, die nur gibt und nicht fordert, siehst du das Ganze als eine Art Geschäft. Gib du mir dieses, dann geb ich dir jenes.« Thomas Coldewey schaute seinen Vater ein wenig ängstlich an, als erwarte er eine Zurechtweisung.

Beate sprang auf. »Ich möchte nach Hause! Ich finde es nicht in Ordnung, daß hier alles vor den beiden ausgebreitet wird, bevor wir uns selbst einmal richtig ausgesprochen haben, Jörn. Ich weiß nicht, was zwischen uns falsch läuft, aber ein Gespräch wie dieses hilft uns keineswegs weiter. Und was sollen Thomas und Dagmar dazu sagen?«

»Oh, mir würde schon einiges dazu einfallen!« Dagmar stützte die Arme auf die Oberschenkel.

»Das kann ich mir denken, Dagmar!« Coldewey leerte sein Glas und stellte es zu kräftig auf den Marmortisch. Es zerbrach. »Ach, Scheiße! Tut mir leid.« Er stand auf.

»Kann passieren.« Thomas Coldewey lächelte verzeihend.

»Manchmal hat man das Gefühl, daß ältere Menschen Probleme geradezu herbeireden, um sich noch als jung und irgendwie dazugehörig zu empfinden.« Dagmar stellte sich breitbeinig auf den Teppich.

»Dir fehlt ein Mann, der dir ab und zu den Kopf zurechtsetzt. Viele junge Frauen verwechseln leider Emanzipation mit Überheblichkeit.«

»Bitte, Jörn, jetzt keinen Krach in der Familie«, flehte Beate, hakte ihn ein und schmiegte sich an ihn. »Vielleicht war ich in letzter Zeit etwas zu kritisch. Ich spüre ja, daß du nicht glücklich bist und leidest.«

»Ich leide nicht. Ich hatte mir nur ein wenig Rat erhofft und erfahre statt dessen Voreingenommenheit und Unverständnis.«

Als letzter erhob sich Thomas Coldewey und lächelte resigniert. »Vielleicht überforderst du uns, lieber Papa. Wir sind viel zu weit weg von alldem, um ernsthaft mitreden zu können. Da kommt es leicht zu Mißverständnissen.«

»Ja, immer die Mißverständnisse.« Dagmar zerrte an ihrem Zopf. »Ich kapiere schon, was da läuft. Aber ich halt jetzt den Mund. Bei dir geht's nur nach dem Motto: ›Wasch mir den Pelz, aber mach mich nicht naß‹, lieber Jörn. Gute Nacht.« Sie küßte ihn auf die Wange.

Thomas Coldewey umarmte seine Mutter. »Eine hübsche Bluse hast du an.«

»Die ist von Ulf.«

»Ich weiß, du meinst es immer gut.« Coldewey schlug seinem Sohn auf die Schulter. »Ich frag mich nur, wie du damit in der Schule klarkommst. Mach's gut.«

»Gelegentlich mußt du mir mal erzählen, wie das mit deiner Freundin und dem Geld weitergegangen ist.« Beate drückte Dagmar an sich.

»Das ist schnell gesagt. Ich hab ihr nett geschrieben, und sie hat mir das Geld nebst unverschämtem Brief zurückgeschickt. Die Knete hab ich wieder, die Freundin bin ich los. Ruckzuck. So geht's zu bei den bösen Emanzen.«

Die Frauen lachten, die Männer schlossen sich notgedrungen an.

Vom Auto aus sahen Beate und Coldewey das Ehepaar umarmt am Wohnzimmerfenster stehen und winken.

»Daß die mal Kinder waren«, murmelte Coldewey.

»Nicht anders als du und Ulf.« Beate lachte. »Und ich? Fast hätte ich vergessen, daß ich auch mal klein war. Gut, daß meine Eltern tot sind. So werde ich nicht dauernd daran erinnert. Denkst du an den Augenarzttermin mit deiner Mutter?«

»Unentwegt.«

IX

Metzner setzte sich, ohne zu grüßen, an den Frühstückstisch. Er war blaß, unrasiert und trug das Hemd vom Vortag. »Meine Mutter läßt grüßen. Sie bittet Jörn nachträglich um Entschuldigung für das Telefongespräch neulich, als ich auf Tour war.«

»Sie war sehr aufgeregt. Macht sie dir Vorwürfe?«

»Das hat sie noch nie getan. Viel schlimmer ist ihr Bemühen, mich aufzubauen. Aber lassen wir das. Gott sei Dank konnte ich mich verabschieden, als es zuviel wurde. Und ihr habt euch bei den Kindern ausgeweint? Die haben vermutlich kein Verständnis dafür, daß ihr den bösen Ulf beherbergt.«

»Es geht nicht immer nur um dich.« Coldewey griff nach der Tasse und stieß sie versehentlich an, so daß der Kaffee auf die Untertasse schwappte. »Deshalb möchte ich mal ein Wochenende für mich haben. Wenn ich mit Beate beim Markt war, werde ich mich verkrümeln. Einverstanden, ihr beiden?«

»Sonst ist dir am Wochenende zuviel Betrieb auf dem Wasser«, wandte Beate ein.

»Bei dem Wetter nicht. Es soll das ganze Wochenende wechselhaft und kühl bleiben. Mich stört das nicht. Ich will mich nicht sonnen. Ich möchte einiges an Bord in Ordnung bringen und vielleicht ein bißchen die Weser rauffahren. Vor allem will ich für mich sein.«

»Gut, wenn das dein Wunsch ist, muß ich es akzeptieren, obwohl ...«

»Nein, Beate«, unterbrach Metzner. »Laß es nicht zu! Er ist unfair. Er läuft vor mir davon.« Er hielt sich mit beiden Händen den Kopf.

»Hast du Schmerzen?« fragte Beate.

»Wahrscheinlich wieder getrunken«, murmelte Coldewey.

»Migräne. Er kann sich nicht einfach zurückziehen, er ist mir noch so viele Antworten schuldig.«

»Rede nicht mit Beate, wenn du mich meinst. Was willst du?« fragte Coldewey gereizt.

»Mitkommen. Ich denke, nach der mißglückten Fahrt im Gummiboot hast du etwas wiedergutzumachen.«

»So kann man's auch sehen.« Coldewey lachte. »Nein, Ulf, ich will allein sein. Ich brauche das. Mein Akku ist leer und muß aufgeladen werden. Nächste Woche gehe ich wieder an mein Buch. Neue Ideen müssen her.«

»Eben. Und die werde ich dir beschaffen. Beate, hilf mir! Du kannst dir am ehesten vorstellen, was mir guttut.«

»Bißchen viel verlangt, Ulf. Schlimm genug, daß Jörn das ganze Wochenende verschwindet. Da will ich dich nicht auch noch hergeben.«

»Circe! Mach es mir nicht so schwer. Du weißt genau, wie gern ich mit dir allein bin. Aber Jörn und ich müssen erstmal grundsätzlich etwas zwischen uns klären. Ich drehe sonst durch. Mir ist bewußt, daß du mir helfen willst, nur im Moment tust du es am besten dadurch, daß du mir freie Hand läßt. Ich möchte kein schlechtes Gewissen haben deinetwegen. Wir müssen uns beide beherrschen lernen.«

»Darf ich fragen, wovon ihr redet?« Coldewey schlug mit der Zeitung nach einer Fliege.

»Später, Jörn, später. Wenn wir an Bord sind, werde ich dir alles erklären. Ich gehe schnell nach oben meine Sachen packen und eine rauchen. Bis gleich, ihr Lieben.«

Es wurde still im Zimmer. Coldewey überflog die Schlagzeilen der Zeitung. Beate holte den Tischhandfeger aus der Schublade und kehrte Krümel zusammen. Coldewey warf die Zeitung auf den Teller. »Verdammt nochmal, Beate, was geht hier vor?! Er schlägt dir gegenüber einen Ton an, als hättet ihr zusammen Schweine gehütet. Hast du mir was zu sagen?«

»So redet er eben. Man kann das auch komisch finden.«

»Und warum hast du dann Tränen in den Augen?«

»Weil ich mal ein Wochenende für mich brauche. Ich wäre euch dankbar, wenn ihr gleich verschwinden könntet. Kauft unterwegs ein für euch. Ich fahre mit dem Rad zum Markt. Vielleicht rufe ich Luitgard an. Du hast sicher nichts dagegen, wenn sie hier übernachtet. Ich kann ja Ulfs Bett für sie frisch beziehen.«

»Prima Idee. Dann haben wir zwei Alkoholiker in der Bude.«

»Ich schlage vor, ich lege mich solange hinten in die Kajüte, während du das Boot auf Vordermann bringst. Vielleicht kannst du die Heizung etwas anstellen. Es ist ziemlich kühl hier drin.«

»Ich muß erst gucken, ob wir genug Gas an Bord haben.«

»Wo steht eigentlich die Gasflasche?«

»Unter der Bank an der Tür. Darunter ist ein Extrafach für zwei Gasflaschen. Wenn ich es öffne, mach bitte die Zigarette aus. Überhaupt wäre ich dir dankbar, wenn du hier im Salon nicht rauchen würdest. Geh raus, wenn du's nicht mehr aushältst.«

»Okay, Käpten.« Metzner legte die Hand an die Stirn und drückte die Zigarette im Aschenbecher aus.

Coldewey räumte das Polster von der Sitzbank und zog die Klappe zum Gasbehälter auf. Er prüfte das Gewicht der Flaschen. »Gut, das sollte reichen. Heute mittag gibt's was aus der Dose und morgen wird gegrillt.«

»Das wird unsere erste gemeinsame Nacht hier an Bord. Irgendwie aufregend.«

»Für mich nicht. Verschwinde in deiner Koje. Ich mache jetzt die Heizung an.« Das Gebläse begann zu brummen, und warme Luft strömte in die Räume. Metzner stolperte die Stufe hinab in die Achterkajüte und legte sich aufs Bett hinter der Toilettenwand. Man sah nur seine Beine.

Coldewey stellte Tisch und Stühle im Salon auf die Seitenbänke, rollte den Teppichboden ein und kippte die große Klappe zum Motorraum zur Seite. Er kontrollierte Ölstand, den Sitz der Kabel und Schläuche, wischte mit einem Lappen Staub und Ölreste vom Motor, testete die Spannung des Keilriemens, sah nach dem Säurestand der beiden Batterien und versorgte die Antriebswelle mit Fett. Er lächelte zufrieden. Es machte ihm immer wieder Freude, die Maschine, die das Boot schon seit Jahren ohne jede Störung voranbrachte, zu betrachten. Im Gegensatz zu seinem Automotor, der nur ein x-beliebiger technischer Apparat war, hatte er zum Bootsdiesel wie überhaupt zur ganzen ›Britta‹ ein persönliches Verhältnis entwickelt, so etwas wie freundschaftliche Gefühle.

»Es stinkt nach Diesel«, tönte es aus der Achterkajüte. »Mir wird übel.«

»Ich bin gerade fertig.« Coldewey riß sich los vom Anblick der Maschine und ließ den Deckel auf den Motorraum fallen. Sorgfältig rollte er den Teppich aus. Die Möbel hatten ihren festen Platz. Er stellte sie genau in die kleinen Vertiefungen, die sich im Flor gebildet hatten. »Ich komme jetzt mal runter und putze die Toilette.« Mit Ledertuch und Scheuersand aus der Pantry stieg er in die Achterkajüte, wo Metzner auf dem Rücken lag und gegen die Decke starrte. Die Arme hatte er unterm Kopf verschränkt. Er weinte.

»Was ist los?« fragte Coldewey.

»Nichts. Das kommt vom Dieselgeruch.«

»Soll ich später das Klo machen?«

»Nein, nein. Ich finde es schön, wenn du hier so rumpusselst. Das ist wie früher, als ich klein war. Ich liebte es, im Bett zu liegen und Anneliese in der Wohnung hantieren zu hören. Sie füllte die Räume mit Leben. Um so schlimmer dann abends, wenn sie wegging. Die Stille war wie im Grab. Nur das Parkett im Wohnzimmer krachte manchmal, wenn im Winter die Heizungswärme das Holz ausdehnte. Ich mußte immer das Fenster aufmachen, um etwas von außen zu hören, selbst wenn es bitterkalt war. Wie gut wäre es gewesen, hättest du damals öfter bei mir schlafen dürfen. Doch unsere Mütter wollten das nicht.«

»Meine schon. Anneliese war dagegen.«

»Weil sie die Kerle manchmal mit nach Hause brachte und keine Zeugen wollte. Der gute Ruf. Haha!«

»Darf ich jetzt putzen?«

»Es ist dein Boot. Wie gesagt, ich genieße das. Ich sehe auch gern Beate zu, wenn sie in der Küche werkelt. Sie hat so unglaublich sichere Hände. Man könnte denken, diese fünfgliedrigen Tierchen würden von fernen, gutwilligen Mächten gelenkt. Wenn Beate kocht, vergißt man alle Traurigkeit.«

»Du übertreibst wieder mal.«

»Täusche ich mich, oder hast du den richtigen Blick für diese wunderbare Frau verloren? Du nimmst sie hin wie etwas Selbstverständliches. Dabei müßtest du ständig vor ihr auf den Knien liegen.«

»Ich schrubbe jetzt die Pantry. Dann will ich die Betten frisch beziehen. Ich hab noch für jeden eine saubere Garnitur. Die Suppe gibt's um eins. Willst du Salat dazu? Ich habe Tomaten dabei.«

Coldewey verließ die Kajüte, ohne Metzners Antwort abzuwarten und ohne die Toilette geputzt zu haben.

Sie aßen die heiße Nudelsuppe in der Pantry. Metzner schlürfte die Nudeln vom Löffel und verzog angewidert das Gesicht. »Wie lebendige Tiere kriechen einem die Dinger im Mund rum. Ich brauche unbedingt einen Magenbitter.«

»Als wenn da kein Alkohol drin wäre.«

»In vielen Medizinen befindet sich Alkohol. Soll man deswegen darauf verzichten?«

»Du ja!«

»Mußt du mich derart bevormunden?«

»Bitte, Ulf, komm mir nicht so. Außerdem habe ich keinen Magenbitter an Bord.«

»Notfalls tut's auch ein Whisky. Den rieche ich hier durch alle Ritzen. Oder Rum. Bestimmt servierst du deinen Gästen öfter mal einen Grog. Oder Glühwein? Erzähl mir nicht, daß es an Bord nichts zu trinken gibt. Alle Skipper heben gerne einen. Soll ich mal suchen? Vielleicht im Kühlschrank? Oder unter meinem Sitz im Staufach? Oder unter deinem, oder unter den Bänken im Salon? Das wäre wie Ostereiersuchen. Laß mir den Spaß, Jörn. Ich will's nur finden. Ich trinke bestimmt nichts davon. Heiliges Ehrenwort.«

»Wenn du nicht sofort aufhörst, bringe ich dich zurück nach Hause. Oder besser gleich nach Bremen-Ost.«

»Die wollen mich nicht mehr haben. Hoffnungsloser Fall. Anneliese hat schon angerufen wegen eines Termins. Alles belegt. Ich soll's bei den Anonymen versuchen. Aber das ist nicht lustig. Sich ständig Suchtprobleme anzuhören, macht mürbe und melancholisch. Weißt du, daß ich unendlich müde bin? Schau mal, es wird etwas heller. Vielleicht kommt die Sonne durch. Dampfen wir dann los?«

Sie fuhren die Lesum hinab, am Segelschulschiff ›Deutschland‹ vorbei auf die Weser Richtung Innenstadt. Der Himmel war vollgepackt mit Wattewölkchen, zwischen denen manchmal die Sonne hervorkam und Lichtfächer ausbreitete. Metzner staunte über die

Dimensionen des Flusses, die vom Wasser aus gesehen noch gigantischer wirkten als vom Ufer. Die Vegesacker Fähren pendelten hin und her und verscheuchten mit lautem Getute unachtsame Sportboote.

»Mit den Berufsschiffern ist nicht zu spaßen. Die wollen freie Bahn. Verständlich, denn so ein großes Schiff zu stoppen oder zum Ausweichen zu bringen, ist schwierig.« Coldewey war in seinem Element, und Metzner hielt sich ständig an Zigaretten fest. Der Aschenbecher quoll über.

Zum Nachmittagskaffee servierte Coldewey Butterkuchen, von dem sogar Metzner ein Stück aß. »Beeindruckend, wie du den Tag nach Mahlzeiten aufteilst. Essen und trinken schaffen Ordnung in deinem Leben. Ich habe mich nie terminabhängig ernährt außer in den ersten Jahren meiner Ehe. Damals gaben Vera und Tina den Rhythmus vor. Jetzt esse und trinke ich je nach Bedürfnis. Das kann mitten in der Nacht sein oder am späten Vormittag oder wann auch immer. Jedenfalls hab ich zu den üblichen Zeiten meistens keinen Appetit.«

»Du bist eben durch und durch ein Nonkonformist.« Coldewey lachte und ließ sich den Genuß von Kaffee und Kuchen nicht verleiden.

»Ich hätte nie gedacht, daß du mal ein so reglementiertes Leben führen würdest. Wie kann man noch kreativ sein, wenn alles in starren Bahnen verläuft?«

»Du suchst wieder Streit. Aber ich kann dich beruhigen. Ein durchgeplanter Tagesablauf kann durchaus Kreativität fördern. Einer der größten Denker aller Zeiten, Immanuel Kant, hielt die Termine für seine täglichen Verrichtungen so genau ein, daß man die Uhr danach stellen konnte. Äußerliches Chaos ist kein Ausweis für Genialität.«

»Ich fühle mich in meine Schranken verwiesen und schweige.« Metzner stürzte hinunter in den Salon und in die Toilette. Coldewey hörte ihn würgen.

»Entschuldige, Bruderherz, ich bin beschämt, derart beschämt, daß der Magen mir den Dienst verweigert. Ich übernehme jetzt das Steuer und sorge für Ordnung auf dem Wasser. Ich mag es, wenn die ›Britta‹ meinen Befehlen gehorcht.« Metzner setzte sich hinters Steuerrad, und Coldewey schaute mit dem Fernglas einmal in die Runde.

»Nicht viel los heute. Das Wetter ist zu unberechenbar. Im Westen sieht es dunkel aus. Spätestens in einer Stunde regnet es.«

»Wollen wir umkehren, Bruderherz?«

»Da vorn am Stahlwerk drehen wir. Dann sind wir zum Abendessen wieder am Steg. Einverstanden?«

»Ja, Bruderherz.«

»Willst du mich provozieren mit diesem ›Bruderherz‹? Oder was soll das?« Coldewey steckte das Fernglas ins Etui.

»Mir gefällt das Wort. Außerdem will ich damit sagen, daß ich mich dir brüderlich verbunden fühle. Uns wäre im Leben viel erspart geblieben, hätten wir Brüder gehabt. Findest du nicht? Daß wir als Einzelkinder aufwuchsen, hat geradezu zwangsläufig zu dieser intensiven Bindung geführt, ohne daß wir aber die Selbstverständlichkeit eines verwandtschaftlichen Verhältnisses erreicht haben. Was in Familien naturgegeben ist, mußten wir uns erkämpfen. Deshalb unsere Schwierigkeiten.«

»Ich weiß nicht, wie man für einen Bruder empfindet, ich weiß nur, daß unsere Beziehung ständig unter Druck stand. Warum immer diese Konkurrenzsituation?«

»Ich habe in dir ein Vorbild gesehen und mich bemüht, es dir gleichzutun. Du warst wohl mein Vaterersatz. Auch in bezug auf Anneliese.«

»Ja, Anneliese. Du mußtest ihr beweisen, daß du besser warst als ich.«

»Und worauf führst du es dann zurück, daß ich mich in deiner Gegenwart geborgen fühle? Eben auf der Toilette hatte ich das Empfinden, daß du wie ein Schutzengel hinter mir stehst. Ich bin alkoholkrank und werde nicht alt. Ich möchte, daß du mich in den Tod begleitest.«

»Wenn du abstinent bleibst, kannst du uralt werden.« Coldewey verzog unwillig das Gesicht.

»Im Ernst: könntest du dir vorstellen, mir beim Sterben zu helfen?«

»Wie meinst du das?«

»Vermutlich werde ich qualvoll krepieren und darauf angewiesen sein, daß man meine Leiden verkürzt, den Schlauch zukneift, die Herzlungenmaschine abstellt, die Opiumdosis erhöht, oder was weiß ich. Würdest du das für mich tun?«

»Wir sollten jetzt umdrehen, damit wir einigermaßen trocken zurückkommen. Laß erst den Frachter vorbei. Immer hinter einem Schiff das Fahrwasser kreuzen.«

»Ich verstehe, daß du nicht antworten willst, aber ich gebe nicht auf, Bruderherz. Ich möchte von dir getötet werden.«

»Das ist geschmacklos. Ich weigere mich, solche Gespräche zu führen.«

»Weil du ein Drückeberger bist. Du willst immer ungeschoren davonkommen. Du hast dich nie den wirklich großen Problemen gestellt. Als ich dir damals unbequem wurde und deine Karriere gefährdete, hast du mich verstoßen. Als Vera ein verbindliches Bekenntnis von dir verlangt hat, konntest du nur den Schwanz einziehen und dich verkriechen.«

»Ich werde darauf nicht eingehen, Ulf. Nur soviel: jedesmal, wenn du mich wegen früher attackierst, unterschlägst du den Hauptgrund für all das Elend, deine maßlose Sauferei.«

»Und wer hat die verursacht?«

»Ich natürlich.«

»Ja, Bruderherz, vor allem du. Trotzdem bin ich gern mit dir zusammen, trotzdem fühle ich mich geborgen bei dir. Ob du willst oder nicht, du bist verantwortlich für mich. Das ist deine Funktion. Du bist Herr über Leben und Tod. Ich gebe zu, das klingt übertrieben, aber ich muß wohl übertreiben, damit du überhaupt was kapierst.«

»Laß mich in Ruhe, Ulf Metzner, oder ich setze dich in Mittelsbüren an Land. Dann kannst du sehen, wo du bleibst.«

Nach dem Abendessen stellte Coldewey den Fernseher an. Sie schauten die ›Tagesschau‹, den Wetterbericht und landeten bei Gottschalks ›Wetten dass ...?‹. »Den mag ich, auch wenn mir klar ist, wie berechnend sein Charme ist. Einem wie ihm würde man sich ohne Bedenken anvertrauen. Solche Menschen beglücken einfach durch ihr Dasein. Sie sind Lieblinge der Götter. Was meinst du?«

»Er versteht seinen Job. Aber es ist eben ein Job, mehr nicht«, knurrte Coldewey.

»Wie oft soll ich dir noch sagen, daß du hinter die Dinge schauen mußt?«

»Ich habe keine Lust zum Fernsehen. Ich gehe raus. Es hat aufgehört zu regnen.«

»Dann mach aus. Fernsehen verstellt den Blick. Ich komme gern mit nach oben. Da kann ich in Ruhe rauchen.«

»Wie du willst. Aber ich werde Bier trinken.« Coldewey erschrak. »Nein, entschuldige. War nicht ernst gemeint.«

»Natürlich war es das. Wie könnte ich von dir verlangen, daß du meinetwegen deine Gewohnheiten änderst. Nimm dein Bier und komm.« Metzner stieg aufs Achterdeck.

Coldewey schaltete den Fernseher ab und nahm eine Flasche Bier aus dem Staufach, in dem ein ganzer Kasten stand.

»Laß es dir schmecken.« Metzner warf den Kopf zurück und schaute in den Himmel. Die Wolken waren verschwunden. Die Abendröte im Westen vergoldete die Landschaft. Die Venus blitzte ungewöhnlich hell, und ein Sichelmond spiegelte sich im Wasser. »Was für ein Abend.« Er zündete sich eine Zigarette an.

Nach der ersten Flasche Bier hatte Coldewey Lust auf eine zweite. Auf die zweite folgte die dritte und mit dieser verschwand seine Vorsicht wegen Metzner. Als er zum vierten Mal ans Staufach ging, nahm er gleich zwei Flaschen und reichte eine davon Metzner. »Hier, ich mag mich nicht allein betrinken. Und betrinken muß ich mich heute abend. Außerdem weißt du sowieso, wo das Bier steht, und kannst dich später, wenn ich in der Koje liege, bedienen, wie du willst.«

»Wie schön, daß du zur Vernunft kommst, Bruderherz. Einen wie mich vom Saufen abzuhalten, ist schwieriger, als zum Mond zu fliegen. Ist es hier nicht geradezu obszön romantisch? Und da soll ausgerechnet ich nüchtern bleiben? Prost, du Novalis-Mond!« Er hob die Flasche und schüttete sich das Bier in die Kehle. »Hast du auch einen Schnaps dazu?« fragte er, als er die Flasche absetzte. »Ich muß deinen Vorsprung einholen, und das schaffe ich nur mit Hochprozentigem.«

»Nein. Ein bißchen Zurückhaltung muß sein. Es gibt nur Bier, sonst nichts. Das ist ein Befehl!«

»Jawohl, Herr Kapitän. Mein Gott, Jörn, ich bin so dankbar, daß es dich gibt. Endlich können wir mal wieder ein Bier zusammen trinken. Erinnerst du dich, wie wir nach dem Abitur mit der Klasse tagelang durch die Kneipen gezogen sind?«

»Schon damals warst du ein Schluckspecht.«

»Obwohl ich Bier gar nicht mochte. An den bitteren Geschmack muß man sich gewöhnen. Weißt du, woran ich oft denken muß? Wie wir damals von der Schule die Karten für die ›Matthäuspassion‹ im Dom erhalten haben. Nie wieder hat mich Musik so erschüttert. ›Wir setzen uns in Tränen nieder‹. Erinnerst du dich?«

»Seitdem ist Bach mein absoluter Liebling.«

»Komisch, daß uns Kirchenmusik aus dem Barock heute noch bewegen kann, obwohl wir den Glauben verloren haben. Oder bist du religiös geworden?«

»Was fragst du? Wir sind damals zusammen aus der Kirche ausgetreten.«

»Könnte ja sein, daß du es heute bereust.«

»Wer nach dem Holocaust noch an Gott glaubt, ist selber schuld. Prost, Ulf!«

»Meine Flasche ist leer.« Ehe Coldewey reagieren konnte, war Metzner im Salon und an der Bierkiste. »Ich habe gleich zwei mitgebracht, damit ich nicht so oft rennen muß.« Metzner verstaute die zweite Flasche unter seinem Stuhl.

»Eigentlich müßte ich protestieren.«

»Würde nichts nützen. Es führt kein Weg zurück. Von jetzt an würde ich für jede Flasche kämpfen wie ein Löwe. Du weißt, Betrunkene können ungeahnte Kräfte entfalten.«

»Ich bin auch betrunken. Also hast du mit meinen ungeahnten Kräften zu rechnen.«

»Das tue ich immer. Was übrigens so gewisse Kräfte angeht, hat Beate mir wirklich geholfen.«

»Das soll heißen?«

»Du hast nicht ernsthaft widersprochen, als ich dich um Erlaubnis gebeten habe.«

»Aber Beate ...«

»Fand deine Großzügigkeit rührend. Und vermutlich auch verpflichtend. Sie hat zwar den Kopf geschüttelt, aber nicht ernsthaft Widerstand geleistet. Am Ende schien es ihr sogar Spaß zu machen.«

»Du hast also mit ihr geschlafen?«

»Es mußte einfach sein, Bruderherz. Tut mir leid.«

X

»Was ist mit Ulf? Er ist doch sonst um diese Zeit schon längst auf.« Beate und Coldewey saßen am Frühstückstisch, der wie immer verführerisch gedeckt war. Die Sonne malte flimmernde Flekken aufs Parkett, weil ein leichter Wind den Nußbaum bewegte, durch den ihr Licht fiel.

»Fang schon mal an. Der Kaffee wird kalt. Ich schaue nach ihm.«

»Ich gehe für den Fall, daß er noch nicht angezogen ist.«

»Mein Gott, wir sind keine Kinder. Ein Mann im Pyjama haut mich nicht um.«

»Aber vielleicht einer ohne Pyjama. Bis gleich.«

Coldewey ließ sich Zeit auf dem Weg nach oben, ging zunächst in sein Zimmer, ordnete beschriebenes Papier, klappte ein aufgeschlagenes Buch zusammen, klopfte das Kopfkissen auf dem Stuhl am offenen Fenster zurecht. »Verdammt, verdammt«, flüsterte er.

»Was soll das?« Beate stand hinter ihm in der Tür. »Warum guckst du nicht nach Ulf?«

»Ich habe meine Lesebrille gesucht.«

»Die liegt auf der Anrichte neben den Zeitungen. Also was ist?«

»Du weißt ja, wo er wohnt. Schau nach, wenn's dich beruhigt.«

Beate schüttelte den Kopf und klopfte an Metzners Tür. Niemand antwortete. »Ulf?« rief sie. Es blieb still. »Ist was mit dir, Ulf?« Sie legte das Ohr an die Tür. »Merkwürdig.« Vorsichtig drückte sie die Klinke herunter. Die Tür sprang auf. »Ulf, bist du da?« Sie trat ein. Das Bett war unberührt. Von Metzner keine Spur.

»Jörn?« Beate stieß fast mit ihm zusammen, als sie sich umdrehte. »Er ist weg. Du lieber Himmel! Glaubst du, daß er sich wieder rumgetrieben hat?«

»Was weiß ich? Komm frühstücken, ehe der Kaffee vollends kalt ist.«

»Du tust, als ginge dich das hier nichts an.« Beate schüttelte den Kopf.

»Geht mich auch nichts an. Sollen sich andere um ihn kümmern. Ich bin froh, wenn er weg ist.«

»Einer schlimmer als der andere. Wir müssen sofort anrufen. Bei der Polizei? Oder bei seiner Mutter? Auf jeden Fall bei Luitgard.«

»Gute Idee. Du und deine neue Freundin übernehmt jetzt die Verantwortung für Ulf. Vielleicht wollte er nicht mehr in dieses Bett, weil seine Exfreundin darin geschlafen hat.«

»Du bist ekelhaft.« Beate lief die Treppe hinunter und warf die Wohnzimmertür hinter sich zu. Coldewey folgte langsam und setzte sich an den Tisch. Der Kaffee war lau, das Brötchen pappig.

Beate funkelte ihn an. »Was ist vorgestern auf dem Boot passiert? Ihr wart beide so komisch gestern. Und du hattest dicke Augen. Hast du gesoffen?«

Coldewey nickte.

»Und Ulf auch?«

Coldewey nickte.

»Du säufst mit einem Alkoholiker, der gerade eine Therapie hinter sich hat?«

Coldewey nickte und strich Butter auf sein Brötchen.

»Bist du noch zu retten?«

»Bestimmt nicht, wenn du weiterhin mit Ulf pennst.«

»Wie bitte?«

»Du hast richtig gehört. Du schläfst mit Ulf. Jedenfalls behauptet er das. So eine Freudenbotschaft muß doch begossen werden.«

Beate schnappte nach Luft. »Ihr habt wohl völlig den Verstand verloren! Ulf und ich? In unserem Alter? Ich habe zwar kaum noch einen Ehemann im Bett, aber das ist doch kein Grund, mich mit einem impotenten Alkoholiker einzulassen.«

»Woher weißt du, daß er impotent ist?«

»Er hat's mir gesagt.«

»Aha. Also redet ihr über sowas. Immerhin bemerkenswert.«

»Er hat mir seine Nöte mit Luitgard geschildert. Doch er ist mir gegenüber nie anzüglich geworden.«

»Selbstverständlich alles platonisch. Hauptsache, er läßt sich nicht mehr blicken. Ich muß jetzt Mutti abholen und zum Augenarzt bringen. Wenn was ist, ruf mich an. Das Handy ist auf Bereitschaft.« Coldewey ging ohne Abschiedsgruß.

Er scheuchte den Wagen durch die Straßen, jagte bei Gelb über Ampeln, fuhr zu dicht auf und brachte den Audi mit quietschenden Reifen vor dem Haus in der Besselstraße zum Stehen. Da kein Parkplatz frei war, stellte er sich in eine Ausfahrt und hupte. Die Mutter winkte aus dem Fenster und erschien kurze Zeit später in der Haustür. Coldewey lief die Stufen zum Hochparterre hinauf und stützte die alte Dame beim Heruntersteigen. Trotz der Wärme trug sie einen Mantel und eine Kappe, unter der schneeweißes Haar in Strähnen heraushing. Das kleine Gesicht war bestimmt durch eine Brille mit starken Gläsern, eine große Nase und einen Faltenkranz um den Mund. Der Damenbart war nicht gezupft und entsprechend stachelig. Coldewey hauchte ihr einen Kuß auf die Wange und roch ein altmodisches Lavendelparfum.

»Hallo, Mutti, alles in Ordnung?«

»Natürlich, mein Junge. Unkraut vergeht nicht.« Sie schüttelte seine Hand ab, nachdem er ihr beim Einsteigen geholfen hatte. »Sag mir nicht, daß ich Pflege brauche. Ich gehe nicht ins Heim. Und ich will auch keinen ambulanten Dienst. Ich sage das gleich vorweg, damit du gar nicht erst wieder deine Litanei herbetest. Stell dir vor, die Frau Wiesner aus dem zweiten Stock hat mir neulich gesagt, es sei nicht in Ordnung, daß die alten Leute den jüngeren die Wohnungen wegnehmen. Sie kriegt ja nun bald ihr Kind und will meine Parterreetage, damit sie das Gör in den Garten stellen kann.«

»Hast du immer deine Augentropfen genommen?«

»Was fragst du? Es ist kaum noch was drin in dem Fläschchen. Ich brauche ein neues Rezept, und wir können gleich in die Apotheke gehen. Die Lebensmittel laß ich mir ja immer bringen.«

»Gut, Mutter, nur lange funktioniert das so nicht mehr. Du bist fast achtzig.«

»Wollt ihr das feiern? Kommt dann Ulf Metzner auch? Ist ja lustig, daß er bei euch wohnt. War ein hübscher Bengel, wenn auch manchmal etwas strapaziös. Raucht er noch? Das sollte er unbedingt lassen. Rauchen ist schlimmer als trinken. In der Zeitung wird immer davor gewarnt. Gut, daß du diesem Laster nicht mehr frönst. Dein Vater hat zwar nur Zigarillos geraucht, aber auch zu viele. Und das Ende vom Lied? Gerade mal zwei Jahre konnte er seine Rente genießen. Erinnerst du dich noch an Vati?«

»Wie kannst du das fragen, Mutti. Ich bin sein Sohn.«

»Ja und? Männer sind so vergeßlich. Wollte Ulf Metzner dir nicht damals Beate ausspannen?«

»Nein. Ulf war schon mit Vera zusammen, als ich Beate kennengelernt habe.«

»Ist das ein Hinderungsgrund? Lehr du mich die Männer kennen. Jedenfalls war er ein Damenmann. Das hat er sogar mich spüren lassen. Ein Poussierstengel, wie er im Buche steht. Mußt du so schnell fahren? Mir wird schwindlig.«

»Entschuldige. Wir sind gleich da.«

»Gott sei Dank gibt's da einen Fahrstuhl. Drei Treppen käme ich nicht mehr hoch. Wie geht es Beate?«

»Danke. Ich soll was mit dir verabreden. Magst du am Sonntag zum Essen kommen?«

»Wenn ich Zeit habe. Sie kann ja noch mal anrufen.«

»Mutti, du hast immer Zeit.« Coldewey lachte.

»Sag das nicht, mein Junge. Wenn es ›Marienhof‹ oder ›Lindenstraße‹ gibt, muß ich zu Hause sein. Und sonntags ist ›Lindenstraße‹.«

»Bis dahin hab ich dich schon zurückgebracht. Ich verspreche es. Hat doch auch sonst geklappt.«

»Wenn du es sagst. Ist es hier?« Sie hielten auf einem großen Parkplatz vor dem Ärztehaus in der Horner Heerstraße. »Sieht so anders aus.«

»Ja, Mutti. Ein Stückchen mußt du laufen. Ich werde dich stützen.«

»Papperlapapp. Ich bin immer noch gut zu Fuß. Nur die Treppe. Da klingelt was.«

Coldeweys Handy. Es war Beate.

»Hier sind zwei Herren von der Polizei. Dein Boot ist heute morgen ausgebrannt an der Wümme gefunden worden. Auch einen Toten hat man entdeckt ...«

»Moment, Moment!« unterbrach Coldewey. »Was sagst du? Die ›Britta‹? Ein Toter? Das gibt's nicht!«

»Ja, ein Toter. Und wenn du mich fragst, ist das Ulf.« Beate schluchzte.

»Gib mir mal einen der Polizisten.«

Eine förmliche Männerstimme verkündete Rang, Namen, Dienststelle und fragte: »Sind Sie Herr Coldewey?«

»Der bin ich.«

Mit stark bremischem Akzent teilte ihm der Polizist dasselbe mit, was Beate schon gesagt hatte, und fügte hinzu, daß sie ihn ›unbedingt sofort und unverzüglich‹ sprechen müßten.

Coldewey schilderte seine Situation und fragte, ob sich die Herren noch eine Stunde gedulden könnten.

Die Polizisten berieten sich, dann meldete sich Hauptkommissar Ossendorf und forderte Coldewey auf, sich nach dem Augenarztbesuch umgehend im Polizeipräsidium in der Vahr einzufinden und sich mit Hauptkommissar Spengler in Verbindung zu setzen.

»Ist was passiert?« fragte seine Mutter, als er ihr beim Aussteigen half.

»Mein Boot ist ausgebrannt.« Er hakte sie ein und führte sie über den Parkplatz.

»Ach, wie ärgerlich. Hoffentlich hast du es versichert.«

»Das schon ...« Er seufzte.

»Aber?« fragte sie neugierig.

»Das ist ein weites Feld, Mutti.«

Die ehemalige Kaserne Vahr, in der jetzt das Polizeipräsidium untergebracht war, machte keinen einladenden Eindruck. Es wirkte dürftig im Vergleich mit dem ehemaligen burgähnlichen Gebäude am Wall.

Coldewey wurde von der Anmeldung in ein Büro geschickt und durfte sich vor einen Schreibtisch setzen. Ein junger Mann in Zivil versprach, daß Kommissar Friedberg oder Kommissar Spengler benachrichtigt würden. Mit einem Lächeln zog er sich zurück.

Aus den Fenstern, auf deren Bänken Blumentöpfe ohne Blumen, eine Kaffeemaschine und Geschirr standen, schaute man auf die Kurfürstenklinik. Das Büro war eingerichtet, wie man es erwartete. Zwei Schreibtische, Computer, Aktenregale und diverse Stühle, die wahllos über den Raum verteilt waren. An den Wänden Fotos vom Bürgermeister und von mehreren Werder-Fußballern, das größte von Trainer Schaaf. Außerdem ein etwas unbeholfenes Aquarell eines Sportboothafens und eine große Tafel mit Magneten für Notizen und Tabellen.

Erst nach einer Viertelstunde erschien ein Mann mit einer Sprudelflasche und Formularen unterm Arm. Er stellte sich als Kommissar Friedberg vor und schüttelte Coldewey die Hand. Kollege Spengler würde noch im Labor aufgehalten, käme aber gleich hinzu. Solange müsse Coldewey mit ihm vorliebnehmen.

Friedberg, mittelgroß, schlank und relativ jung, hatte kurzes blondes Haar, einen Schnauzbart und blaßtrübe Augen wie ein Fisch. Er setzte sich an seinen Schreibtisch, stützte die Ellbogen auf und legte die Hände gefaltet unters Kinn. »Üble Geschichte. Von Ihrem Boot ist nicht mehr viel übrig. Die nackten Stahlwände, sonst nichts. Explosion und Hitze waren so stark, daß der Stahlkörper sich verzogen hat und teilweise gerissen ist. Also nur noch Schrott.« Friedbergs nasale Stimme verriet eine gewisse Genugtuung, als gönne er Coldewey den Schaden.

»Woran haben Sie erkannt, daß es mein Boot ist?«

»Das Kennzeichen war noch rekonstruierbar. Tja, und unser Hauptproblem ist, daß sich jemand an Bord befand, als der Kahn in die Luft flog. Haben Sie eine Erklärung dafür?«

»Überhaupt nicht. Ich bin völlig ratlos.«

»Sie sind gestern nicht mit dem Boot gefahren?«

»Nein. Vorgestern zuletzt.«

»Und die Schlüssel für den Anleger und das Boot?«

»Keine Ahnung. Ich hänge sie immer in der Küche ans Schlüsselbrett.«

»Da sind sie nicht mehr. Meine Kollegen haben Ihre Frau schon danach gefragt. Können Sie sich das erklären?«

»Wie sollte ich?«

»Wo waren Sie gestern?«

»Den ganzen Tag zu Hause.«

»Wer war noch im Haus?«

»Meine Frau und Ulf Metzner, ein Freund, der zur Zeit bei uns wohnt.«

»Aber im Moment abwesend ist. Sonst niemand? Handwerker? Hausierer? Bekannte von Herrn Metzner?«

»Nicht daß ich wüßte. Ich war allerdings einige Zeit im Garten. Ich kann nicht sagen, ob währenddessen meine Frau oder Ulf Metzner jemand hereingelassen haben. Fremde wüßten ja auch gar nicht, welche Schlüssel am Brett hängen.«

»Also kann sie nur jemand genommen haben, der sich bei Ihnen auskennt: Sie, Ihre Frau, Ihr Freund. Ihre Frau bestreitet, damit etwas zu tun zu haben, und Herrn Metzner konnten wir noch nicht befragen. Haben Sie eine Vermutung, bei wem es sich um den Toten handeln könnte?«

»Meine Frau glaubt, daß es Ulf Metzner ist. Aber ich kann mir das nicht vorstellen. Meines Wissens ist Metzner gestern nicht mehr aus dem Haus gegangen. Außerdem kann er ein so großes Boot nicht allein fahren.«

»Wieso ist sein Bett unberührt, wenn er zu Hause geblieben ist? Hat er auf dem Fußboden geschlafen oder bei jemand anderem?«

»Keine Ahnung. Sagen Sie mal, Sie unterziehen mich hier einem Verhör, als hätte ich mein Boot selbst in die Luft gejagt und meinen Freund noch dazu.« Coldewey atmete heftig.

»Reine Routine, Herr Coldewey. Kein Grund zur Aufregung.« Friedberg grinste.

Ein anderer Mann betrat den Raum. Er kam Coldewey bekannt vor. Er stellte sich als Kommissar Spengler vor und bat Coldewey, sitzen zu bleiben. Spengler war ein großer breitschultriger Mann in Coldeweys Alter. Die Halbglatze, der gewölbte Bauch, das runde rosige Gesicht mit listigen Schweinsäuglein und die etwas tapsige Art, sich zu bewegen, verliehen ihm die Aura eines gutmütigen, vertrauenerweckenden Beschützers.

Coldewey lächelte befreit. Ihm fiel ein, woher er Spengler kannte. »Sie habe ich schon auf dem Wasser gesehen. Sie haben ein Boot, nicht wahr?«

»Richtig, Herr Coldewey. Ich liege in Mittelsbüren.« Er zeigte auf das Aquarell, zog sich einen Stuhl heran, setzte sich neben Friedberg und legte eine Akte auf den Tisch.

»Genau. Ich glaube, wir haben uns mal kurz unterhalten, als ich da Station gemacht habe. Eine schöne Segelyacht haben Sie.«

»Danke. Tja. Deshalb kann ich mir vorstellen, wie Ihnen zumute ist. Ein Bootsbrand ist für jeden Skipper ein Alptraum. Benzinkanister, Gasflasche und das viele Holz. Da kann man nur über Bord springen, wenn Feuer ausbricht und der Feuerlöscher den Geist aufgibt. Schlimm für den, der nicht mehr rechtzeitig rauskommt, weil er zum Beispiel gefesselt ist, oder unter Drogen steht, oder sogar beides. Aber fangen wir von vorne an. Wir haben inzwischen erste Untersuchungsergebnisse, und die möchte ich Ihnen mitteilen.« Er klappte seine Akte auf, fuhr sich mit dem Zeigefinger im Hemdkragen um den Hals, zog eine Lesebrille aus der Reverstasche seines zerbeulten Blazers und schaute abwechselnd in die Papiere oder über den Brillenrand in Coldeweys Augen.

»Erstens: bei dem Toten handelt es sich mit größter Wahrscheinlichkeit um Ulf Metzner, wohnhaft zuletzt bei Ihnen in der Heinrich-Heine-Straße. Anhand des Gebißschemas und der Reste einer Armbanduhr war die Identifizierung möglich. Eine DNA-Analyse muß noch abgewartet werden. Metzner stand unter erheblichem Drogen- und Medikamenteneinfluß. Hinzu kommt eine hohe Alkoholkonzentration im Blut.

Zweitens: Metzner ist offensichtlich gewaltsam zu Tode gebracht worden. Drahtschlingen um den Hals sowie um die Hand- und Fußgelenke legen die Vermutung nahe, daß man ihn zunächst unter Drogen und Alkohol gesetzt hat, um ihn dann zu erwürgen. Würgemale am Hals sind noch erkennbar.

Drittens: es liegt eindeutig Brandstiftung vor. Wir gehen davon aus, daß der oder die Täter zunächst die Gasflaschen geöffnet und dann von außen mit Benzin die Explosion ausgelöst haben. Der Benzinkanister für das Beiboot wurde leer im Schilf gefunden.

Viertens: Metzner befand sich nicht allein an Bord. Wir haben einen Zeugen gefunden, der die ›Britta‹ gestern abend gegen zweiundzwanzig Uhr auf der Lesum in der Nähe des Schöpfwerks in Fahrt Richtung Ritterhude oder Borgfeld gesehen hat. An Deck hielten sich zwei Personen auf, unter Deck möglicherweise noch weitere. Da es gestern abend leicht regnete, trugen beide Personen an Deck Windjacken mit hochgeklappten Kapuzen. Da es außerdem schon dämmerte, konnte der Zeuge keine Angaben über Aussehen und Geschlecht der Personen machen. Positionslampen und Toplicht waren vorschriftsmäßig angeschaltet.

Fünftens: am Wümmeufer in der Nähe des Bootes wurden Fußspuren entdeckt, vermutlich von Gummistiefeln und zwar Schuhgröße vierundvierzig.«

»Welche Schuhgröße haben Sie, Herr Coldewey?« fragte Friedberg dazwischen.

»Vierundvierzig.«

»Aha.« Spengler machte sich eine Notiz in seiner Akte. »Die Fußspuren führen über eine Kuhweide bis zum nächsten gepflasterten Feldweg, wo sie sich verlieren. Wir haben Ihre Frau schon nach Gummistiefeln gefragt. Aber die in Ihrer Garage haben ein anderes Profil.«

»Es waren bestimmt meine Bootsstiefel, die sich jemand angezogen hat.«

»Sechstens: auf dem Benzinkanister, den wir im Schilf gefunden haben, befinden sich nur Fingerabdrücke einer Person.«

»Natürlich meine.« Coldewey rutschte auf seinem Stuhl hin und her.

»Haben Sie Probleme mit dem Sitzen?« fragte Friedberg.

»Nur ein kleiner Krampf in der rechten Wade. Das hab ich manchmal.«

»Das sollten Sie Ihrem Arzt sagen. Das kann vom Kreislauf kommen«, sagte Spengler fürsorglich. »Selbstverständlich muß es sich um Ihre Fingerabdrücke auf dem Kanister handeln. Trotzdem wollen wir ganz sicher gehen.« Er nahm ein Wasserglas von der Fensterbank und wischte es sorgfältig mit einem Taschentuch ab. »Würden Sie bitte das Glas einmal fest in der Hand halten? So, das sollte genügen, zumal Sie ja ganz schön schwitzen.« Er stellte das Glas mit dem Tuch behutsam auf den Schreibtisch.

»Ja, es ist sehr warm hier drin. Darf ich meine Jacke ausziehen?« Coldewey stand auf, zog das Jackett aus und hängte es über die Stuhllehne.

»Wie Sie wollen. Obwohl wir gleich fertig sind. Nur noch ein paar Routinefragen, dann können Sie nach Hause gehen. Sind Sie gestern abend mit Herrn Metzner auf der ›Britta‹ gewesen?«

»Nein.«

»Merkwürdig. Wir fragen uns nämlich, wie Metzner zum Bootsanleger gekommen ist. Wir haben alle Taxiunternehmen überprüft. Eine Fahrt von Schwachhausen nach Burglesum wurde nicht registriert.«

»Die zweite Person an Bord der ›Britta‹ wird ihn ...« Coldewey zögerte.

»Eben, die zweite Person ...« Friedberg grinste.

»Oder Metzner hat mehrere Taxis benutzt.« Coldewey wischte sich den Schweiß von der Stirn.

»Möglich. Wo waren Sie zwischen acht Uhr und Mitternacht?«

»In meinem Zimmer. Wir haben nach dem Abendessen noch zusammen die ›Tagesschau‹ gesehen, und dann hat sich jeder in sein Zimmer zurückgezogen. Da es leicht regnete, konnte man sich nicht in den Garten setzen, wie wir es sonst öfter tun.«

»Sie haben also Herrn Metzner zuletzt um viertel nach acht gesehen?«

»Ja.«

»Das hat auch Ihre Frau ausgesagt. Ungewöhnlich, sich schon so früh am Abend zu trennen, um ins Bett zu gehen. Ihre Frau sagt, sie sei gleich darauf beim Lesen eingeschlafen.«

»Ich habe noch Musik gehört und gearbeitet.«

»Ja, Sie schreiben schöne Kinderbücher. Meine Nichte ist ein Fan von Ihnen. Also konnte Herr Metzner ab acht Uhr fünfzehn unbemerkt das Haus verlassen?«

»Ja. Obwohl er sehr müde zu sein schien. Er hat beim Essen schon dauernd gegähnt.« Coldewey lachte. »Wir haben das Wochenende auf der ›Britta‹ verbracht. Das hat ihn wohl ein wenig mitgenommen.«

»War Alkohol im Spiel?« fragte Friedberg.

Coldewey wandte sich an Spengler, der ihn neugierig über seine Lesebrille hinweg betrachtete. »Sie wissen ja, wie das so ist auf dem Wasser. Da hat man schnell mal ein Bier zuviel intus.«

»Verstehe ich Sie richtig? Sie haben mit Herrn Metzner, einem schwer Alkoholkranken, an Bord gezecht?« fragte Spengler.

»Das ist zuviel gesagt. Ein paar Biere, mehr nicht. Wir haben über alte Zeiten geredet. Wir kennen uns ja schon aus der Schule.«

»Ja, das wissen wir von seiner Mutter.«

»Wie hat sie es aufgenommen?«

»Ich denke, darüber reden wir ein andermal. Fürs erste reicht das, Herr Coldewey.« Spengler stand auf und reichte ihm die Hand.

Coldewey sprang etwas zu schnell auf. Der Stuhl polterte hinter ihm zu Boden. »Wollen Sie denn gar nicht wissen, ob ich irgendwelche Hinweise auf Verdächtige geben kann?« Er hob den Stuhl auf.

»Wie gesagt, ein andermal, Herr Coldewey.« Spengler vertiefte sich in seine Akte.

Coldewey wollte sich auch von Friedberg verabschieden, aber der hielt seine Hände zwischen die Oberschenkel gepreßt und nickte ihm nur zu. Als Coldewey sich zur Tür wandte, sagte Friedberg in seinen Rücken: »Wir wären Ihnen dankbar, wenn Sie Bremen in den nächsten Tagen nicht verlassen würden.«

Coldewey drehte sich um. »Halten Sie es für ratsam, daß ich mir einen Anwalt nehme?«

»Man kann nie wissen.« Friedberg grinste.

»Alles reine Routine, lieber Herr Coldewey. Machen Sie sich keine Sorgen. Ich finde es sehr begrüßenswert, daß Sie so kooperativ sind«, sagte Spengler sanft.

»Und so erstaunlich gelassen«, fügte Friedberg hinzu.

Er fand Beate in ihrem Zimmer. Sie hatte die Vorhänge vorgezogen und lag auf dem Bett mit dem Gesicht zur Wand. Sie drehte sich nicht nach ihm um. »Es ist Ulf, stimmt's?«

»Ja. Sie haben ihn identifiziert. Er ist umgebracht worden.«

»Das mußte ja so kommen.«

»Ich habe das Gefühl, sie verdächtigen mich.«

»Wundert dich das?«

»Ich war den ganzen Abend in meinem Zimmer. Soll ich dir zeigen, was ich geschrieben habe?«

»Wenn er sich unbemerkt aus dem Haus schleichen konnte, wieso nicht auch du? Vielleicht habt ihr wieder gesoffen, und irgendwann ist dir der Kragen geplatzt. Wenn du sogar glaubst, daß ich mit ihm ...«

»Du weißt nicht, was du sagst.«

»Laß mich wenigstens in Ruhe um ihn trauern. Ich habe dir was zu essen in die Küche gestellt. Ich bringe heute keinen Bissen runter.«

Coldewey setzte sich in die Küche und aß mechanisch das kalte Fleisch und den Kartoffelsalat. Er trank ein Glas Rotwein dazu. Danach spülte er das Glas ab und stellte es mit dem schmutzigen

Geschirr in die Spülmaschine. Die Küche war wie geleckt sauber, als er sie verließ.

Er wanderte im Wohnzimmer auf und ab, bis es ihm zu eng wurde. Der Garten bot mehr Platz, obwohl auch der rundum eingezäunt war. Er könnte sich ins Auto setzen, aber er hatte kein Ziel mehr. Es wartete keine ›Britta‹ an der Lesum.

Er setzte sich auf die Bank in der Ecke des Gartens und betrachtete das Haus, für das er soviel gearbeitet hatte. Die Honorare für einige Filme und Bücher steckten darin. Er seufzte, schüttelte sich und hatte Appetit auf einen Kaffee. Er deckte auch für Beate auf der Terrasse. Vom Geschirrklappern angelockt erschien sie und setzte sich wortlos zu ihm. Er schenkte ihr ein und reichte ihr das Schälchen mit den Plätzchen. Sie nickte dankend.

»Geht es dir besser?« fragte er behutsam.

Sie schüttelte den Kopf. »Ich werde für ein paar Tage zu Luitgard ziehen. Ich habe Angst hier im Haus.«

»Zu Luitgard? Was willst du bei der?«

Sie zuckte die Achseln. »Es ist alles so unheimlich.«

»Verdammt, Luitgard hatte vielleicht mehr Grund, ihn umzubringen, als ich! Wenn du mich jetzt im Stich läßt ...«

»Ich muß aus diesem Haus raus.«

XI

Coldewey sah dem Taxi nach, das Beate entführte. Sie hatte sich nicht dafür bedankt, daß er ihr das Gepäck getragen und im Kofferraum verstaut hatte. Kein Kuß zum Abschied, nur ein kühles »Tschüß«. Sie wandte nicht den Kopf und reagierte nicht auf sein Winken, als sie abfuhr.

»Warum muß es gerade Luitgard sein?« hatte er sie immer wieder gefragt. Sie habe doch andere Freundinnen. »Warum ausgerechnet diese Frau?«

»Weil sie es mir angeboten hat. Bei Heike oder Luise würde ich in Familien einbrechen und stören. Luitgard lebt allein und freut sich auf mich. Außerdem würden Heike und Luise unentwegt deine Vorzüge preisen und mir vorwerfen, daß ich mich unsolidarisch verhalte.«

»Du kennst die Sebald gar nicht richtig.«

»Manche Menschen kennt man auf Anhieb, andere ein ganzes Leben lang nicht.«

»Die Frau ist kein Umgang für dich.«

»Läßt du mich das bitte selbst entscheiden?!«

Das Haus war quälend leer. Jedes Geräusch, das Coldewey verursachte, wirkte unnatürlich laut und schmerzhaft. Es hielt ihn nicht an seinem Schreibtisch, es hielt ihn nicht auf der Terrasse, es hielt ihn nicht vor dem Fernseher. Er stand lange im Flur, bevor er Brieftasche und Autoschlüssel nahm. Er mied den Blick in den Spiegel, kämmte sich mit den Händen und verließ auf Zehenspitzen das Haus.

Er brauchte zehn Minuten bis nach Hastedt. Die Haustür war nur angelehnt. Er stürmte die Treppen hinauf und klingelte bei Anneliese Metzner, bevor er sich es anders überlegen konnte. Sie öffnete nur einen Spalt. »Ach, du bist es. Ich will nicht mit dir reden.« Sie klappte die Tür wieder zu. Coldewey drückte erneut den Klingelknopf. »Hau ab, Jörn Coldewey, oder ich hole die Polizei!« rief sie von innen.

»Bitte, Frau Metzner! Nur zwei Minuten! Das können Sie mir nicht verwehren. Schon wegen Ulf nicht. Ich hab Ihnen soviel zu erzählen. Bitte! Ich flehe Sie an! Lassen Sie mich nicht hier draußen stehen. Das habe ich nicht verdient.«

»Redest du von Verdienst?!« Wütend riß sie die Tür auf, blokkierte aber mit dem Körper den Eingang. »Ich habe meinen einzigen Sohn verloren, und da redest du von Verdiensten?«

»Bitte, hören Sie mich einen Moment an.« Er streckte die Hand nach ihr aus.

»Rühr mich nicht an. Diese Wohnung betrittst du nicht mehr. Und schon gar nicht sein Zimmer! Ich weiß genau, was du willst. Ich soll der Polizei sagen, daß du ein feiner Mensch bist, daß du für Ulf immer nur das Beste gewollt hast. Ich soll bescheinigen, daß du als Mörder nicht in Frage kommst.«

»Aber nein, Frau Metzner. Ich wollte Ihnen sagen, wie schrecklich leid mir alles tut. Ich bin völlig ratlos und dachte, wir könnten uns gegenseitig ein wenig stützen in unserer Trauer um Ulf.«

»Worte, nichts als Worte. Darin warst du schon immer ein Meister. Menschen mit Worten einlullen. Nein, Freund Coldewey, diese Schwelle überschreitest du nicht mehr. Sag, hast du auch nur eine Träne über seinen Tod vergossen?«

Coldewey drehte sich von ihr weg und griff nach dem Treppengeländer.

»Siehst du! Darauf kannst du nicht antworten. Natürlich hast du nicht geweint. Heilfroh warst du, von dieser Plage befreit zu sein. Dein Leben lang hast du Menschen falsch eingeschätzt. Was auch immer du von mir willst, dein Erscheinen hier zeigt, wie wenig du über mich und Ulf weißt. Besäßest du nur einen Funken Taktgefühl, wärst du nicht auf die Idee gekommen, mich zu überfallen. Ach Gott, was rede ich überhaupt mit dir. Verschwinde und laß dich ja nicht auf seiner Beerdigung blicken. Ach, Jörn, warum tun wir uns sowas an?« Sie brach in Tränen aus und warf sich dem völlig überraschten Coldewey in die Arme. Er führte sie ins Wohnzimmer und drückte sie in einen Sessel.

»Kann ich was für Sie tun, Frau Metzner?«

Sie wischte sich die Tränen mit dem Blusenärmel ab und starrte ihn aus geröteten Augen an. »Was willst du hier? Hab ich dich hereingebeten?«

»Ich wollte Ihnen behilflich sein.«

Sie lachte und schüttelte den Kopf. »Grotesk, einfach grotesk! Jetzt willst du sicher in sein Zimmer und dir die Spielsachen wiederholen, die du ihm mal geschenkt hast. Einverstanden, reiß alles an dich, wie du es immer getan hast.«

»Frau Metzner, ich brauche Ihre Unterstützung. Die Polizei hat mich in Verdacht, etwas mit Ulfs Tod zu tun zu haben.«

»Hast du das etwa nicht?« Sie starrte ihn an, als wollte sie ihn hypnotisieren.

»Sie wissen genau, daß ich Ulf helfen wollte. Ich hab ihm nicht nur das Zimmer angeboten, ich hab ihm Geld gegeben, ich hab ihn auf andere Gedanken gebracht, zum Beispiel dadurch, daß ich ihn zu Bootsfahrten eingeladen habe.«

»Ja, in Äußerlichkeiten warst du immer großzügig. Was kostet dich das schon? Und was zählt das im Vergleich zu deinen Gemeinheiten? In deiner Gegenwart hat er wieder angefangen zu trinken, und am Ende hast du ihn selbst dazu animiert. Einen Alkoholkranken zum Saufen zu verleiten, ist ein Mordversuch.«

»Ich weiß, ich habe einiges falsch gemacht, nur war ich in der schrecklichen Nacht nicht mit ihm auf dem Boot. Das müssen Sie mir glauben. Sie kennen mich schon so viele Jahre und wissen, daß ich nie gelogen habe. Ich war nie aggressiv Ulf gegenüber. Ich war immer eher in der Defensive. Wenn wir uns früher gestritten haben, hat meistens Ulf für Eskalation gesorgt. Wie oft haben Sie ihn deswegen getadelt.«

»Erstaunlich, Jörn Coldewey, wirklich erstaunlich.« Sie schüttelte angewidert den Kopf. »Du redest von einem Toten. Du besitzt die unglaubliche Geschmacklosigkeit, einen Toten in Gegenwart seiner Mutter zu verunglimpfen. Statt um ihn zu trauern, versuchst du, dich auf seine Kosten reinzuwaschen. Unfaßbar!«

»Sie mißverstehen mich, Frau Metzner. Es geht mir darum ...«

»... deinen Kopf zu retten. Ich weiß«, unterbrach sie ihn. »Ich werde der Polizei nichts Falsches über dich sagen. Ich werde immer sachlich bleiben und mich an die Fakten halten. Welche Schlüsse daraus gezogen werden, kann ich nicht beurteilen. Nur erwarte nicht von mir, daß ich für dich lüge, um dich zu entlasten. Dafür steht zuviel zwischen uns. Geh jetzt bitte, ich mag dich nicht mehr um mich haben. Du kannst dir aus seinem Zimmer nehmen, was du willst. Und dann verschwinde endlich!«

Veras Wohnung in der Humboldtstraße empfing Coldewey mit vertrautem Ambiente. Die alten Möbel, die aus Veras Familie stammten, standen noch an derselben Stelle wie vor fünfundzwanzig Jahren. Allerdings waren neue Bücherregale und Bilder hinzugekommen.

Vera hatte ihn ohne Zögern hereingebeten und mit Kaffee versorgt. Ihr graues Haar hatte sie zu einem Pferdeschwanz nach hinten gebunden und zeigte trotz neuer Zähne und Fältchen um die Augen noch immer ein mädchenhaft hübsches Gesicht. Die braunen mandelförmigen Augen unter feinen Brauen und die hohen Wangenknochen hatten nichts von ihrer Attraktivität eingebüßt. Vera hatte früher gern von ihren slawischen Vorfahren gesprochen und konnte noch heute stolz auf sie sein. Ihre schlanke Figur betonte sie mit engen Jeans und hellem T-Shirt. Sie betrachtete Coldewey intensiv, während er sich im Wohnzimmer umsah, und senkte den Blick, als er sich ihr zuwandte. Man hörte laut das Tikken einer Standuhr.

»Es ist gut, daß du vorbeischaust. Man hat so viele Fragen. Schlimm genug, wenn man aus der Zeitung erfahren muß, daß der Exmann umgekommen ist. Inzwischen war die Polizei zwar da, aber was erzählen die einem schon. Die wollten nur die Briefe von Ulf, Bettelbriefe fast immer, wie du dir denken kannst, aber hübsch und poetisch formuliert. Gott sei Dank hatte ich nur wenige aufbewahrt. Was soll ich mit diesen Zeugnissen seiner Kläglichkeit?«

»Hattest du noch Briefe aus der letzten Zeit?«

»Einen. Kam vor ein paar Tagen. Darin hat er berichtet, wie wohl er sich bei euch fühlt. Vor allem Beate hat er gelobt, weil sie sich wie eine Schwester um ihn gekümmert habe.«

»Wie eine Schwester, aha.«

»Wie eine Schwester, ja.« Vera lachte und schenkte Kaffee nach. Es entstand eine Pause. Die Standuhr tickte aufdringlich.

Coldewey suchte Veras Blick, aber sie war damit beschäftigt, einen Fleck von der Kanne zu reiben. »Du verschweigst mir was«, sagte er leise.

»Nun ja, ich weiß nicht, ob du das hören magst. Er schreibt, er wäre verliebt in Beate. Immer wieder der alte Spinner. Man muß das nicht ernst nehmen.«

»Oh, doch. So ein Bekenntnis in den Händen der Polizei ...«

»Die sollten wissen, daß man derartiges aus dem Munde eines Alkoholikers nicht überbewerten darf.«

»Und sonst? Was hat er noch behauptet?« fragte Coldewey ungeduldig.

Vera verzog unwillig das Gesicht. »Was regst du dich auf? Ulf scheint ja recht zu haben, wenn er dir Eifersucht unterstellt. Übrigens äußert er volles Verständnis dafür, weil sie ja berechtigt sei. Beate erwidere seine Gefühle.«

»Will er auch mit ihr geschlafen haben?« Coldewey versagte die Stimme. Er hustete.

»Er deutet sowas an. Doch sein Stil ist viel zu blumig, als daß man da sicher sein könnte. Er glaubt eben, mir gegenüber immer noch den Dichter spielen zu müssen. Er spricht zwar von romantischen Abendstunden, aber was sagt das schon.«

»Er war impotent. Was soll sich da abgespielt haben?«

»Wer weiß?« Vera lächelte und nippte an ihrem Kaffee. »Du hast Glück, daß ich zu Hause bin. Wegen der Polizei habe ich mir freigenommen. Ich wollte nicht, daß die mich im Sender überfallen oder aufs Präsidium bestellen.«

Coldewey atmete schwer. »Glaubst du das mit Beate?«

»Tja, Ulf war ständig verliebt ins Verliebtsein. Daß er also Beate umworben hat, kann ich mir gut vorstellen. Aber wenn's richtig zur Sache geht, versagt er. Nur auf das Vorspiel hat er sich immer meisterhaft verstanden. Zärtlichkeit und Sex sind eben zweierlei bei ihm. Und darauf war er sogar stolz.«

»Was hast du ihnen sonst noch erzählt? Zum Beispiel über uns?« Coldewey zwang sich zu einem Lächeln.

»Gibt's da was zu erzählen? Hat da vielleicht jemand Angst um seinen guten Ruf? Rein äußerlich gesehen sind wir beide doch sauber geblieben, oder? Waren wir je miteinander im Bett?« fragte Vera sarkastisch.

»Ich meine von Ulfs Verdächtigungen damals. Er hat bis zum Schluß fest daran geglaubt, daß zwischen uns etwas war.«

»Bis zum Schluß?«

»Ja. Wir haben erst vor kurzem noch darüber gesprochen.«

»Ich hab ihn damals in dem Glauben gelassen, weil mir das die Trennung erleichterte. Außerdem hatte er ja recht. Natürlich war was zwischen uns. Oder willst du das bestreiten?« Sie sah ihn herausfordernd an.

»Hast du eine Zigarette?«

»Du rauchst noch?«

»Eigentlich nicht. Aber jetzt wäre mir danach.«

»Moment.« Vera holte aus einer Mahagonikommode eine Schachtel Zigaretten und warf sie ihm zu. »Da.« Sie stand vor ihm, schlank und gut gebaut wie immer.

»Was ist?« fragte er irritiert.

»Ich will dir Feuer geben wie früher.« Sie knipste das Feuerzeug an, und er nahm ihre Hand, während er die Flamme aufsog. »Siehst du, so etwas meine ich. Diese vielen kleinen erotischen Gesten, mit denen wir uns damals scharf gemacht haben, ohne bis zum Letzten zu gehen. Warum waren wir eigentlich so feige? Oder besser: warum warst du so feige?« Sie setzte sich wieder.

»Ich war mir nie sicher, ob du es wirklich ernst meinst. Ich hatte Angst, mir einen Korb zu holen.«

»Red nicht. Du wolltest dich nicht festlegen. Du wolltest keine Verantwortung übernehmen. Dir haben diese unverbindlichen Heimlichkeiten Spaß gemacht. Du hättest mir damals, als Ulfs Misere nicht mehr abzuwenden war, sehr helfen können. Du wußtest genau, daß du dir keinen Korb geholt hättest.«

»Du vergißt Beate.«

»Ach, Beate! Zu der Zeit war sie dir ziemlich egal, sonst hättest du nicht so schamlos mit mir geflirtet. Nur ja keine Konsequenzen daraus ziehen. Jörn Coldewey, der Mann, der sich immer alle Türen offenhält. Dabei kann man dir gar nichts vorwerfen, rein äußerlich gesehen. Du hast mir beigestanden in der kritischen Zeit mit Ulf. Du hast dich als guter Freund für ihn eingesetzt im Sender. Du hast Ulf wider besseres Wissen für heilbar erklärt. Du hast dich unbestritten tadellos verhalten. Nebenher hast du es allerdings verstanden, Bedürfnisse in Menschen zu wecken, die zu befriedigen dir nie in den Sinn gekommen ist. Das hast du mit Ulf so gemacht und mit mir erst recht.«

»Und das hast du alles der Polizei erzählt?« Coldewey sprang auf, machte ein paar Schritte und setzte sich wieder.

»Deine einzige Sorge, was? Kannst du dir vorstellen, daß manche Menschen sich darüber freuen, wenn die Kripo dich richtig in die Mangel nimmt?« Vera verschränkte die Arme hinter dem Kopf.

»Beate war mir nie egal. Ich gebe ja zu, daß du mir nicht gleichgültig warst, aber Beate zu verletzen, hätte ich nicht übers Herz gebracht. Außerdem war Thomas damals klein. Ich hätte nicht den Mut gehabt, unsere junge Familie zu zerstören.«

»Das hätte ich auch nie von dir verlangt. Ich wollte nur dieses Verschwiemelte, Unausgegorene zwischen uns weghaben, weil ich darunter gelitten habe. Verstehst du nicht, wie demütigend es ist, wenn einem ständig signalisiert wird: ich will dich, aber bleib mir vom Leibe. Dir hat es genügt, von mir die Botschaft zu erhalten: du bist willkommen. Du hattest Macht über mich, und das hast du genossen. Aber was reg ich mich auf? Es ist lange her. Wenn man jung ist, drückt man sich gern vor Verantwortung.«

»Mir war das alles nicht bewußt. Ich bin verblüfft, daß dir das heute noch so nahe geht.«

»Mich packt immer wieder die Wut, wenn ich daran denke. Wir haben beide unseren Teil dazu beigetragen, einen Menschen zu zerstören. Natürlich war der Anteil seiner Mutter viel größer, von Ulfs eigenem Destruktionstrieb ganz zu schweigen, aber wir haben kein faires Spiel gespielt. Und statt jetzt gemeinsam um ihn zu trauern, rechnen wir uns unsere Fehler auf in bezug auf unser Beinahverhältnis. Ich habe diesen Mann mal sehr geliebt, selbst als ich ihn später nicht mehr ertragen konnte. Und sogar dann noch, als ich mein Kind vor ihm schützen mußte.«

»Wer sagt, daß ich nicht um ihn trauere? Nur zur Zeit sitzt mir die Polizei auf der Pelle. Die halten mich für den Täter.«

»Laß sie doch. Da mußt du durch. Wenn du's nicht warst, wird man dir auch nichts tun können. Hab ein bißchen Vertrauen.«

»Zu wem? Sogar du redest mir Schuldgefühle ein. Genau wie Beate und seine Mutter. Du kennst mich, Vera ...«

»Nein, den Jörn Coldewey von heute kenne ich nicht. Und ich weiß nicht mal, ob ich ihn kennen möchte. Den Coldewey von damals hab ich wohl sehr geliebt und wäre fast erstickt daran, aber: öffnet einem Liebe die Augen für den anderen? Eigentlich will ich mit keinem dieser Coldeweys mehr zu tun haben.«

»Wenn sie noch einmal mit dir reden, könntest du doch zumindest Zweifel daran anmelden, daß ich zu derartigem fähig bin, eben weil du mich seit langem kennst.«

»Wie das? Ich war mal mit dir bekannt, ohne dich wirklich zu kennen. Und danach haben wir uns mehr als ein Dutzend Jahre nicht gesehen. Du bist ein Fremder für mich, auch wenn wir im Moment so tun, als hätten wir noch Gemeinsamkeiten. Wie soll ich sicher sein, daß du Ulf nichts angetan hast?«

»Du bist eine intelligente, selbstbewußte Frau, die einen anderen Menschen beurteilen kann.«

»Was verlangst du? Soll ich zur Polizei gehen und sagen: Jörn Coldewey kann keiner Fliege was zuleide tun?«

»Sag einfach die Wahrheit.«

»Genau das würde dir nicht gut bekommen, fürchte ich.«

Thomas Coldewey öffnete ihm die Tür. »Hallo, Papa. Wie geht es dir? Dagmar macht gerade Abendessen. Leistest du uns Gesellschaft dabei?«

»Danke. Ich habe keinen Appetit. Ich muß mit euch reden.« Coldewey betrat den Flur und begrüßte die Kinder, die aus dem Wohnzimmer tobten und ihn umarmten.

»Oh, der Opa! Das wird prima. Liest du uns was vor?« Axel sprang an ihm hoch, während Frank sein Knie umklammerte. »Wo ist Oma?«

»Ich bin allein. Guten Abend, Dagmar.«

Sie reichte ihm eine Hand, die sie zuvor in der Schürze abgewischt hatte. Der Zopf war ein wenig aus der Fasson, und Schweißtropfen glänzten auf ihrer Stirn. »Ich bin gerade am Brutzeln. Magst du auch eine Bratwurst?«

»Nein, danke. Vielleicht ein wenig Salat, wenn du hast.«

»Salat gibt's immer. Warum hast du Beate nicht mitgebracht?«

Coldewey zuckte die Achseln.

»Also gut, setzt euch bitte schon an den Tisch. Ich bringe sofort alles rein.« Sie winkte Thomas Coldewey, der ihr in die Küche folgte.

Das Essen zog sich hin, weil die Kinder unaufhörlich schwatzten, um nicht ins Bett zu müssen. »Stimmt es, daß Onkel Ulf tot ist?« wollte Axel schließlich wissen.

»Er hat uns belauscht, als wir darüber gesprochen haben«, erklärte Dagmar.

»Ja, das stimmt.« Coldewey hatte Mühe, den klaren Kinderblick auszuhalten. »Er war sehr krank.«

»Und wann stirbst du? Du bist ja schon so alt, Opa.«

»Wie kannst du das fragen, Axel!« fuhr Dagmar ihren Sohn an.

Frank fing an zu weinen. »Opa soll nicht sterben.«

»Ist sterben schlimm, Opa?« Axel stieß sich vom Tisch ab, ließ den Stuhl übers Parkett rutschen.

»Zähneputzen und ab ins Bett! Opa kommt gleich zum Gutenachtsagen.« Dagmars energische Stimme schüchterte die Kinder ein. Bedrückt schlichen sie davon.

»Tut mir leid, daß sie davon erfahren haben.« Coldewey faltete die unbenutzte Papierserviette zu einem kleinen Quadrat zusammen.

»Das ist in Ordnung. Kinder sollten möglichst früh mit dem Phänomen Tod umgehen lernen.« Thomas Coldewey wischte sich gründlich den Mund. »Er begegnet ihnen ja fast täglich. Vom überfahrenen Igel auf der Straße bis zu den Nachrichten aus dem Irak. Nur durch Entdämonisierung verliert er seinen Schrecken.«

Als Coldewey die Kinder in den Schlaf gelesen hatte, kehrte er ins Wohnzimmer zurück. »Ich glaube, ich kann nie wieder ein Kinderbuch über Tiere schreiben«, seufzte er und sank in einen Sessel.

Dagmar hatte den Zopf neu geflochten, und Thomas putzte seine Brille. Eine Fernsehillustrierte lag aufgeschlagen auf dem Couchtisch. Dagmar bot ein Glas Wein an. Coldewey lehnte ab. »Ich will euch nicht länger aufhalten. Ihr wolltet gerade fernsehen, nicht wahr?« Er zeigte auf die Zeitung.

»Nein, nein«, beteuerte Thomas Coldewey eifrig. »Vielleicht später. Es gibt einen Film über das Schulsystem in Afghanistan. Aber erst um halb zehn. Was hast du auf dem Herzen?«

Coldewey seufzte. Es fiel ihm schwer, Worte zu finden. »Mama hat euch ja schon weitgehend informiert. Das Schlimme ist, da braut sich einiges gegen mich zusammen. Die Polizei hat mich im Verdacht, etwas mit Ulfs Tod zu tun zu haben.«

»Das ist doch absurd!« Dagmar rümpfte die Nase.

»Es gibt einige Fakten, die gegen mich sprechen. Beate, also Mama, hat mich bis auf weiteres verlassen.«

»Ja. Sie hat vorhin angerufen.« Thomas Coldewey putzte schon wieder seine Brille.

»Und das sagst du jetzt erst?!« fuhr Dagmar ihn an.

»Du warst in der Küche. Und dann kam Papa. Und vor den Kindern ... und überhaupt«, stotterte Thomas Coldewey. »Ich wollte erst Papa dazu hören.«

»Diese verdammte coldeweysche Heimlichtuerei!« schimpfte Dagmar.

»Die Polizei geht vermutlich davon aus, daß Beate ein Verhältnis mit Ulf hatte und daß ich ihn aus Eifersucht ...«

Dagmar lachte. »Das ist nicht dein Ernst!«

»Warte mal, Daggi. Wenn Mama zu Hause auszieht, wird sie ihre Gründe haben. Weißt du, Papa, die ganze Sache ist wirklich mysteriös. Man kann der Polizei nicht verdenken, daß sie auch in deine Richtung ermittelt ...«

»Fängst du an zu spinnen, Thomas? Was geht hier vor?« Dagmar wurde laut.

»Laß mich bitte ausreden, Daggi«, sagte Thomas Coldewey betont leise und strich sich übers Haar. »Diese Geschichte mit Ulf Metzner war doch von vornherein anrüchig und mehr als unbehaglich. Warum meldet sich der Kerl plötzlich bei dir? Und weshalb um Gottes Willen holst du ihn in dein Haus? Ich will dir mal gestehen, lieber Papa, daß ich schon als Kind Angst vor Ulf Metzner hatte. Persönlich hab ich ihn nur flüchtig in Erinnerung, aber um so deutlicher habe ich deine Gespräche mit Mama von damals noch im Ohr. Es war für mich als Kind immer bedrohlich, wenn von Metzner die Rede war. Manchmal habt ihr euch seinetwegen sogar gestritten, wobei du ihn verurteilt hast, während Mama ihn in Schutz nahm. Frag mich nicht nach Details, die hab ich vergessen. Aber diese Atmosphäre von Gefahr im Zusammenhang mit Metzner spüre ich noch heute.«

»Kinder neigen zu Übertreibungen, lieber Thomas, das solltest du dir selbstkritisch sagen. Verrate uns bitte, worauf du hinauswillst. Hältst du deinen Vater für einen Verbrecher?« Dagmar richtete sich im Sessel auf und stampfte mit den Füßen auf den Teppich.

»Versuche bitte nicht, mich in eine bestimmte Ecke zu drängen, Daggi. Ich weiß schlicht nicht, was ich von der ganzen Affäre halten soll. Mama hat Angst. Das muß mich nachdenklich stimmen. Mein eigenes Unbehagen kommt hinzu. Papa war immer ein sehr verschlossener Mensch. Ich habe viele seiner Entscheidungen als willkürlich empfunden. Wenn Mama nicht ständig vermittelt hätte, säßen wir hier heute kaum friedlich zusammen.«

»Ihr Coldeweys seid alle ein bißchen überspannt. Deine Mutter schließe ich dabei durchaus mit ein. Ihr seht Gespenster. Dieser Mann hier hat viel geleistet in seinem Leben und verdient mehr Respekt. Auch von deiner Mutter. Was ist das für eine Art, einfach davonzulaufen und den Ehemann in einer kritischen Situation allein zu lassen!«

»Wie schön, daß du deine Vorbehalte gegenüber Mama mal wieder bestätigt findest. Trotzdem wirst du mich nicht dazu bringen, mit dir zu streiten.«

»Tun wir das nicht schon?«

»Nein. Ich formuliere nur ein tiefsitzendes Unbehagen. Nicht mehr, und nicht weniger. Natürlich kann Papa immer auf mich bauen.« Thomas Coldewey lächelte sanft.

Die gerade versunkene Sonne färbte den Himmel tiefrot, als Coldewey sich auf den Steg setzte und über die Lesum schaute. Der leere Platz der ›Britta‹ ließ ihn frösteln, obwohl noch warme Luft vom Land herüberwehte. Ein Heuwagen wurde mit den letzten runden Ballen beladen, und ein Graureiher drehte eine Runde, bevor er sich am gegenüberliegenden Ufer aufstellte.

»Na, Jörn, trauerst du um die ›Britta‹?« Ein befreundeter Bootsnachbar setzte sich neben ihn. »Ganz schön hart, sein Schiff zu verlieren, was? Und dann auf so üble Weise.«

»Du sagst es, Günther. Ich kann es immer noch nicht begreifen.«

»War das ein Freund von dir, ich meine ...?« Der Nachbar zögerte.

Coldewey nickte. »Ist gut, Günther. Ich kann nicht darüber sprechen. Ist alles viel zu frisch. Laß mich man ein bißchen allein.«

»Klar, Jörn. Hab verstanden. Nichts für ungut. Aber glaub mir, ein neues Boot hilft über alles weg.«

»Mal sehen.«

»Das ist, wie wenn man seine Frau verliert. Dann muß man auch gleich wieder heiraten. Bloß nicht zu lange rumhängen. Das bringt nur schwarze Gedanken. Also denn.«

XII

»Mit irgendwas hält der Kerl hinterm Berg.« Friedberg schaltete heftig in den vierten Gang. Der Wagen ruckte.

»Auch wenn das ein Dienstwagen ist, sei lieb zu ihm.« Spengler lachte und wischte sich den Schweiß von der Glatze. »Er ist schon alt und könnte leiden.«

»Für dich ist Coldewey natürlich außen vor, weil er ein Skipper ist. Nur bleib mir bitte damit vom Leibe.«

»Hab ich irgendwas gesagt? Er macht jedenfalls einen glaubwürdigen Eindruck. Aber das soll uns nicht irritieren.«

»Und wohnen tut er nicht schlecht. Piekfeines Anwesen. Daß man mit Bücherschreiben und Filmemachen soviel Kohle verdienen kann ...« Friedberg fuhr durch das offene Gatter auf Coldeweys Grundstück und hielt vor der Garage.

»Es können ja nicht alle Lohnverzicht üben wie wir popeligen Beamten. Das Urlaubsgeld fehlt mir schon sehr. Hast du inzwischen gebucht?«

»Zwei Wochen Teneriffa. Zu mehr reicht's nicht. Angelika wollte drei Wochen, aber da mußte ich passen.«

»Bist du wenigstens nicht so lange weg. Hoffentlich bekomme ich eine anständige Vertretung für dich.«

»Ist ja noch vier Wochen hin. Bis dahin sitzt unser Freund hier ein.«

»Voreilig wie immer.«

»Ich folge nur meinem Instinkt.« Friedberg sprang aus dem Wagen.

»Schlimm genug.« Spengler stemmte sich mühsam aus dem tiefen Sitz des alten Mercedes. Keuchend folgte er seinem Kollegen, der schon geklingelt hatte.

Ein lächelnder Coldewey öffnete. »Wie schön, daß du ...«, er verstummte und verlor sein Lächeln, als er die beiden Beamten sah.

»Uns haben Sie wohl nicht erwartet?« fragte Friedberg frech.

»Nein, ich dachte, meine Frau ...«. Der Rest verlor sich in einem Murmeln.

Spengler gab Coldewey eine feuchte Hand. »Entschuldigen Sie die Störung, aber wir wollten uns gern das Zimmer von Herrn Metzner anschauen. Dürfen wir hereinkommen?«

»Selbstverständlich.« Coldewey trat zur Seite und ließ die Männer ins Haus. Mit sachlicher Neugier schauten sie sich um. »Wir müssen nach oben gehen. Ich zeig's Ihnen.« Coldewey stieg vor ihnen die Treppe hinauf.

»Ein hübsches Haus«, lobte Spengler. »Ihr Eigentum? Oder wohnen Sie zur Miete?«

»Eigentum.«

»Sie verdienen gut mit Ihren Büchern, oder?« wollte Friedberg wissen.

»Ich bin zufrieden.«

»Das ist die Hauptsache.« Friedberg grinste.

»Hier herein, bitte.« Coldewey stieß die Tür zum Gästezimmer auf. »Ich habe nichts angerührt, seit er weg ist. Er hatte nicht viel Sachen. Er wohnte ja nur vorübergehend bei uns.« Coldewey zeigte auf die Schreibutensilien auf dem Tisch und öffnete den Kleiderschrank. »Da ist seine Wäsche.«

»Hat er viel Post bekommen? Rechnungen, Mahnungen oder dergleichen?«

»Nicht daß ich wüßte. Ich glaube nicht, daß er sich umgemeldet hat. Seine Post ging sicher weiter an seine alte Adresse bei Frau Sebald.«

»Nichts Ungewöhnliches? Erpresserbriefe oder Drohungen?« Friedberg untersuchte die Papiere auf dem Schreibtisch. »Er schrieb Gedichte?«

Coldewey nickte.

»Mit der Hand auf Papier? Nicht in einen Computer? Besaß er überhaupt einen? Oder ein Notebook?«

Coldewey schüttelte den Kopf.

»Ein Schriftsteller ohne PC? Gibt's sowas noch?«

»Offensichtlich. Er hat nicht viel geschrieben. Zuletzt war von einem Hörspiel beim WDR die Rede.«

»Hat er auch seiner Mutter erzählt. Ist nichts Wahres dran. Wir haben uns beim Sender erkundigt.« Friedberg steckte die beschriebenen Blätter in eine mitgebrachte Plastiktüte. »Wir werden die Texte genauer untersuchen wegen eventueller Hinweise. Ein Dichter ohne Schreibmaschine oder PC – Sachen gibt's.«

»Warum haben Sie ihn bei sich aufgenommen?« fragte Spengler und wischte mit dem Taschentuch über seine Glatze.

»Das ist eine längere Geschichte.« Coldewey ging zur Tür.

»Weshalb laufen Sie weg?« fragte Friedberg. »Fühlen Sie sich nicht wohl in diesem Raum?«

»Ich dachte nur, im Wohnzimmer hätten wir's bequemer.«

»Gut.« Spengler lächelte freundlich. »Kollege Friedberg wird noch die Kleidung und Wäsche untersuchen. Und Sie können mir unten derweil die längere Geschichte erzählen.«

Coldewey hatte Mineralwasser, Obstsaft und Gläser auf den Couchtisch gestellt. »Bitte, bedienen Sie sich. Meine Frau ist bei einer Freundin. Aber ich denke, wir kommen auch ohne sie zurecht.«

Spengler schenkte sich Saft ein. »Bei einer Freundin? Wir haben sie vorhin bei Frau Sebald getroffen, der früheren Freundin von Herrn Metzner. Hatte Ihre Frau schon länger Kontakt mit Frau Sebald? Oder ist die Beziehung erst durch Herrn Metzner entstanden?«

»Sie haben sich erst vor kurzem kennengelernt.«

»Interessant. Und trotzdem wohnt Ihre Frau zur Zeit bei der Dame. Jedenfalls hat sie uns das gesagt. Ihre Frau hat Sie also verlassen?«

»Vorübergehend. Sie ist sehr mitgenommen durch den Vorfall und leidet unter gewissen Ängsten.«

»Und dann sucht sie Zuflucht ausgerechnet bei Frau Sebald und nicht bei ihrem Ehemann?«

Coldewey lachte. »Wissen Sie, Frauen sind manchmal unberechenbar. Gerade als Polizist werden Sie das bestätigen können.«

Auch Spengler lachte und trank vom Saft. »Was hat Sie bewogen, einen problematischen Menschen wie Metzner bei sich zu Hause aufzunehmen?«

»Er hatte keine Bleibe. Zu seiner Mutter wollte er nicht zurück. Mit Frau Sebald hatte er gebrochen. Er wollte sich eine Wohnung suchen, sobald das Geld vom WDR ...«

»Das nie in Aussicht stand wie gesagt. Nach seinen Finanzen zu urteilen, wäre er Dauergast bei Ihnen geworden.«

»Das wußte ich nicht. Als ich ihn eingeladen habe ...«

»Warum haben Sie das getan?« unterbrach Spengler. »Gibt es irgendeinen vernünftigen Grund, einen Alkoholkranken bei sich aufzunehmen?«

»Wir sind alte Freunde. Nachdem wir viele Jahre keinen Kontakt mehr hatten, bin ich auf Wunsch seiner Mutter wieder in Verbindung mit ihm getreten, und dann hat sich das so ergeben. Er tat mir leid, und hier war ein Zimmer frei.«

»Warum hatten Sie viele Jahre keinen Kontakt?«

»Wir haben uns aus den Augen verloren, nachdem er damals seinen Job beim Sender aufgeben mußte.«

»Wir wissen von seiner Mutter, daß Sie schon als Schüler befreundet waren. Ein Jobverlust ist doch kein Grund, eine solche Beziehung zu beenden.«

»Es gab Schwierigkeiten zwischen uns.«

»Welcher Art?«

»So, da bin ich.« Friedberg betrat das Wohnzimmer, ein Jackett von Metzner überm Arm. »Haben Sie eine Ahnung, was mit der Jacke passiert ist? Eine Tasche ist ausgerissen, und auf den Revers befinden sich Blutflecken.«

»Die hat er neulich getragen, als er auf Sauftour war und in eine Schlägerei verwickelt wurde. Daher müßte das Blut stammen.«

»Wann war das?«

»Am letzten Donnerstag. Der Wirt von der ›Hansa-Klause‹ kann Ihnen Näheres dazu sagen. Überhaupt sollten Sie dort Nachforschungen anstellen. Ulf Metzner hatte offensichtlich Schulden. Zwei Männer, die ihn schon an der Ritterhuder Schleuse belästigt haben, müssen in dem Lokal mit Geldforderungen an ihn herangetreten sein. Vor der Bar ist es später zur Schlägerei gekommen. Man hat ihm alles Geld geraubt, das er bei sich hatte, annähernd tausend Euro. Er mußte die Nacht in einer Ausnüchterungszelle verbringen. Er hatte auch bei Luitgard Sebald Schulden. Offenbar hat er früher gespielt. Er hat sogar mal etwas angedeutet in Richtung Drogenhandel. Kokain oder so.«

Spengler lächelte nachsichtig. »Natürlich ist Herr Metzner kein unbeschriebenes Blatt für uns, Herr Coldewey. Süchtige sind oft nicht sehr vorsichtig in der Wahl ihrer Mittel und in der Wahl ihres Umgangs. Nur keiner in der Szene wird eine Kuh, die man irgendwie noch melken kann, schlachten. Metzner hatte Gönnerinnen wie seine Exfrau, seine Mutter, Frau Sebald und neuerdings Frau Coldewey. Wußten Sie, daß Ihre Frau ihm zweitausend Euro gegeben hat?«

»Nein.«

»Interessant. Warum hat sie Ihnen das verschwiegen?«

»Vermutlich, weil ich es nicht gutgeheißen hätte.«

»Oder weil Sie eifersüchtig geworden wären?« fragte Friedberg schnell.

»Meine Frau verdient selber Geld und hat ein eigenes Konto. Sie ist mir keine Rechenschaft schuldig. Zur Eifersucht hatte ich keinen Grund. Metzner und ich waren Freunde.«

»Erzählen Sie von früher.« Spengler rieb sich den Bauch. »Sie waren Schulfreunde, wie Sie sagten.«

»Ja. Später haben wir zusammen studiert, er Germanistik und Publizistik, ich Germanistik und Biologie ...«

»Und es gab nie Streit zwischen Ihnen?« unterbrach Friedberg.

»Natürlich gab es den. Obwohl Streit nicht das richtige Wort ist. Metzner hat immer versucht, besser zu sein als ich. Er hat sich ständig an mir gemessen.«

»Können Sie das konkreter sagen?«

»Das ist ein vielschichtiges Problem. Metzner hat seinen Vater früh verloren und damit auch eine gewisse Orientierung. Er hat mich benutzt, um sich in der Schule oder später beim Studium zurechtzufinden. Ich habe zum Beispiel früh angefangen zu schreiben. Also mußte er das auch tun. Daß ich als Student schon erste Geschichten veröffentlichen konnte, hat ihm keine Ruhe gelassen. Er war wie besessen von der Idee, selbst ein Buch herauszubringen und mich mit einem Riesenerfolg schlagartig zu übertrumpfen. Dabei hat er mich inhaltlich und sogar stilistisch kopiert. Als ich ihm das vorhielt, behauptete er schlichtweg, ich hätte mich aus seinem Fundus bedient, ich hätte irgendwelche alten Entwürfe von ihm benutzt.«

»Das klingt aber nicht gerade nach Freundschaft.« Spengler drehte das Glas in seiner Hand.

»In der Beziehung waren wir wohl keine Freunde. Andererseits verstanden wir uns sehr gut. Wir hatten dieselben Interessen, begeisterten uns für dieselben Bücher und Filme, liebten beide die Musik, ich zum Beispiel Bach oder er Brahms und Bruckner. Und wir mochten den gleichen Mädchentyp.«

»Beeinflußt von Metzners Mutter?« Friedberg legte die Jacke sorgfältig zusammen und steckte sie in eine weitere Plastiktüte.

»Wie kommen Sie darauf?« Coldewey putzte sich die Nase.

»Sie muß damals eine Schönheit gewesen sein und noch relativ jung, als ihr Knaben pubertiert habt.«

»Wie auch immer, wir standen beide auf sensible, intelligente Erotik. Dicke Busen und Wackelpopos waren uns zuwider.«

»Sie bevorzugten also die ästhetische Komponente, den knabenhaften Mädchentyp.« Friedberg grinste.

»Wenn Sie so wollen.«

»Das, was auch Schwule an Frauen schätzen.«

»Worauf wollen Sie hinaus?«

»Ich frage mich, ob Ihre Schwierigkeiten als Freunde womöglich darauf zurückzuführen waren, daß Ihnen als verkappten Schwulen der Mut fehlte, Ihre Neigung offen zu bekennen.«

»Weshalb hat Ihre Frau Sie verlassen?« setzte Spengler nach.

»Halt, halt!« protestierte Coldewey. »Hier werden Zusammenhänge konstruiert, die ich keinesfalls akzeptieren kann. Es gab nie homosexuelle Kontakte zwischen Metzner und mir.«

»Davon reden wir nicht. Wie sprechen von einer latent vorhandenen Neigung. Sie haben selbst von der Vielschichtigkeit des Problems gesprochen. Diese Neigung könnte eine der vielen Schichten sein.«

»Es gibt viele Leute aus Metzners Vergangenheit, die ein Motiv haben könnten, ihn zu beseitigen. Weshalb beißen Sie sich so an mir fest?«

»Tun wir das? Entschuldigung.« Spengler lenkte ein. »Lassen wir also das Thema. Erzählen Sie uns etwas über Ihre gemeinsame Arbeit beim Sender.«

»Ich habe zunächst für den Hörfunk geschrieben: Hörspiele, Features, Funkerzählungen, während Metzner beim ›Weser Kurier‹ volontierte und freier Mitarbeiter wurde. Er lernte die Hörfunkredakteurin Vera Meyer kennen und erhielt von ihr den Tip, sich als Realisator für das Regional-Fernsehen zu bewerben. Er tat das mit Erfolg und machte schnell Karriere. Am Ende wurde er Redakteur für Features.«

»Hatten Sie ein Verhältnis mit Vera Meyer?« fragte Friedberg dazwischen.

»Wie kommen Sie darauf? Ich war frisch verheiratet mit Beate, die ich schon an der Uni kennengelernt hatte. Weshalb sollte ich mich da mit Vera einlassen?«

»Ja, weshalb? Genau das wollen wir von Ihnen wissen. Metzners Mutter ist sich ziemlich sicher, daß da etwas war zwischen Ihnen und Vera Metzner, jedenfalls etwas, das sowohl Metzners Trinkerei, als auch den Bruch zwischen Ihnen und Ihrem Freund zumindest mitverursacht hat.«

»Metzner hat schon als Student angefangen zu trinken. Seine Abhängigkeit hat auch zu seinen Problemen im Sender und letztendlich nach seinem Ausscheiden zum Bruch zwischen uns geführt.«

»Metzner war fasziniert von Ihrer Frau Beate«, übernahm wieder Spengler das Gespräch. Er zog ein zusammengefaltetes Blatt Papier aus der Tasche. »Das geht aus einem Brief hervor, den er damals an seine Mutter geschrieben hat, als sie in Urlaub war. Darin steht überdies, daß Vera Ihnen nicht gleichgültig war.« Spengler entfaltete das Schreiben. »Es heißt da wörtlich: ›Hältst du es für denkbar, daß wir uns in der Wahl unserer Frauen geirrt haben, daß wir uns genau umgekehrt hätten entscheiden müssen?‹«

»Woher haben Sie den Brief?« Coldewey sprang auf und öffnete die Terrassentür. Er atmete tief ein und aus. Langsam kehrte er zurück zu seinem Sessel.

»Seine Mutter hat ihn uns gegeben.«

»Das ist völlig aus der Luft gegriffen.«

»In den siebziger Jahren war Partnertausch nichts Ungewöhnliches. In der Nachfolge der Berliner Kommunen lief da so einiges aus dem Ruder in den WGs und auch in den sogenannten ›besseren Kreisen‹.«

»Ich hatte für die sogenannte ›sexuelle Befreiung‹ keinen Sinn.«

»Dann erzählen Sie uns doch endlich, weshalb es zum Bruch zwischen Ihnen und Metzner kam.«

»Gern, wenn Sie mit solchen Unterstellungen aufhören. Metzner hatte also einen festen Posten beim Fernsehen, während ich freier Mitarbeiter beim Funk war. Eigentlich war ich froh, in einem anderen Bereich zu arbeiten, doch Metzner wollte mich unbedingt bei sich beschäftigen.«

»Warum?«

»Ich nehme an, um mir seine Macht zu demonstrieren, um sich mir überlegen zu fühlen.«

»Sie hätten nein sagen können.«

»Allerdings. Aber ich war frisch verheiratet und meine Frau schwanger. Die Angebote vom Fernsehen waren finanziell so verlockend, daß ich schließlich nachgegeben habe.«

»Und Sie hatten Erfolg, wie man weiß.« Spengler lächelte anerkennend.

»Fast möchte ich sagen: leider. Jedenfalls hat das meiner Beziehung zu Metzner nicht gutgetan. Natürlich konnte er sich mit mir schmücken, andererseits war er zutiefst eifersüchtig und neidisch. Nicht er wurde in den Zeitungen herausgestellt, sondern ich als Macher. Eigentlich sollte so ein Arbeitsverhältnis ein Geschäft auf Gegenseitigkeit sein, aber das ist leicht gesagt. Zwar hat der eine die Macht, Projekte durchzusetzen und zu bezahlen, aber der andere hat die Gelegenheit, sich selbst zu verwirklichen und dafür auch noch öffentlich beklatscht zu werden. Ich kann nur zu gut verstehen, daß es für viele Redakteure und Produzenten frustrierend ist, wenn den Ruhm immer die anderen ernten, die Schauspieler, Regisseure, Autoren. Das Wirken im Verborgenen erfordert viel Selbstdisziplin und auch Selbstverleugnung. Es sind Hebammendienste, nicht mehr und nicht weniger. Metzner hat diese dienende Funktion nicht verkraftet, jedenfalls nicht bei mir. Er hat mich zu Dankbarkeit verpflichten wollen, er hat mich zu beherrschen versucht, aber er hat nicht einkalkuliert, daß mein Erfolg mich letztlich unabhängig machte. Nach den ersten Filmen war ich nicht mehr auf sein Wohlwollen angewiesen, ich hätte mir die Sender aussuchen können. Ich bin ihm zwar treu geblieben, um meine Dankbarkeit zu zeigen und weil mir der Sender gefiel, doch das reichte ihm offensichtlich nicht. Ich weiß nicht, was er von mir erwartete ...«

»Vielleicht Geld?« fragte Friedberg. »Warum sollten nicht auch im Medienbereich Schmiergelder fließen?«

»Er hat nie so etwas angedeutet. Es ging ihm mehr darum, mich zu schikanieren, an meiner Arbeit herumzumäkeln, mir unsinnige Auflagen zu machen. Sie dürfen nicht vergessen, daß er damals schon regelmäßig tagsüber trank und damit sein Urteilsvermögen außer Kraft setzte. Es unterliefen ihm auch bei anderen Produktionen gravierende Fehler. Er wurde immer auffälliger und mußte mehrfach abgemahnt werden. Schließlich wollte man ihn zwangsweise versetzen.«

»Könnte man sagen, daß Sie ihn, ohne es zu wollen, durch Ihre Erfolge ins Abseits getrieben haben?«

»Ich habe mir erlaubt, gute Filme zu machen. Wenn diese Tatsache bei meinem Freund psychologische Verwerfungen auslöste, kann man das doch nicht mir anlasten. Was versuchen Sie mir anzuhängen?«

»Nichts, gar nichts, Herr Coldewey.« Spengler trank Saft. »Wir suchen eine Antwort auf die Frage, weshalb Sie sich einen todkranken Mann ins Haus geholt haben.«

»Todkrank? Er hatte Probleme mit der Leber. Auch das hab ich nur durch Zufall erfahren.«

»Er hatte Leberzirrhose im letzten Stadium und einen bösartigen Nierentumor.«

»Hätte man ihn nicht operieren können?«

»Nicht mehr. Der Tumor hatte gestreut. Außerdem hätte sein Kreislauf keine Narkose mehr ausgehalten.«

»Warum hat er mir das verschwiegen?«

»Vielleicht wollte er kein falsches Mitleid. Vielleicht hat er bei Ihnen nur Geborgenheit gesucht in dem Wissen, daß seine Zeit begrenzt war. Und Sie? Wollten Sie ihn beschützen oder alte Rechnungen begleichen?« fragte Friedberg aggressiv.

»Wie reden Sie mit mir, verdammt noch mal? Herr Spengler, muß ich mir diesen unverschämten Ton Ihres Kollegen bieten lassen?«

»Kein Grund zur Aufregung, Herr Coldewey. Es geht darum, etwas mehr über diesen Menschen Ulf Metzner in Erfahrung zu bringen. Sie haben uns schon sehr geholfen. Jedenfalls wissen wir jetzt, daß Sie Ihren Freund nicht überfordern wollten mit den Bootsausflügen, denn Sie mußten ja davon ausgehen, daß er gesund ist bis auf das Alkoholproblem natürlich. Trotzdem hätten Sie nicht mit ihm trinken dürfen. Okay, zurück zum Sender. Wie ging das Ganze damals zu Bruch?«

»Wir haben alles versucht, ihm die demütigende Versetzung in die Bibliothek zu ersparen.«

»Wer wir?«

»Vera und ich.«

»Aha.«

»Was heißt ›aha‹? Wir waren befreundet: Ulf, Vera, Beate und ich. Vera arbeitete wegen Tina, so heißt ihre Tochter ...«

»›Ihre‹ Tochter oder auch die von Metzner?« unterbrach Friedberg.

»Vera arbeitete nur noch halbtags, hatte aber gute Beziehungen zum Intendanten und zum Personalchef. Und ich hatte ebenfalls einigen Einfluß, den ich geltend gemacht habe. Gemeinsam haben wir erreicht, daß man Ulf noch eine letzte Chance einräumen wollte. Zu einer Besprechung beim Intendanten erschien Metzner nach durchzechter Nacht in unsäglichem Zustand. Er beschimpfte alle Anwesenden, speziell aber mich, weil ich angeblich ein Verhältnis mit seiner Frau haben sollte. Darüber hinaus hätte ich auf allen Ebenen gegen ihn intrigiert, um ihn aus dem Sender zu ekeln und damit mundtot zu machen, denn wenn er auspacken würde, wäre ich in der gesamten Branche untendurch. Meine so überaus erfolgreichen Filme seien nämlich alle auf seinem Mist gewachsen, nicht eine einzige Idee wäre von mir. Um zu verhindern, daß er dem ›Spiegel‹ ein Enthüllungsinterview geben würde, hätte ich seine Position mit allen Mitteln untergraben. Mein Plan wäre, die Redaktion selbst zu übernehmen oder mit einem Mann meiner Wahl zu besetzen. Seine Anschuldigungen waren so aberwitzig, daß er sich damit die letzte Chance verscherzte. Er hatte sich selbst ans Messer geliefert.«

»Finden Sie?« fragte Friedberg. »Sein Auftritt war sicherlich unangemessen und dumm, aber vielleicht verständlich, denn an seinen Anschuldigungen war doch etwas dran. Wenn ich mir vorstelle, daß meine Frau und mein Freund hinter meinem Rücken meine berufliche Laufbahn beeinflussen würden, indem sie zum Beispiel mit meinen Vorgesetzten verhandeln, würde ich auch ausflippen. Welch eine Demütigung für einen Menschen, der mit seinem Leiden schon genug geschlagen war.«

»Das ist eine totale Verdrehung der Tatsachen! Der Mann war nicht mehr zurechnungsfähig!« Coldewey wurde laut.

»Ich bitte Sie, Herr Coldewey.« Spengler lächelte besänftigend. »Wir wollen Sie nicht provozieren. Wir suchen nur nach Erklärungen. Wenn Sie einfach sagen würden: ja, ich hatte ein schlechtes Gewissen Ulf Metzner gegenüber. Deshalb habe ich ihn bei mir aufgenommen. Ich wollte etwas wiedergutmachen. Dann wären wir schon zufrieden.«

»Aber so war es nicht. Er hat mir leid getan. Ich wollte ihn einfach um mich haben, nicht um Abbitte zu leisten, sondern weil ich plötzlich etwas von unserer alten Verbundenheit gespürt habe. Sie werden lachen, ich hatte plötzlich Lust, mit ihm Boot zu fahren, mit ihm Gedanken auszutauschen. Unser Verhältnis war ja nicht nur bestimmt durch Kampf und Eifersucht. Wir haben wunderbare Zeiten zusammen gehabt. Unsere Wanderungen durchs Teufelsmoor zum Beispiel, unsere Segeltouren auf der Weser, unsere Konzertbesuche. Wenn man wie ich Mitte fünfzig ist, denkt man gelegentlich an den Tod und bereut oft, daß man so verschwenderisch mit seinem Leben umgegangen ist. Man sieht die vielen verpaßten Gelegenheiten, man sieht seine Fehler. Mir wurde plötzlich klar, daß es ein Fehler war, nie mehr nach Ulf zu fragen. Es wäre ein Leichtes gewesen, über seine Mutter Kontakt mit ihm aufzunehmen. Zwar hatte Ulf damals alle Brücken hinter sich abgebrochen, doch ich hätte später nach ihm suchen sollen. Es ist keine Frage von schlechtem Gewissen oder Wiedergutmachung, es geht nur darum, Versäumtes nachzuholen. Es war ein spontaner Entschluß, Metzner das Zimmer zu geben, und solche Entschlüsse lassen sich im Nachhinein nicht mehr hundertprozentig begründen.«

»Das leuchtet ein. Ich danke Ihnen für die Geduld, die Sie mit uns hatten. Ich bin sicher, Sie haben uns sehr geholfen und werden uns auch in Zukunft für eventuelle weitere Fragen zur Verfügung stehen. Der Saft war übrigens vorzüglich.« Spengler zeigte auf sein leeres Glas. »Was meinen Sie, wann Ihre Frau zurückkommt?

Wir möchten uns gern noch einmal ausführlich mit ihr unterhalten.«

»Das kann ich nicht genau sagen.«

»Schade. Ich wüßte immer, wie lange meine Frau abwesend ist.« Friedberg strich sich über den Kopf und streckte die Arme seitlich aus. »Hat sie mit Metzner geschlafen?«

»Fangen Sie schon wieder damit an?« Coldewey stand auf.

»Ich meine nicht nur damals, ich meine jetzt. So aus alter Anhänglichkeit zum Beispiel. Sie wissen ja: alte Liebe rostet nicht. Wenn sie ihn so großzügig mit Geld beschenkt hat, macht man sich halt seine Gedanken.«

»Anstand und Taktgefühl kommen einem offensichtlich im Polizeidienst abhanden. Darf ich Sie jetzt bitten, mein Haus zu verlassen. Tut mir leid, Herr Spengler, aber Ihr Kollege scheint spezialisiert auf Tabuverletzungen zu sein.«

»Nichts für ungut, Herr Coldewey, Ehebruch gehört bei unserer Arbeit zum kleinen Einmaleins. Sie glauben gar nicht, wieviele Gewalttaten aus Eifersucht begangen werden. Wobei das Faktum selbst eher zweitrangig ist. Im Vordergrund stehen verletzte Ehre, Vertrauensmißbrauch und Demütigung.« Er erhob sich schwerfällig und gab Friedberg ein Zeichen mit einem betonten Wimpernschlag.

Friedberg sprang auf und machte zwei Kniebeugen. »Bei so langen Verhören schlafen einem die Beine ein.« Er lachte.

»Verhör?« Coldewey öffnete demonstrativ die Wohnzimmertür.

»Entschuldigung. Gedankenaustausch. Klingt das besser? Das nächste Mal erwarten wir Sie zu einem Gegenbesuch im Präsidium.«

»Wann?«

»Wir melden uns. Einen schönen Tag noch.«

Spengler verabschiedete sich mit einem Händedruck, während Friedberg in beiden Hosentaschen nach dem Autoschlüssel suchte. Die Herren zuckten zusammen, als hinter ihnen die Haustür krachend ins Schloß fiel.

XIII

Werner Holst war als Anwalt spezialisiert auf Strafrecht. Coldewey kannte ihn schon aus der Schulzeit. Holst hatte eine Parallelklasse besucht und war wie Coldewey Mitglied einer Theatergruppe gewesen. Sie hatten den Kontakt nie ganz verloren und sich in großen Abständen zu einem Schoppen im Ratskeller getroffen. Vor allem Holst hatte sich darum bemüht, Coldewey hin und wieder zu sehen. Ihr gemeinsames Interesse für Musik und Literatur sorgte für freundschaftliche Zuneigung.

Die Kanzlei lag in der Langenstraße, und Holsts Büro hatte eine Fensterfront zur Schlachte hin mit einem prächtigen Ausblick auf die Weser und das Teerhofviertel. Alte Eichenmöbel, kostbare Orientteppiche und Kupferstiche mit maritimen Themen vertrieben alle Gedanken an Polizei und Rechtsprobleme. Man saß in schweren Ledersesseln vor duftendem Kaffee und fühlte sich geborgen.

»Hätte nie gedacht, daß ich dich mal brauche.« Coldewey bemühte sich um Contenance. Er war beim Friseur gewesen, hatte sich sorgfältig angezogen, besonders teure Halbschuhe gewählt und sich sogar eine Krawatte umgebunden. Er hatte sich lässig zurückgelehnt und die Beine übereinandergeschlagen.

Holst, wie immer in englischer Tweedjacke und Cordhose, saß vornübergebeugt und betrachtete Coldewey durch eine goldgerahmte Brille mit ebensoviel Sympathie wie Neugierde. Sein grauer Einstein-Haarschopf und sein schmales Gesicht mit großer Nase und verwegenen Koteletten gaben ihm das Aussehen eines Teufelsgeigers aus dem neunzehnten Jahrhundert. »Es freut mich, daß ich was für dich tun kann. Ich bin natürlich schon vorinformiert durch die Zeitung und habe eigentlich fest damit gerechnet, daß du dich meldest. Natürlich ist mir auch Ulf Metzner kein Unbekannter. Ich sehe ihn noch auf dem Schulhof herumstolzieren und höre ihn große Töne spucken. Er war ein ziemlicher Aufschneider, hab ich recht?«

»Hinter seiner Angeberei steckte viel Unsicherheit. Er hat früh seinen Vater verloren und dadurch ein sehr enges Verhältnis zu seiner Mutter. Ihr galt in erster Linie sein Imponiergehabe. Er wollte nicht nur ihr Sohn sein, sondern auch ihr Galan und Beschützer.«

»Und sie hat das gefördert?«

»So gut sie konnte.«

»Der arme Kerl. Ich frage mich, warum du erst jetzt kommst. Du hättest mich von Anfang an bei allen Polizeikontakten dabeihaben müssen. Denn eins ist ja klar, die halten sich zunächst ans Naheliegende, und das bist du als Eigentümer des Bootes und als Freund von Metzner.«

»Ich hätte nie gedacht, daß die mich verdächtigen. Wäre ich sofort mit einem Anwalt aufgekreuzt, wäre das einem halben Schuldeingeständnis gleichgekommen.«

»Zumindest hättest du dich vorher mit mir beraten sollen. Aber erzähl der Reihe nach. Warum hast du wieder Kontakt zu Metzner aufgenommen?«

Coldewey berichtete. Er hielt sich an Fakten, vermied jede Interpretation und verlieh seiner Stimme einen festen Klang. Er vergaß, daß er einen Freund vor sich hatte, er gab quasi zu Protokoll wie vor Gericht.

Holst seufzte und schüttelte nachdenklich den Kopf. Er lehnte sich zurück und legte die Fingerspitzen aneinander. »Konkret haben sie nicht viel gegen dich in der Hand. Mal abgesehen von den Gummistiefeln lassen sich alle Verdachtsmomente in Hinsicht auf deine Person leicht widerlegen. Aber wenn ich es richtig verstehe, sind alle Frauen von deiner Beate über Vera und Frau Sebald bis zu Metzners Mutter dabei, ein gewisses Klima zu schaffen, das dich belastet. Was mir an der ganzen Sache mißfällt, ist das Diffuse. Da steht mir zuviel Psycho-Kram im Vordergrund. Überhaupt scheint Metzner ein Meister des Verwirrspieles gewesen zu sein.«

»Das war eine seiner Taktiken, sich interessant zu machen.«

»Um ehrlich zu sein, eins bereitet mir auch an deinem Verhalten Kopfzerbrechen: warum hast du Metzner zu dir ins Haus geholt? Ihr habt euch jahrzehntelang nicht gesehen, und plötzlich so holterdiepolter nimmst du ihn bei dir auf.«

»Das hat wohl auch mit diesem ›Psychokram‹ zu tun, wie du es nennst.« Coldewey lachte laut. »Und so leid es mir tut, lieber Werner, ich weiß nicht, was mich bewogen hat, das zu tun. Irgend jemand in mir wollte das. Und der Jörn, der dir jetzt gegenübersitzt, wurde davon genau so überrascht wie du. Ich hab's der Polizei zu erklären versucht, mir dabei aber selbst nicht geglaubt. Vielleicht leide ich an Schizophrenie.« Coldewey lachte noch lauter.

»Jedenfalls ist das ein gefundenes Fressen für die Polizei. Es sieht doch so aus, als hättest du ganz bewußt seine Nähe gesucht, um ihn dir vorzuknöpfen.«

»Aber welches Motiv hätte ich, ihn zu töten?«

»Das ist für die zunächst einmal sekundär. Vielleicht wolltest du ihn ja nicht umbringen. Vielleicht habt ihr Sexspielchen gemacht. Du weißt, mit Würgeschlingen wird da viel Unfug getrieben. Vielleicht war es ein Unfall. Du hast versucht, die Sache mit dem Brand zu vertuschen und in deiner Panik vergessen, daß die Schlingen aus Draht waren.« Holst lachte. »Polizisten müssen auch das Unsinnigste einkalkulieren.«

»Warum ermitteln die Burschen nur in meine Richtung?«

»Das täuschen die aus taktischen Gründen vor. Natürlich ermitteln die in jede denkbare Richtung. Und da ist ja auch eine Menge zu untersuchen. Das ganze Halbweltmilieu aus dem Bahnhofsviertel, die merkwürdige Dame Sebald mit ihrer Drogenvergangenheit und nicht zuletzt Exfrau Vera, die ja nun endlich von ihm losgekommen ist. Warum hat sie ihn ständig finanziell unterstützt? Warum steht sie so kritisch zu Beate, wie du erzählt hast? Vielleicht ist bei ihr Eifersucht im Spiel. Wäre vorstellbar, oder? Solange er finanziell von ihr abhängig war, hatte sie Macht über ihn. Jetzt, wo ihn Beate mit Geld versorgt und ihn womöglich zum Liebhaber machen wollte, drohte ihr Einfluß zu schwinden. Gekränkte Eitelkeit, Rachsucht – wer weiß?«

»So eine Frau ist Vera nicht. Sie hat einen festen Freund und ist viel zu unabhängig und intelligent für solche Machenschaften.«

»Warum nimmst du sie in Schutz? Ich denke, du willst aus der Rolle des Hauptverdächtigen raus. Dann müssen wir der Polizei was zum Fressen hinwerfen. Hatte Metzner etwas mit schwarzer Magie, mit Hexen- oder Totenkult zu tun?«

»Nicht daß ich wüßte. Weshalb fragst du?«

»Die Art und Weise, wie Metzner umgebracht wurde, hat etwas Rituelles. Vielleicht ist er Opfer eines Totenkults geworden. Ritualmorde und dergleichen sind stark im Kommen. Je mehr die traditionelle Gläubigkeit schwindet, um so mehr sind die Leute von Ersatzkulten fasziniert.«

»Wir haben einmal über Religion im Zusammenhang mit Kirchenmusik gesprochen, und er wollte wissen, ob ich noch gläubig bin.«

»Siehst du. Vielleicht wollte er da etwas andeuten. Du glaubst nicht, wie oft gerade bei Drogenkranken Aberglaube und Spökenkiekerei angesagt sind.«

»Mich machen diese ganzen Spekulationen verrückt. Am meisten deprimiert mich, daß sich eine Welt von Beziehungsgeflechten öffnet, bei denen ich völlig außen vor bin. Vor allem Beates rätselhaftes Verhalten verwirrt mich. Metzner muß einen Einfluß auf Frauen gehabt haben, den ich nicht nachvollziehen kann. Sollte sich da wirklich ein Eifersuchtsdrama zwischen Vera und Beate abgespielt haben, so ist mir nichts, aber auch gar nichts davon bewußt geworden. Ich habe nur gemerkt, daß etwas nicht stimmt, daß Metzner alles durcheinander wirbelt.«

»So darfst du nie vor der Polizei reden. Sonst lieferst du ihnen das Motiv: Metzner hat so massiv in dein Leben eingegriffen, so sehr deine Ehe und andere Beziehungen gefährdet, daß du ihn wegschaffen mußtest, um Ordnung in das Chaos zu bringen. Du hast ihn dir ins Haus geholt, um sein Leben wieder in feste Bahnen zu lenken. Und das Gegenteil ist passiert. Sein Leben geriet völlig aus den Fugen, und in diesen Strudel wurdet ihr alle hineingezogen. Du hattest keine andere Wahl, du mußtest die Notbremse ziehen. Das perfekte Motiv. Braucht man nur noch dein Geständnis.«

»Du redest, als glaubtest du selbst an meine Schuld. Niemand außer meiner Schwiegertochter sagt klipp und klar: Jörn Coldewey ist unschuldig. Sogar mein Sohn druckst herum und drückt sich um ein eindeutiges Bekenntnis zu mir. Was hab ich an mir, daß ich soviel Mißtrauen wecke?«

»Allein der Verdacht macht anrüchig. Die meisten Menschen sind innerlich viel zu wenig gefestigt, als daß sie nicht zu irritieren wären. Der berühmte Satz: ›irgendwas wird schon dran sein‹ bestimmt das Verhalten fast aller in solchen Situationen. Nur zu gern verzichtet man auf gesunden Menschenverstand, wenn man jemandem was anhängen kann. Außerdem macht es Spaß, anderen das Böse zuzutrauen, zu dem man selber fähig wäre.«

»Und du? Wie stehst du zu mir?«

»Du bist mein Mandant. Ich kann es mir nicht leisten, mich irrationalen Spekulationen zu überlassen. Du bist für mich solange unschuldig, bis mir jemand schlüssig das Gegenteil beweist.«

»Aber du willst nicht ausschließen, daß das passieren könnte?«

»Bin ich der allwissende Gott?« Holst lachte.

Coldewey mochte nicht mehr im behaglichen Sessel sitzen mit seinem selbstgefälligen Schulfreund vor der Nase. Er stellte sich ans Fenster und schaute auf den Fluß, auf dem seine ›Britta‹ nun nie mehr ihre Bahn ziehen würde. Ein Airbus startete vom nahen Flughafen Richtung Westen und zog eine große Schleife nach Süden, ehe er hinter weißen Wolken verschwand.

»Wie geht's nun weiter?« Coldewey erschrak über seine fremde Stimme.

»Laß die Polizei nicht mehr unangemeldet ins Haus. Verabrede feste Termine und hol mich dazu. Wenn sie dich verhaften, verweigere jede Aussage ohne mein Beisein.«

»Verhaften?«

»Möglich ist alles. Ich glaube nicht, daß Spengler, den ich als sehr besonnenen und vorsichtigen Ermittler kenne, zu voreiligen Schlüssen neigt, aber dieser mir unbekannte Friedberg scheint nach deinem Bericht wohl ein bißchen naßforsch und eigenmächtig zu handeln. Wenn der zum Haftrichter marschiert ... Weißt du, welcher Staatsanwalt mit der Sache befaßt ist?«

»Nein. Ich hatte bisher nur mit den beiden zu tun.«

»Immerhin ein gutes Zeichen. Also, Kopf hoch, alter Junge. Kein Grund zur Aufregung. Wir werden das Kind schon schaukeln.« Holst trat neben Coldewey ans Fenster und legte ihm die Hand auf die Schulter. Sein jovial-väterlicher Ton und die plötzliche Berührung ließen Coldewey zusammenzucken.

Er ging zu Fuß über die Obernstraße und die Sögestraße zum Parkhaus ›Katharina‹, wo er seinen Wagen abgestellt hatte. Russische Blechbläser spielten perfekt Marschmusik und hatten einen offenen Instrumentenkoffer für die Spenden aufs Pflaster gestellt. Coldewey gab zwei Euro und erwiderte das Kopfnicken des Hornisten. Auf der Höhe von Café Knigge sprach ihn eine junge Frau an, ob er Zeit habe für ein Interview, sie arbeite für die Marktforschung. Für einen Moment war er versucht, zuzustimmen und damit das Recht zu erwerben, das hübsche Mädchengesicht näher zu studieren, aber dann packte ihn Panik. Er schüttelte den Kopf und flüchtete ins Café. Er sah nur zeitunglesende Männer, kuchenessende Frauen und gestreßte Kellnerinnen. Sofort verließ er wieder das Lokal und zündete sich eine Zigarette an. Er betrachtete die Auslagen eines Herrenausstatters: aufgefächerte Hemden, gestapelte Pullover und gerollte Krawatten. Er zog an der Zigarette. Ihm wurde schwarz vor Augen, und er zertrat die Kippe zu einem häßlichen Häuflein Tabak mit Papierfetzen.

Der Wagen umschloß ihn und gehorchte seinen Handgriffen. Er öffnete das Schiebedach und stellte das Radio an. Nordwest-Radio spielte eine italienische Schnulze. »Musik für Beate«, flüsterte er und drückte den Ausknopf.

In der Besselstraße war ein Parkplatz frei. Das überraschte ihn so sehr, daß er fast daran vorbeigefahren wäre. Seine Mutter empfing ihn mit einem eher unfreundlichen »Was willst du denn?«

»Ich hatte in der Humboldtstraße zu tun und dachte: guckst mal bei Mutti rein.«

»Wenn das so ist. Ich habe aber nichts für dich vorbereitet. Komm rein.« Sie ließ ihn die Wohnung betreten. Wie meistens war die Luft in den Räumen verbraucht, weil die Mutter sich weigerte, die Fenster zu öffnen. Nur einmal die Woche, wenn die Putzfrau kam, wurde gründlich gelüftet. Das mußte für sieben Tage reichen.

»Darf ich die Tür zum Garten aufmachen?«

»Du immer mit der frischen Luft. Zieht doch nur die Wärme raus.«

»Mutti, es ist draußen wärmer als hier drin.« Er stellte die quietschende Tür auf.

»Das sagst du so. Bei der letzten Heizungsabrechnung mußte ich zweihundert Mark nachzahlen.«

»Euro.«

»Bitte? Ach so. Das ist Falschgeld. Ich bleibe bei Mark. Sind diese neuen Scheine nicht eklig? Setz dich, mein Junge. Ich habe mir gerade Kamillentee gekocht. Magst du auch eine Tasse?«

»Nein, Danke.« Er setzte sich an den Eßzimmertisch und schaute sich um. Zwei Wohnzimmer gingen ineinander über nach Art des ›Bremer Hauses‹. Ein kleiner Wintergarten schloß die Flucht nach hinten ab. Die altvertrauten Möbel aus der Nachkriegszeit wirkten verbraucht und unansehnlich. Sie würden es nie schaffen, sich zu Antiquitäten zu entwickeln. Die Fotos auf Vaters Schreibtisch zeigten Coldewey in allen Lebensaltern. Auf einem war er mit Ulf zu sehen. Sie hatten sich die Arme um die Schultern gelegt und blickten dreist in die Kamera. Sie mußten etwa dreizehn gewesen sein, trugen kurze Hosen und Turnhemden mit dem Schulemblem. Sein Vater hatte sie bei einem Sportfest aufgenommen. Sie waren beide in der Hundertmeterstaffel gestartet, und Coldewey hatte als Schlußläufer den Sieg geholt.

»Du siehst nicht gut aus, mein Junge. Hast du Kummer?« Sie brachte den Kamillentee, schenkte sich ein und setzte sich ihm gegenüber.

»Du warst ja dabei, als der Anruf kam wegen des Bootes, das abgebrannt ist. Ulf Metzner ist dabei ums Leben gekommen.«

»Soso. Hat's ihn also erwischt, den Schlingel. Aber was hat er auf deinem Boot zu suchen?«

»Wir sind öfter zusammen gefahren. Er wußte, wie man mit dem Boot umgeht.«

»Also hat er's geklaut. Wundert mich nicht. Dem ist alles zuzutrauen. Ich hab dich immer vor ihm gewarnt. Erinnerst du dich noch, wie er einmal den Christbaum angezündet hat? Das sei ein heidnisches Symbol, hat er gesagt. Gott sei Dank stand das Ding da hinten im Wintergarten, und Vater konnte es gleich vor die Tür werfen. Der Ulf hat's wohl mit dem Feuer. Und seine Mutter hat uns die Schuld gegeben. Wir hätten das Kind aufgehetzt und gegen sie eingenommen. Wir seien ein gottloses Heidenpack. Überhaupt seine Mutter! Eine feine Dame. Auf den Elternabenden in der Schule hat sie sich wichtig getan, daß man es kaum ertragen konnte. Ihr Kind würde benachteiligt oder überfordert oder sowas. Ständig hat sie an allem rumkritisiert. Aber fesch war sie, das muß man ihr lassen. Ihre Röcke waren immer fünf Zentimeter kürzer als die der anderen und schön eng, so daß die Knie bloß waren, wenn sie die Beine übereinanderschlug. Sie setzte sich jedesmal so, daß niemand sie übersehen konnte. Und Lehrer, besonders die Männer, sind ja auch nur Menschen. Willst du wirklich keinen Tee? Der ist so gesund. Wie geht es Beate?«

»Danke gut.«

»Morgen kommt Dagmar mit den Kindern zum Kaffee. Die will auch immer lüften. Oh, ich muß noch Kekse kaufen. Warte, ich mach mir einen Knoten ins Taschentuch.« Sie zog ein weißes Spitzentüchlein aus dem Blusenärmel und versuchte vergebens, mit gichtigen Fingern einen Knoten zu schlagen. »Siehst du, das will nicht. Dabei ist es frisch gewaschen und hat keinen Grund, sich zu widersetzen.«

»Laß mich mal.« Coldewey nahm das Tuch und verknotete es. »Bitte, alles in Ordnung.«

»Gut, mein Junge. Hättest du je gedacht, daß ich mal Urgroßmutter werde? Schafft nicht jede. Nur schade, daß sich dein Vater so früh davongemacht hat. Manchmal fehlt er mir. Worüber wolltest du eigentlich mit mir sprechen? Du kommst doch nicht ohne Grund nach Hause, du Rumtreiber.«

Coldewey trommelte mit den Fingern auf die Tischplatte, auf der noch Kugelschreiberspuren sichtbar waren, die er beim Schulaufgabenmachen hinterlassen hatte. »Die Polizei glaubt, daß ich an Ulfs Tod schuld bin.«

»Ach ja?« Sie wiegte nachdenklich den Kopf hin und her. »Jaja, das alte Lied. Wenn mit euch beiden was passiert war, bekamst du immer die Schuld. Soll ich mal mit der Polizei sprechen?«

»Nein, Mutti, es tut mir nur gut, dich reden zu hören. Du bist so schön klar im Kopf.«

»Nun übertreib man nicht, mein Junge. Ich muß mir schon Knoten ins Taschentuch machen wegen der Kekse. Neulich hatte ich sogar den Namen von Frau Ehlers vergessen, das ist meine Putzfrau.«

»Ich weiß, Mutti. Sowas passiert mir auch oft.«

»Ach ja? Und was sagt Beate dazu? Sie meint doch immer, daß du dich bessern mußt. Sie glaubt ja sowieso, daß man die Menschen zu ihrem Glück zwingen kann. Entschuldige, ich hab nichts gesagt. Beate ist ein feiner Mensch, alles in allem. Nur, daß sie aus Thomas einen Duckmäuser gemacht hat. Gott sei Dank läßt Dagmar den beiden Kindern ihre Freiheit.«

»Beate hat mich verlassen. Jedenfalls für den Moment.«

»Wegen der Sache mit Ulf?«

»Ja. Wobei ich nicht weiß, was sie mir vorhält. Sie benimmt sich nur merkwürdig.«

»Was willst du von deiner alten Mutter hören, mein Junge? Daß mich das nicht wundert? Daß ich ihr nie so ganz über den Weg getraut habe? Nein, sowas will kein Mann über seine Frau hören, solange er sie noch liebt. Und du liebst Beate. Also sag ich gar nichts. Kein Wort kommt mir mehr über die Lippen.« Sie schlürfte ihren Kamillentee.

»Ach, Mutti, manchmal möchte ich einfach nach Hause kommen, mich unten in mein Zimmer verkriechen, die Decke übern Kopf ziehen und darauf warten, daß du mir einen Saft bringst.«

»Im Souterrain wohnt jetzt Herr Köhler. Er studiert BWL, wie er sagt, und ich tue so, als wüßte ich, was das heißt.«

»Betriebswirtschaftslehre.«

»Ach so. Und ich dachte, das sei was Geistiges. Er sieht aus wie ein angehender Pastor. Er hat sowas Feierliches.«

»Darf ich dich zum Mittagessen einladen, Mutti?«

»Wie? Du willst kochen? Dann mußt du erst einkaufen. Ich hab nur noch einen Rest von meinem Eintopf. Sonst nichts.«

»Nein, in ein Lokal.«

»Wie? Mitten in der Woche? Das mit Beate muß dich wirklich völlig durcheinandergebracht haben. Apropos Pastor. Erinnerst du dich, daß Ulf damals Pastor werden wollte?«

»Nein.«

»Ich weiß es noch wie heute. Er hat sich mein schwarzes Kleid mit dem weißen Kragen angezogen, die schwarze Baskenmütze von Vati aufgesetzt und die Bibel in die Hand genommen. Er wollte eine Predigt halten. Ich habe es noch deutlich im Ohr: ›Liebe Gemeinde, lasset uns beten‹.«

»Das waren Dummejungenstreiche.«

»Nein, das ging tiefer. Sein Ehrgeiz, sein Fanatismus und sein Geltungsbedürfnis trieben ihn. Pastoren stehen wie Schauspieler auf der Bühne. Sie stellen etwas dar und sind darüber hinaus noch im Bunde mit Gott. Was war dein bißchen Rummimen in der Theater-AG gegen seinen höheren Auftrag?«

»Ich hab mich immer gefragt, warum er in der Gruppe nicht mitmachen wollte.«

»Um nicht in deinem Schatten zu stehen. Du hattest ja wirklich Talent. Wo wollen wir denn essen?«

»Am Ostertorsteinweg gibt es einen guten Italiener.«

»Aber keine Pizza! Ich mag mittags kein belegtes Brot.«

»Willst du dich noch umziehen?«

»Warum?«

»Deine Bluse ist nicht mehr ganz sauber. Und am Rock ist unten eine Naht aufgegangen.«

»Und sowas ist wichtig?« Sie sah ihn aus riesigen Augen an. »Du hast deinen Freund auf dem Gewissen, deine Ehe ruiniert und zählst mir die Flecken auf meiner Bluse vor? Was seid ihr nur für Kinder? Geh allein essen, mir ist der Appetit vergangen. Außerdem habe ich meinen Nudeleintopf.« Sie stand auf, blies sich wütend eine Haarsträhne aus der Stirn und stapfte in die Küche.

Coldewey seufzte und verließ seinen Platz. Er trat an das Bücherregal. Da standen alle seine Titel nebeneinander, dazu ein Album mit Zeitungsausschnitten über ihn. Sie hatte alles sorgfältiger archiviert als er. »Tut mir leid, Mutti«, flüsterte er. »Du hast ja recht. Manchmal bin ich nicht ich selbst.« Er hörte sie über den

Flur schlurfen und im Schlafzimmer verschwinden. Die große Kleiderschranktür ächzte.

Er holte sein Handy aus der Jackentasche und wählte. »Kann ich noch mal mit Herrn Holst sprechen? Danke.« Er wartete. »Hallo, Werner. Nur kurz: an der Sache mit dem Ritualmord könnte was dran sein. Ich bin gerade bei meiner Mutter, und die erinnert sich, daß Metzner schon als Kind religiöse Anwandlungen hatte. Er ist zwar später wie ich aus der Kirche ausgetreten, aber das sagt ja nichts über sonstige pseudoreligiöse Aktivitäten. Mir ist aufgefallen, daß es in einigen seiner Gedichte mystische Anspielungen gibt. Er war ein großer Verehrer der Romantik, und die hatte ja viel Transzendentales im Programm. Man sollte jedenfalls in diese Richtung weiter ermitteln, denke ich. Ja, rede mit Spengler. Das ist am sinnvollsten. Ich danke dir. Bis bald.«

»Na, ist es so recht, mein Junge?« Die Mutter hatte sich neu eingekleidet und sogar hübsche Schuhe angezogen. Sie hatte sich gepudert und die Haare mit einer Bürste gebändigt. »Ich weiß, daß Jungs gern mit schicken Müttern ausgehen. Wir wollen ja nicht wieder von Ulf reden, aber wenn man die beiden, ihn und diese aufgetakelte Fregatte, auf der Straße rumstolzieren sah, konnte man denken, es wäre ein Liebespaar. Nun komm, ich habe Hunger und muß zum ›Marienhof‹ wieder zurücksein. Mit wem hast du telefoniert?«

»Mit meinem Anwalt.«

»Kann nicht schaden. Wir fahren doch mit dem Auto? Oder ich muß andere Schuhe anziehen.«

XIV

»Was wollte der Holst von dir?« Friedberg setzte sich ans Steuer und startete den Mercedes.

»Nichts weiter.« Spengler ließ sich auf den Sitz fallen. Die Federung, die er mit seinem Gewicht im Lauf der Zeit ziemlich strapaziert hatte, ächzte gequält. »Er hat uns mitgeteilt, daß er die

Vertretung von Coldewey übernimmt. Das wird amüsant. Holst ist ein Fuchs und ein sehr guter Strafverteidiger.«

»Jedenfalls verdanken wir es ihm, daß wir jetzt noch mal diese Vera Metzner ins Gebet nehmen müssen, oder?« Friedberg ließ den Wagen vom Hof rollen und stellte den Scheibenwischer an. Es regnete stark.

»Nicht direkt. Ich hatte das ohnehin vor. Die Dame ist mir eine Spur zu selbstsicher. Und ich verstehe nicht, weshalb sie den Kontakt zu Metzner nie völlig abgebrochen hat.«

»Es gibt doch viele Eheleute, die nach einer Scheidung in Verbindung bleiben, vor allem wenn Kinder da sind.«

»Der Witz ist nur, daß gerade deren gemeinsame Tochter Tina überhaupt nichts mehr von ihrem Vater wissen will und sich sogar weigert, dem Toten die letzte Ehre zu erweisen.«

»Meinst du, er hatte was mit seiner Tochter?«

»Ich meine gar nichts. Du kannst da vorne an der Heinrich-Heine-Straße links abbiegen und wenden. Wir müssen ein Stück zurück.«

»Ich kenne den Weg zum Sender.«

»Entschuldige. Manchmal unterschätze ich dich einfach.«

Sie parkten auf dem Taxi-Platz direkt vor dem Eingang des Funkhauses. Die Dame an der Anmeldung informierte Vera Metzner, die ein paar Minuten später im Foyer auftauchte und die Herren in ihr Büro begleitete. Es war klein und wurde bestimmt von Bücherregalen und einem Schreibtisch mit Computer. Zwei Besucherstühle hatten gerade noch Platz davor.

»Soll ich Ihnen Kaffee aus der Kantine holen?« Sie setzte sich und zeigte auf die Stühle.

»Nein, vielen Dank. Wir wollen nicht lange stören. Wir haben nur noch ein paar Fragen.«

»Es ist mir nicht lieb, daß Sie mich hier im Sender überfallen. Es wird schon genug geredet.«

»Und weshalb?« fragte Friedberg schnell.

»Mein Exmann war einmal ein geschätzter Fernsehkollege. Viele erinnern sich noch an ihn. Und da wird natürlich gemunkelt.«

»Was munkelt man?«

»Ach, es lohnt sich nicht, darüber zu sprechen. Dummes Geschwätz.«

»Auch an dummem Geschwätz kann Wahres sein.« Friedberg lachte.

»Man glaubt, er habe sich an Coldewey rächen wollen und dabei selbst was auf die Nase bekommen.«

»Also ein Zweikampf auf dem Boot, wobei Coldewey Sieger geblieben ist?«

»So ähnlich.«

»Interessant«, sagte Spengler bedächtig. »Von einem Zweikampf könnte man vielleicht ausgehen. Fraglich ist nur, wer die zweite Person an Bord war. Es kann auch eine Frau gewesen sein. Wo waren Sie am Montagabend?«

»Das fragen Sie mich nicht im Ernst, oder? Welchen Grund sollte ich haben, mich mit meinem Exmann anzulegen?«

»Das wüßten wir gern von Ihnen«, sagte Friedberg frech.

»Nicht aufregen, Frau Metzner. Reine Routinefrage. Jeder aus dem Umfeld des Opfers wird um Auskunft gebeten, um gar nicht erst einen Verdacht aufkommen zu lassen.« Spengler schenkte ihr ein liebenswürdiges Lächeln.

»Ich war zu Hause. Ja, ich habe ferngesehen. Erst eine Dokumentation und eine Diskussion bei ›Phönix‹ und dann ›Report‹ in der ARD. Mein Freund hatte Vorstellung und kam erst gegen halb zwölf zurück. Ich habe also, wenn Sie so wollen, kein Alibi.«

»Können Sie sich noch erinnern, um was es in den Fernsehsendungen ging?«

»Ich müßte darüber nachdenken. Sagen Sie mir aber vorweg, was dieses lächerliche Verhör soll.«

»Gern.« Spengler bot ein neues Lächeln an. »Wir fragen uns, weshalb Sie den Kontakt zu Metzner nach der Scheidung nie wirklich abgebrochen haben.«

»Ich sagte Ihnen neulich schon, daß er mich nicht in Ruhe gelassen hat. Er konnte die Trennung nie richtig akzeptieren und brauchte immer wieder Geld.«

»Sie hätten es ihm verweigern können.« Friedberg nahm einen Kugelschreiber vom Schreibtisch und spielte damit.

»Wenn man einmal mit einem Menschen sehr verbunden war, bleibt einfach ein gewisses Zusammengehörigkeitsgefühl jenseits aller Probleme, die zur Trennung geführt haben.«

»Ein Gefühl, aus dem man Ansprüche ableiten kann? Geld zum Beispiel oder im Gegenzug die Erwartung, daß bestimmte Tabus nicht verletzt werden?« Spengler wischte sich mit einem Taschentuch über die Glatze.

»Was meinen Sie damit?« Sie streckte die Hand nach ihrem Kugelschreiber aus. Friedberg legte ihn hinein.

»Vielleicht erwartet man, daß der Exmann nicht plötzlich etwas mit einer Exfreundin anfängt.«

»Beate war nie meine Freundin«, sagte sie überraschend heftig.

»Wie gut, daß Sie sofort merken, worauf ich anspiele.« Spengler lächelte zufrieden.

»Aber sie ist die Frau eines Mannes, der Ihnen mal viel bedeutet hat.«

»Woher wollen Sie das wissen?« Vera erhob sich, um die Lüftungsklappe des Fensters aufzuhebeln.

»Aus den Briefen, die Sie uns gegeben haben. Metzner nimmt mehrfach darauf Bezug. Zwar nur in Andeutungen, aber durchaus in dem Sinne zu interpretieren, daß da etwas zwischen Ihnen und Coldewey war.«

»Und zwischen Beate und Metzner«, fügte Friedberg schnell hinzu. »Herr Coldewey hat zwar bestritten, daß es so etwas wie Partnertausch zwischen den Ehepaaren gegeben hat, aber sehr überzeugend klang das nicht.«

»Mein Exmann hat damals ziemlich chaotisch gelebt, auch in Hinsicht auf Frauen. Ich kann und will nicht ausschließen, daß er Beate nachgestellt hat. Sie war eine überaus reizvolle Person, vielleicht manchmal etwas zu gefühlsduselig und larmoyant. Ich mochte ihre Art, auf Männer zu reagieren, nicht.«

Das Telefon klingelt. Vera Metzner nahm ab. »Du, kann ich dich später zurückrufen? Im Moment paßt es gerade nicht.« Sie drückte eine Taste und sofort eine andere. »Frau Spille, würden

Sie bitte für eine Weile alle Anrufe für mich auf Ihren Apparat umleiten? Ich habe eine wichtige Besprechung. Danke.«

»Vielleicht war noch eine alte Rechnung offen zwischen Ihnen und Ulf Metzner hinsichtlich Beate Coldewey. Und als er jetzt wieder ein Verhältnis mit ihr anfing, ist Ihnen der Kragen geplatzt.« Spengler lächelte verständnisvoll.

»Für wie blöd halten Sie mich eigentlich? Glauben Sie wirklich, daß eine Frau wie ich, die mit beiden Beinen fest auf dem Boden steht, die berufstätig ist, die in einer eheähnlichen Beziehung lebt, wegen solcher ollen Kamellen und kindischen Schwärmereien zur Mörderin wird?«

»Was ist vor Jahren zwischen Metzner und Ihrer Tochter passiert?« fragte Friedberg schnell.

»Bitte? Auf was wollen Sie hinaus?« Vera Metzner war sichtlich irritiert.

»Während Sie selbst Metzner nie aus den Augen verloren haben, hat Ihre Tochter den Vater völlig aus ihrem Leben gestrichen. Warum?«

»Tina war konsequenter als ich. Wie junge Leute überhaupt.«

»Was war der Grund?«

»Seine Sauferei, seine Eskapaden, seine Rücksichtslosigkeit.«

»Das reicht, um sich so radikal abzuwenden, um einen Ozean zwischen sich und den Vater zu bringen?« Friedberg schüttelte den Kopf.

»Frau Metzner, das ist sicher ein sehr schmerzliches Kapitel für Sie.« Spengler lehnte sich vor und zeigte einen väterlich besorgten Gesichtsausdruck. »Ich kann verstehen, daß Sie ungern darüber sprechen. Es tut weh, mühsam verheilte Wunden wieder aufzureißen. Aber helfen Sie uns bitte, etwas Klarheit in diese verworrene Angelegenheit zu bringen. Hat Ulf Metzner sich an seiner Tochter vergangen?«

Vera Metzner wandte sich zum Fenster. Sie konnte die Tränen in den Augen nicht verbergen.

»Er hat es versucht«, sagte sie leise.

»Wann?«

»Als Tina 12 war, das war 1990. Er kam wieder mal wegen Geld. Tina war allein zu Hause, ich war mit Freunden unterwegs im Viertel. Bis zu diesem Zeitpunkt hatte vor allem Tina dafür gesorgt, daß Ulf öfter bei uns zu Gast war, auch mal mit ihr ins Kino ging oder zum Freimarkt. Ich konnte und wollte ihm gewisse Rechte auf seine Tochter nicht absprechen. An diesem Abend war er sehr betrunken, was er sonst vermied, wenn er sich um das Kind kümmerte. Ich hatte das zur Bedingung gemacht. Da er wieder wegen Geld kam, hatte er sich ›Mut angetrunken‹, um ihn zu zitieren. Als er Tina allein vorfand, brannten bei ihm alle Sicherungen durch. Zunächst hat er sich heftig über mich beschwert, über meine Grausamkeit, seine Liebe zu mir, die ungebrochen sei, einfach zu ignorieren und die Liebe zu seiner Tochter nicht zu respektieren. Tränenreich vollzog er eine Generalabrechnung mit mir, wobei er dem Kind auf dem Sofa, auf dem sie saßen, immer näher rückte. Tina hatte Mitleid und wollte ihn trösten. Sie streichelte ihn, was er wohl als Aufforderung mißverstand. Jedenfalls wurde er zudringlich. Ersparen Sie mir bitte die weiteren Einzelheiten.« Sie weinte.

»Nur noch soviel«, sagte Spengler sanft, »ist es zum Äußersten gekommen?«

»Nein. Sie hatte sich mit allen Mitteln gewehrt und laut um Hilfe geschrien. Das hat ihn zur Vernunft gebracht. Er ist heulend zusammengebrochen und schnell verschwunden. Dafür hab ich ihn am meisten gehaßt, daß er das völlig verstörte Kind sich selbst überlassen hat. Er hätte meine Eltern oder eine Freundin von mir anrufen können, aber der Feigling hat sich verdrückt und das Elend des Kindes ignoriert.«

»Vielen Dank für Ihre Offenheit, Frau Metzner.« Spengler deutete eine Verbeugung an. »Wir wollen Sie nun nicht länger aufhalten.«

»Um mir dann demnächst zu sagen, ich hätte das schönste Mordmotiv, auch wenn der Anlaß sechzehn Jahre zurückliegt. Nein, meine Herren. Ich will jetzt wissen, was Sache ist. Welche Schlüsse ziehen Sie aus meinen Eröffnungen?«

»Zunächst gar keine«, sagte Spengler beruhigend. »Das Verhalten Ihrer Tochter ist ja nun hinreichend geklärt, aber Ihr eigenes bleibt weiterhin ein wenig rätselhaft. Gerade nach dem Vorfall mit Tina hätten Sie allen Grund gehabt, ebenfalls einen Schlußstrich zu ziehen, indem Sie zum Beispiel Metzner wegen versuchter Vergewaltigung oder Kindesmißbrauch angezeigt hätten. Warum haben Sie die Angelegenheit verschwiegen und den Mann weiterhin unterstützt?«

»Er hat mir leid getan. Er war danach völlig am Boden zerstört. Er hat sofort eine Therapie gemacht und war sogar drei Jahre lang trocken. Er hat mich immer wieder angefleht, mit Tina reden und sie um Verzeihung bitten zu dürfen. Mein Gott, er war ein Mensch, der bereute, den man nicht vollends verdammen konnte. Natürlich hab ich Tina von ihm ferngehalten, aber ich selbst war nicht fähig, den letzten Schritt zu tun. Es hätte ihn umgebracht, wenn ich ihn angezeigt hätte. Ich hab ihm nur damit gedroht, und das hat ihn bewogen, das Kind in Ruhe zu lassen. Hätte ich ihn auch aus meinem Leben verbannt, wäre das unterlassener Hilfeleistung gleichgekommen. So wie sich eine Mutter nie von ihrem Kind, was immer es auch anstellen mag, komplett lösen kann, wird sich auch eine Ehefrau, die ihren Mann einmal von Herzen geliebt hat, nie ganz von ihm befreien können.«

»Es sei denn, sie tötet ihn«, sagte Friedberg ruhig.

Der Wagen rollte Richtung Innenstadt. Der Scheibenwischer quietschte und hinterließ Schlieren. »Die ist ganz schön ins Schleudern geraten.« Friedberg grinste zufrieden.

»Trotzdem nicht die Art Frau, die zu einer Gewalttat fähig ist.«

»Das ist ja das Zauberhafte: alle unsere Verdächtigen sind nicht der Typ, der zuschlägt oder würgt: zwei Frauen und ein Dichter.«

»Am ehesten hätte noch Tochter Tina ein Motiv. Aber die ist weit weg und hat gerade ein Kind bekommen. Da hat man anderes im Kopf.« Spengler zerrte am Sicherheitsgurt, der ihm den Bauch einschnürte.

»Was erhoffst du dir von der ›Hansa-Klause‹?«

»Zumindest ein kühles Bier.«

»Doch nicht jetzt um halb zwölf. Da wird geputzt und gelüftet. Und der Wirt liegt noch im Bett.«

»Um zwölf wird geöffnet. Da kommen wir gerade recht. Was mich stört, ist die Tatsache, daß bisher alles auf der Psychoschiene läuft und daß denkbare Motive weit in die Vergangenheit zurückreichen. Metzner hatte aber auch in der Gegenwart Probleme. Er war kein Unbekannter in der Drogenszene. Er hatte Schulden und keine Hemmungen, mit krummen Geschäften Kohle zu machen. Seine Freundin, Frau Sebald, hat sogar Schnee aus Holland geholt und auf eigene Faust versilbert. In der Szene gibt es feste Spielregeln, und wer dagegen verstößt, ist fällig.«

»Jawohl, Herr Oberlehrer.«

»Ich sag das nicht, um dir was beizubringen, sondern um einen klaren Kopf zu kriegen. Die ganze Psycho-Scheiße macht einen rammdösig. Vielleicht hätten wir die Drogenfahndung noch stärker mit einbeziehen sollen.«

»Die glauben sowieso, daß wir auf dem falschen Dampfer sind. Für die ist Metzner ein Spinner und Gelegenheitskokser, aber fürs Dealen viel zu kaputt.«

»Apropos ›kaputt‹. Wer wußte eigentlich, wie krank Metzner wirklich war?«

»Coldewey jedenfalls nicht. Wahrscheinlich die drei Frauen: Mutter, Exfrau und die Sebald. Willst du sagen, wer sein baldiges Ende ohnehin vorhersehen konnte, hatte keinen Grund, ihm die Kehle zuzudrücken? Dann bleibt nur mein lieber Freund Coldewey.«

»Und seine Gattin. Die war offensichtlich verliebt in Metzner. Vielleicht hat er sie zurückgestoßen oder schlecht behandelt ...«

»Du willst wohl unbedingt eine Frau als Täterin.«

»Warum nicht? Da Coldewey an dem Abend allein auf seinem Zimmer ferngesehen hat, konnten die beiden zusammen abhauen. Vielleicht gab's Sexspiele an Bord. Vielleicht war die Schlinge nur als Stimulans gedacht. Oder er hat sie so beleidigt, daß sie ihn bestrafen wollte. Sado-Maso-Praktiken wären doch denkbar. Eigentlich haben wir einen unappetitlichen Beruf. Nee, lieber eine knallharte Drogennummer mit den üblichen Ganoven. Da weiß man, was man hat. Wenn die zum Beispiel wußten, daß ihr Klient kurz vor dem Exitus stand, hatten sie allen Grund, die restlichen Außenstände einzutreiben, denn ein Toter ist ziemlich zahlungsunfähig. Und bei ihren Inkassobemühungen haben sie ihn ein wenig zu sehr in die Mangel genommen.«

»Da sind wir. Du hast recht: das Putzgeschwader zieht gerade ab.« Zwei Türkinnen mit Kopftüchern verließen das Lokal. Die Tür blieb offen. Sie parkten auf dem Bürgersteig und betraten die schummrige Kneipe, in der es trotz Putzen und Lüften nach kaltem Rauch stank. Der Wirt stand hinter der Theke und polierte mit einem schmuddeligen Geschirrtuch die Zapfhähne.

»Mahlzeit, die Herren. So früh schon auf Kneipentour?« Der Wirt grinste.

»Sehr witzig.« Friedberg klemmte sich auf einen Barhocker. »Mein Chef kriegt ein Bier und ich eine Cola.« Spengler lehnte sich an die Theke.

»Gern. Selbstverständlich sind Sie meine Gäste.«

»Ich hab Ihnen neulich schon gesagt, daß wir mit Wonne das notleidende Schankgewerbe unterstützen. Und da ein Bier bei Ihnen gleich dreihundertprozentigen Gewinn abwirft, sollten Sie uns dankbar sein, wenn Sie bereits in der Mittagszeit bei Staatsdienern und damit beim Steuerzahler abkassieren können.«

»Quatscht der immer soviel?« wandte sich der Wirt an Spengler.

»Nur, wenn er mit gutem Beispiel vorangehen will. Wir hoffen, daß Sie jetzt, wo Sie sich nicht mit der Versorgung anderer Gäste herausreden können, etwas gesprächiger sind als neulich. Ich frage Sie also noch einmal: wer waren die beiden Kerle, die sich hier an dieser Theke mit Ulf Metzner angelegt haben?«

»Und ich antworte noch einmal: ich weiß es nicht. Sie kamen im Gefolge von Metzner und haben sich seitdem nicht mehr blikken lassen. Und Sie können außerdem von mir hören, daß Metzner hier Stammgast war und manchmal anschreiben ließ, aber zuverlässig seine Schulden beglichen hat. Ich kann es mir bei den Mieten in der Innenstadt nicht leisten, langfristige Kredite zu vergeben. Ich bin keine Bank.«

»Wer hätte das gedacht.« Friedberg hob sein Colaglas. »Daß er bei den Preisen hier Stammgast sein konnte, wundert einen schon, denn er brauchte ja jedesmal die volle Dröhnung.«

»Ich behellige meine Gäste nicht mit finanziellen Fragen. Entweder sie können bezahlen, oder sie fliegen raus. Wenn allerdings ein Stammgast mal knapp bei Kasse ist, findet man einen Weg.«

»War Metzner immer allein hier?«

»Wollen Sie mir alle Fragen von neulich noch einmal stellen?«

»Genau. Damit wir vergleichen können.« Friedberg strich mit dem Zeigefinger quietschend über den Glasrand.

»Gut, Metzner war fast immer allein hier. Ganz selten hat er mal diese Luitgard mitgebracht. Er war ein Thekenhocker und nicht sehr gesprächig. Ich hab einige solcher Kunden. Die wollen für sich und trotzdem nicht allein sein, sonst könnten sie ja billiger zu Hause saufen. Manchmal hab ich den Eindruck, denen ist das Bedientwerden wichtig. Wenn jemand anders sie mit Alkohol versorgt, nimmt das einen Teil der Schuldgefühle.«

»Oh, ein Psychologe als Kneipenwirt.« Friedberg leerte sein Glas.

»Sie werden lachen, ich hab das mal vier Semester studiert und nebenbei als Kellner gejobt. Die Kneipe hat gesiegt.«

»Sie sind also ein Mensch mit Niveau. Warum verscheißern Sie uns dann? Wir wissen, daß hier seit Jahren Prostituierte ihre Kunden aufreißen, daß hier gedealt wird, daß hier schmutzige Geschäfte abgewickelt werden.«

»Was hab ich neulich dazu von mir gegeben? Warten Sie. Was meine Gäste tun und sagen, geht mich nichts an. Solange sie ihre Zeche bezahlen und nicht randalieren, muß ich nicht einschreiten. Was ich nicht weiß ...«

»... macht Sie nicht heiß«, unterbrach Friedberg. »Wunderbar, wie einfach das Leben für Sie ist. Aber Sie als großer Psychologe werden sich doch bestimmt gefragt haben, was ein Intellektueller wie Metzner in diesem Milieu zu suchen hatte.«

»Er war Schriftsteller. Vielleicht brauchte er Anregungen. Womöglich hat er Studien getrieben. In Paris führen doch viele

Schreiber und Maler reine Kneipenexistenzen. Die Boheme von Bremen bei Grewe in der ›Hansa-Klause‹.« Der Wirt lachte.

»Ihren Humor möchte ich haben. Wenn Sie jetzt nicht endlich damit herausrücken, welchen Umgang Metzner hier hatte und wer die beiden Kerle waren, sehen wir uns im Präsidium wieder. Und dann wird's nicht so gemütlich.« Spengler schnaufte wütend.

»Was haben Sie denn gegen mich in der Hand?« fragte der Wirt frech.

»Zuhälterei, Begünstigung von Straftaten, Drogenhandel, Irreführung der Justiz, Falschaussage und einiges mehr. Wir sind da sehr erfinderisch. Wir haben schnell genug zusammen, um Ihnen für eine Weile die Lizenz entziehen zu lassen.« Friedberg holte sein Portemonnaie aus der Tasche.

»Sie wollen mich unter Druck setzen, wenn ich Sie richtig verstehe.«

»Sie verstehen uns richtig«, sagte Spengler liebenswürdig und wischte sich die Glatze mit dem Handrücken.

»Na, dann bleibt mir wohl gar nichts anderes übrig, als mich der Staatsgewalt zu beugen. Also: Metzner hat manchmal geschnupft und öfter Koks mit nach Hause genommen. Er brauchte das fürs Schreiben, sagte er. Gekauft hat er bei einem Osteuropäer, der hier nur erscheint, um gleich auf die Toilette zu gehen. Da werden dann die Geschäfte abgewickelt. Mir stinkt das schon lange, aber würde ich es unterbinden, müßte ich einen Teil meiner Kundschaft abschreiben.«

»Wie heißt er?«

»Josef.«

»Weiter?«

»Keine Ahnung. Meinen Sie, so einer stellt sich vor, vielleicht noch mit Angabe seiner Adresse?«

»Okay. Und die beiden anderen?«

»Kannte ich nicht. Ehrenwort. Die waren neu hier in der Gegend. Sahen auch nicht nach Ostertorszene aus. Waren gut angezogen, sauber rasiert, hatten gepflegte Fingernägel und ordentliche Haare. Daß die dem Ulf die Fresse polieren, hätte ich nie für möglich gehalten.«

»Worüber haben sie mit ihm gesprochen?«

»Weiß ich nicht. Hier an der Theke ging's nur ums Wetter oder so. Was Leute eben quatschen, wenn sie sich nichts zu sagen haben. Dann sind sie Ulf auf die Toilette gefolgt, und da wurde es laut. Als sie handgreiflich wurden, hat Ulf mich gerufen. Ich hab die beiden aufgefordert, das Lokal zu verlassen, was sie auch getan haben.«

»Später haben die sich Metzner auf der Straße vorgeknöpft. Warum haben Sie ihm nicht geholfen?«

»Ich hab die Stühle hochgestellt und Kasse gemacht. Außerdem lief die Musik noch. Ich habe nichts von der Schlägerei mitgekriegt.«

»Unterlassene Hilfeleistung. Und das bei einem Stammkunden. Alle Achtung!« Friedberg knallte einen Zehneuroschein auf die Theke. »Ich zahle beides und gebe kein Trinkgeld, damit das klar ist.«

»Hätte ich auch nicht angenommen. Bei euern Gehältern könnte ich das gar nicht. Aber wenn man euch mal einen ausgeben will, werdet ihr auch noch zickig.«

»Du kriegst gleich was aufs Maul!« Friedberg sprang vom Barhocker.

»Herr Kollege, ich muß doch sehr bitten.« Spengler legte Friedberg die Hand auf den Arm.

»Entschuldigung.« Friedberg verbeugte sich.

»Der Herr macht sich strafbar. Androhung von Gewalt ist wie Folter verboten. Ich denke, man sollte den Herrn vorläufig vom Dienst suspendieren. Auf jeden Fall behalte ich mir eine Anzeige vor.«

»Jetzt hören Sie mal gut zu, Herr Grewe«, sagte Spengler sanft und beinah devot. »Erstens hat hier niemand mit Gewalt gedroht. Ich habe jedenfalls nichts dergleichen gehört, und weitere Zeugen gibt es nicht. Zweitens werden Sie uns jetzt drei Tage lang jeweils um siebzehn Uhr im Präsidium besuchen. Bereiten Sie sich auf lang andauernde Gespräche vor. Wenn Sie keine Vertretung haben, sollten Sie den Laden besser schließen für die Zeit. Drittens erhalten Sie eine Anzeige wegen Falschaussage und Behinderung polizeilicher Ermittlungen. Viertens ...«

»Augenblick, Herr Hauptkommissar«, unterbrach der Wirt. »Ich bin ja bereit, meiner Pflicht als Staatsbürger nachzukommen. Was kann ich für Sie tun? Jetzt wirklich im Ernst. Man muß ja gelegentlich mal einen Scherz machen dürfen. Also nichts für ungut. Es tut mir leid.«

»Wer waren die beiden Männer?«

»Die Namen weiß ich nicht. Ich schwöre es. Aber es waren Russen, die relativ gut Deutsch sprechen. Metzner hat mir gesagt, die arbeiten für eine Art Sekte. Ähnlich wie solche pseudoreligiösen Vereine in Amerika nehmen sie die Leute aus. Sie drängen hier speziell auf den Immobilienmarkt. Zunächst locken sie mit allem möglichen übersinnlichen Zeug, mit Meditation und kreativen Workshops, schmeißen wohl auch kräftig mit Geld um sich, und sichern sich dafür im Gegenzug die Rechte auf Immobilien. Metzner hat da eine Weile mitgemacht und wohl auch kassiert. Er hat denen was von einer Eigentumswohnung der Mutter vorgeschwindelt. Die haben schnell rausgekriegt, daß die Mutter nur zur Miete wohnte, und sich ihn vorgeknöpft. Sie wollten das Geld, das er schon abgesahnt hatte, natürlich zurück. Irgendwie hing da auch Luitgard Sebald mit drin.«

»Mensch, Grewe, eigentlich gehörten Sie wirklich hinter Schloß und Riegel. Wie können Sie uns sowas verschweigen?« fragte Spengler und schnaufte.

»Als Sie neulich hier waren, schienen Sie wenig an genaueren Informationen interessiert zu sein. Routinefragen ohne Pepp. Ich hatte den Eindruck, daß Sie längst eine heiße Spur verfolgten und nur so nebenbei mal bei mir reinschauten. Wissen Sie, in meinem Geschäft entwickelt man ein gesundes Gespür für das, was unbedingt getan werden muß. Da ich nicht darauf aus bin, mich mit diesen Russen anzulegen, habe ich lieber die Schnauze gehalten. Schließlich muß man als freier Geschäftsmann sehen, wo man bleibt. Keiner in meiner Situation geht da ein unnötiges Risiko ein.«

»Sie reden sich um Kopf und Kragen, Mann.« Friedberg steckte das Wechselgeld ein.

»Habe ich nun wieder was Falsches gesagt?« Der Wirt spielte den Beleidigten.

»Kommen Sie heute um siebzehn Uhr zu uns ins Präsidium, damit wir ein Protokoll Ihrer Aussage aufnehmen können.« Spengler rülpste und schüttete den Rest des Bieres in die Spüle. »Schmeckt scheußlich. Bieten Sie mir nie wieder das erste Glas am Morgen an. Bis heute zum Kaffee. Nehmen Sie etwas Gebäck dazu?«

»Und nun?« fragte Spengler, als sie im Auto saßen.

»Immerhin. Obwohl ich zu diesem Sektenkram keine Lust habe. Wieder so ein diffuser Mist. Alles was mit Metzner zu tun hat, ist irgendwie giddelig. Pfui Teufel!«

»Auf zu Luitgard Sebald. Die Dame hat uns ja wohl einiges verschwiegen.«

»Trotzdem bleibt Coldewey mein Favorit.«

»Weil du was gegen Kinderbücher hast. Wahrscheinlich hat dich deine Mutter in deiner Kindheit zu sehr mit Büchern geschunden.«

»Hör auf mit dieser Psycho-Scheiße!« schrie Friedberg.

Spengler lachte fett.

XV

Der Verkehr auf der Autobahn hielt sich in Grenzen. Zwar war die rechte Fahrspur fast durchgehend von Lastern belegt, aber auf der linken Spur konnte Coldewey ziemlich unbehelligt aufdrehen. Nur wenn Laster sich untereinander überholten, sorgte das für Verzögerungen und für Unmut bei Coldewey.

Er hatte Bremen verlassen, ohne die Polizei um Erlaubnis zu bitten, und auch sonst niemanden über seine Fahrt nach Hamburg informiert. Es gehörte zu seinem Job, den Verlag zu besuchen. Gefällige Klassik tönte aus dem Autoradio, und die Reifen sangen einen monotonen Grundton dazu. Coldewey lehnte sich entspannt zurück und genoß es, 180 Stundenkilometer zu fahren, ohne die Geschwindigkeit unangenehm zu spüren.

Erst als er sich durch die Hamburger Innenstadt quälte und den Hauptbahnhof sah, fiel ihm Metzner wieder ein, mit dem er öfter die Oper oder das Schauspielhaus besucht hatte. In Eppendorf fand er nur mit Mühe einen Parkplatz und war eine Viertelstunde zu spät, als er das Verlagsgebäude, eine Gründerzeitvilla, betrat.

Ewald Winkler, der Cheflektor, hatte schon auf ihn gewartet und wirkte leicht verstimmt.

»Tut mir leid, Ewald, ich habe ewig nach einem Parkplatz suchen müssen, und bei euch auf dem Hof war wie immer nichts frei.«

»Ja, das ist lästig. Doch ein kurzer Anruf mit dem Handy wäre hilfreich gewesen. Ich hätte dann solange in eine andere Besprechung gehen können. Trotzdem schön, daß du da bist.« Sie setzten sich in zwei Sessel, und Winkler schenkte Tee ein, der auf einem Tisch mit Stövchen bereit gestellt war. Das Büro bestand nur aus Bücherwänden, einem Schreibtisch und der Sitzecke. Das große Fenster hatte keine Vorhänge. Das einzig Dekorative war der Stuck an der hohen Decke.

»Gibt es aktuelle Verkaufszahlen?« fragte Coldewey.

»Keine Sorge, deine Bücher laufen gut. Und wie weit bist du mit dem neuen?«

»Mitten drin. Aber ich hänge ziemlich. Deshalb wollte ich auch mit dir reden. Ich weiß nicht, ob ich den Liefertermin einhalten kann.«

»Was ist passiert?«

»Ich bin da in eine üble Geschichte geraten. Mein Boot ist neulich entwendet und angesteckt worden. Totalschaden. Und an Bord hat man die Leiche von einem alten Freund und Studienkollegen gefunden. Ulf Metzner. Der Name wird dir nichts sagen.«

»Allerdings sagt der mir was.« Winkler trat an seinen Schreibtisch und nahm ein Blatt Papier von einem Stapel. »Ja, hier – Ulf Metzner. Er hat mir geschrieben. Vor zehn Tagen. Deshalb wollte ich mit dir sprechen, zumal auch noch eine Anfrage der Hamburger Polizei eingegangen ist, ob es bei uns einen Vorgang Coldewey-Metzner gibt. Eine Plagiatsgeschichte.«

»Wie bitte?« Coldewey griff nach dem Brief, aber Winkler hielt ihn zurück.

»Moment. Dieser Metzner schildert in aller Ausführlichkeit eure Beziehung, eure gemeinsame Arbeit an der Uni und beim Bremer Sender. Er behauptet, daß er sowohl bei deinen Filmen als auch bei deinen Büchern aktiv mitgearbeitet habe. Ein Großteil der Ideen und Entwürfe stammten von ihm, und nicht unwesentliche Teile der Texte seien von ihm verfaßt worden. Er habe sich bisher zurückgehalten, weil er gehofft habe, sich gütlich mit dir einigen zu können. Da das nicht möglich sei, müsse er seine Ansprüche nun bei uns geltend machen. Er fordert eine Abfindung von zwanzigtausend Euro.«

»Warum läßt du mich nicht selber lesen?« Coldewey zitterte vor Erregung.

»Entschuldige. Ich wollte dir diesen Schwachsinn ersparen. Es gibt darin einige sehr unschöne Äußerungen über dich. Aber bitte, wenn du dir das antun willst.« Er reichte Coldewey den Brief.

»Mein Gott!« stöhnte er, nachdem er ihn überflogen hatte. »Das fehlte noch. Wieso erfahre ich erst heute davon? Warum hast du mich nicht sofort angerufen?«

»Tut mir leid. Ich war acht Tage in Urlaub, und der Brief ist ungeöffnet liegengeblieben, weil er an mich persönlich adressiert war. Außerdem sah ich keinen Grund zur Hektik. Ich hab dem Kerl kein Wort geglaubt. Und am Telefon wollte ich darüber nicht reden, um die Sache nicht zu dramatisieren.«

»Aber der Anruf der Polizei ...«

»Kam erst gestern, und da dachte ich, wir könnten heute in Ruhe darüber sprechen. Ich hatte nicht die leiseste Ahnung, daß soviel dahintersteckt. Und jetzt ist die Angelegenheit ja wohl ohnehin erledigt, weil der Herr nicht mehr unter den Lebenden weilt.«

»Nur daß mich der Brief unheimlich belastet.«

»Wie das?«

»Metzner ist ermordet worden, und die Polizei verdächtigt mich, der Täter zu sein. Dieses Geschreibsel ist ein gefundenes

Fressen für die Kripo. Wieso wissen die überhaupt davon? Denen muß doch eine Kopie in die Hände gespielt worden sein. Von wem?«

»Aber ein Jörn Coldewey bringt doch für zwanzigtausend Euro keinen Menschen um.«

»Wenn dann noch Eifersucht hinzukommt, ist die Motivation perfekt. Es ist möglich, daß Beate und Metzner etwas miteinander hatten.«

»Willst du mir nicht einfach die ganze Geschichte erzählen, wenn ich schon involviert bin?«

Coldewey berichtete, und Winkler rieb sich seine schmale, spitze Nase, auf die er sich beim Lesen einen altmodischen Kneifer zu stecken pflegte. Seine kühlen grauen Augen waren auf einen fernen Punkt gerichtet. Nur die Mundwinkel zuckten manchmal.

»Üble Sache.« Winkler schlürfte Tee. »Er muß diesen Brief abgeschickt haben, als er schon bei dir zu Hause war. Was hast du ihm getan?«

Coldewey lachte. »Nur Gutes. Aber wo hat er den Brief geschrieben? Der ist eindeutig aus einem Computer mit Drucker. Und nicht von meinem und auch nicht von Beates Notebook. Bei seiner Mutter habe ich keinen Rechner gesehen. Vielleicht bei Luitgard Sebald, seiner Exfreundin ...«

»Aber wieso dieser absurde Plagiatsvorwurf?«

»Er hielt sich für ein verkanntes Genie. Er hat seine Rolle, die er bei meinem Werdegang als Autor und Regisseur gespielt hat, immer überschätzt. Natürlich gab es Anregungen von ihm, oft sogar sehr brauchbare, aber am eigentlichen kreativen Prozeß war er nie beteiligt. Daß das in seinem Hirn anders ausgesehen haben mag, sei dahingestellt. Bei derart symbiotischen Beziehungen wie zwischen Redakteur und Macher sind die Grenzen fließend. Das weißt du aus eigener Erfahrung. Natürlich wirst du in vielen Büchern, die du betreut hast, Eigenes wiederfinden, ohne auf die Idee zu kommen, das als dein geistiges Eigentum einzuklagen. Es ist dein Job, Autoren zu lenken. Erst wenn einer wie Metzner, vom Alkohol zerrüttet und von maßloser Selbstüberschätzung geblendet, seine Rolle nicht mehr findet, wenn er von Neid und Eifersucht so übermannt wird, daß er die Realität nicht mehr sieht, kommt es zu solch aberwitzigen Bezichtigungen. Wenn dann noch eine Frau wie seine Mutter ihn in all den hysterischen Anwandlungen bestätigt, ist die Katastrophe nicht mehr aufzuhalten. Aber daß er dich mit derartigen Ansprüchen überfällt, hätte ich trotzdem nicht für möglich gehalten. Denn es gab ja auch das Andere zwischen uns: herzliche Zuneigung und eine geistige Übereinstimmung, die verblüffend war. Wir hatten, wie man so sagt, absolut die gleiche Wellenlänge.«

»Kann es sein, daß seine Mutter oder jemand anders in der Verwandtschaft diese Plagiatsgeschichte aufgreift und die Forderung aufrecht erhält?«

»Denkbar muß inzwischen alles sein. Nur wie will man irgendwas beweisen? Wenn nichts Schriftliches von Metzner vorliegt, das den Vorwurf erhärtet, hat keiner eine Chance.«

»Und wenn Metzner Beweismaterial fingiert hat?«

»Wie denn? Das Material muß nachweisbar alt sein. Jedes Labor kann feststellen, ob da etwas erst in jüngster Zeit fabriziert wurde, selbst wenn man eine alte Schreibmaschine benutzt hat. Hast du Angst, daß der Verlag Ärger bekommt?«

»Nein, aber jede Art von Prozeß oder Prozeßandrohung würde deinen Namen beschädigen. Ein Kinderbuchautor braucht wie kein anderer seine Integrität. Und du weißt: hängen bleibt immer was.«

»Du machst mir wirklich Mut.«

Die Rückfahrt verlief quälend langsam. Zwischen den Elbbrücken und dem Horster Dreieck kam es immer wieder zu Staus oder stop and go Verkehr. Coldewey hatte beißenden Hunger, ohne Appetit zu haben. Er hätte keinen Bissen heruntergebracht und hatte trotzdem das Gefühl, daß sein Magen in schmerzende Einzelteile zerriß und ein wundes Loch hinterließ.

Er fuhr direkt zur Wohnung von Luitgard Sebald in Blockdiek in der Nähe des Osterholzer Friedhofs. Luitgard öffnete ihm und wirkte nicht überrascht. »Wie schön, daß Sie mal vorbeischauen. Kommen Sie rein.« Sie ließ ihn vorbei und schloß sanft die Tür hinter ihm.

»Ich muß Beate sprechen.« Er hielt sich die Hand vor den Mund, weil er fürchtete, der marode Magen könnte üblen Geruch freisetzen.

»Da haben Sie Pech. Sie ist zu den Kindern gefahren, zu Axels Geburtstag.«

»Oh, Gott! Den hab ich vergessen. Ich muß sofort los und noch ein Geschenk besorgen.«

»Nun beruhigen Sie sich erstmal. Für eine Tasse Kaffee wird bestimmt noch Zeit sein. Kommen Sie.«

Sie führte ihn ins Wohnzimmer. Das war klein und gepflegt. Schlichte Ikea-Möbel, gerahmte Kunstdrucke und ein roter Kelim-Teppich sorgten für eine anheimelnde Atmosphäre. Ein Computer mit Drucker stand auf einem Schreibtisch.

»Setzen Sie sich. Ist Kaffee recht? Oder lieber Tee?«

»Vielleicht besser Tee. Ich hab's ein wenig am Magen.«

Sie verschwand in der Küche. Er schaute sich um. Aus dem Fenster sah man den Friedhof, dem sanftes Sonnenlicht alles Schreckliche nahm. Der Verkehrslärm von der Ludwig-Roselius-Allee dröhnte durch das gekippte Fenster und schrie ihm ins Ohr: das Leben geht weiter. Er betrachtete den ›Turm der blauen Pferde‹ von Franz Marc und zuckte zusammen, als Luitgard Sebald die Teekanne auf den Tisch stellte. Sie schenkte ein und setzte sich ihm gegenüber. Sie trug ein enges Top und einen kurzen Jeansrock. Die nackten Beine leuchteten braun und glatt. Sie war barfuß.

»Kann es sein, daß Metzner noch auf Ihrem Computer geschrieben hat, als er schon bei uns wohnte?« Der heiße Tee beruhigte Coldewey.

»Ja. Er war einmal hier, um Post zu erledigen. Er sagte, er wolle Ihren Rechner nicht benutzen, Sie seien etwas heikel damit.«

»Unsinn. Er hat mich überhaupt nicht gefragt.«

»Ja, er war schon ein merkwürdiger Zeitgenosse.« Sie lächelte.

»Hat er seine Sachen gespeichert?«

»Klar. Er hatte einen eigenen Ordner. Die Polizei hat vor ein paar Tagen alles kopiert. Willst du's dir ansehen?«

Coldewey lächelte verlegen. Das plötzliche ›Du‹ überraschte ihn.

»Was ist? Ach so, weil ich dich geduzt habe.« Sie lachte und schlug die Beine übereinander, wobei der kurze Rock nichts mehr zu verbergen hatte. »Weißt du, ich habe von Beate soviel über dich gehört, daß es mir albern vorkommt, wenn wir uns siezen. Oder hast du ein Problem mit dem ›Du‹?«

»Überhaupt nicht. Nur hatte ich nicht damit gerechnet.«

»Komm, ich zeig dir, was Metzner bei mir abgelegt hat.« Sie wies auf den Stuhl am Schreibtisch. Als Coldewey sich setzte, zog sie einen zweiten Stuhl heran und rückte ihm so nahe, daß er ihr frisches Parfüm riechen mußte. Ihr nackter Arm bewegte sich vor seiner Nase, als sie die Tastatur bediente und Metzners Ordner öffnete. Der Brief an den Verlag war sofort gefunden. Ebenso zwei Briefe an die Mutter aus der letzten Zeit. In beiden ging es um Geld, aber in einem auch ausführlich um seinen Aufenthalt in der Heinrich-Heine-Straße. Er schrieb von seinen ›glücklichen Stunden‹ mit Beate und von seiner Angst vor Coldewey. ›Weißt Du, er kann nicht akzeptieren, daß es seine Versäumnisse in der Ehe sind, die mir Beate in die Arme treiben, seine Kälte, seine Roheit. Oft fühle ich mich wirklich bedroht von ihm. Er neigt zu Ausbrüchen, wie ich von Beate erfahren habe. Ich habe es nicht darauf angelegt, ihm Beate abspenstig zu machen. Es hat sich einfach so ergeben, war gleichsam höhere Gewalt. Aber es tut mir gut, von dieser wunderbaren Frau begehrt zu werden. Es hilft mir über vieles hinweg und verleiht mir Kräfte, die ich schon für versiegt gehalten habe. Ein spätes, vielleicht zu spätes Glück!‹.

»Mein Gott! Kanntest du den Brief?«

Luitgard nickte.

»Und Beate etwa auch?«

»Ja, sie wollte alles lesen, was Metzner hier gespeichert hat. Tut mir leid.«

»Und die Polizei natürlich erst recht. Warum hast du diesen ganzen Dreck nicht gelöscht? Du hättest dir doch denken können, daß man das gegen mich verwendet.«

»Was verlangst du von mir? Sollte ich mich mitschuldig machen?«

»Ja, was verlange ich von dir? Die Briefe waren sowieso in der Welt. Sicher hat Anneliese dieses Geschreibsel mit Wonne der Polizei ausgehändigt. Hoffnungslos, absolut hoffnungslos.«

»Hättest du mich denn gern auf deiner Seite?« fragte sie leise.

»Im Moment kann ich jede Hilfe brauchen.«

»Ich rede viel mit Beate über dich, aber so richtig verstanden habe ich ihre Trennung von dir nicht.«

Coldewey spürte Luitgards Haar an seiner Wange. Ein nackter Arm legte sich auf seinen Unterarm. Sie zog ihn auf dem Stuhl zu sich herum. Wie selbstverständlich fanden sich ihre Lippen. Routiniert knöpfte sie ihm Hemd und Hose auf. Blitzschnell war sie selber nackt. Sie schafften er gerade noch bis zur grauen Couch.

»Schläft hier Beate?« fragte Coldewey mit rauher Stimme, nachdem sie zu Atem gekommen waren.

»Ja. Stört dich das nachträglich?« Sie lachte leise.

»Ein bißchen Verrat ist es schon, oder? Von uns beiden.«

»Ist das noch wichtig? Außerdem werden wir sicher kein Liebespaar. Du wolltest Hilfe, und ich spiele gern mal die Samariterin, wenn ich selbst dabei auf meine Kosten komme.«

»Was verbindet dich mit Beate?«

»Gegenseitige Sympathie. Und ich kann Gesellschaft brauchen. Seit Ulf ausgezogen ist, fällt mir die Decke auf den Kopf. Beate paßt gut auf mich auf. Da sie nie Alkohol trinkt, kann ich selbst besser darauf verzichten. Wir sind oft sehr albern.«

»Beate und albern? Ich denke, ihr trauert um Metzner.«

»Auch und nicht zu knapp. Aber der Tag ist lang. Beate ist viel kindlicher, als du denkst. Sie traut sich nicht, dir das zu zeigen. Sie weiß nicht, welche Frau du eigentlich in ihr siehst.«

»Auf jeden Fall eine, die wir beide nicht enttäuschen sollten. Bitte kein Wort über das hier eben.«

Luitgard schüttelte lächelnd den Kopf.

Coldewey besorgte einen Legobaukasten für ein Feuerwehrauto und fuhr in die Colmarer Straße. Schon vor der Tür hörte er Lärm von Kindern. Dagmar ließ ihn herein. »Oh, der Opa! Hast du's also nicht vergessen trotz all deiner Sorgen.« Sie küßte ihn auf die Wange. «Axel wird sich freuen. Er hat schon nach dir gefragt.«

»Hallo, Papa!« Thomas Coldewey schüttelte seinem Vater die Hand, vermied es aber, ihm in die Augen zu sehen.

Als sie das Wohnzimmer betraten, sprang Axel ihm in die Arme. »Mein Opa ist da!« schrie er und stürmte mit dem Geschenk in eine Ecke, wo er das Papier abriß. Frank und mehrere Kinder aus der Nachbarschaft saßen um den Eßzimmertisch und spielten die ›Schokohexe‹. Beate half den kleineren von ihnen. Sie winkte Coldewey kurz zu, ohne den Blick von den Karten zu heben.

»So eins hab ich mir schon lange gewünscht!« Axel bedankte sich bei seinem Großvater.

»Magst du noch ein Stück Kuchen? Die Kinder sind bereits abgefüttert. Und Kaffee, ja?« Dagmar sah ihn liebevoll an. Er konnte nicht nein sagen.

Während Beate und Thomas sich den Kindern widmeten, setzte sich Dagmar zu ihm ins Wohnzimmer, nachdem sie ihn versorgt hatte. »Wo sind deine Eltern?« fragte Coldewey.

»Mama mußte sich mit Sommergrippe ins Bett legen, und Papa ist heilfroh, eine Ausrede zu haben. Er haßt Kindergeburtstage, wie du weißt. Er guckt später noch mal rein und bringt ein Geschenk vorbei. Und du? Hast du dich ein bißchen erholt? Du siehst besser aus als neulich.«

»Ach, das täuscht«, sagte Coldewey verlegen. Er hatte Angst, nach Frau zu riechen. »Ich war in Hamburg beim Verlag und eben noch bei Frau Sebald. Ich dachte, ich könnte Beate mitnehmen, aber die war schon weg.«

Er betrachtete seine Frau, die von der Aufregung des Spiels mit ihren roten Wangen selbst wie ein Kind wirkte. In solchen Momenten hatte sie große Ähnlichkeit mit Mia Farrow.

»Man kann sich euch schlecht getrennt vorstellen«, sagte Dagmar nachdenklich. »Für mich wart ihr immer das Paar schlechthin. Wahrscheinlich liegt das auch daran, daß man von Konflikten zwischen Eltern oder Schwiegereltern nichts wissen will. Man braucht um sich herum möglichst feste Einheiten, um die Schwierigkeiten in der eigenen Ehe besser aushalten zu können.«

»Das klingt fast so, als hättest du Probleme mit Thomas.«

»Ich will unbedingt wieder in den Schuldienst. Axel kommt bald in den Kindergarten, und Frank könnte dreimal die Woche von unserer Zugehfrau betreut werden. An den übrigen beiden Tagen könnten Thomas und ich uns abwechseln, wenn wir beide mit reduzierter Stundenzahl arbeiten würden. Aber dein Herr Sohn weigert sich.«

»Soll ich mal mit ihm reden?«

»Ich glaube, das wäre im Moment nicht der richtige Weg.«

»Du meinst, er hört nicht mehr auf mich.«

»Er steht ganz und gar auf der Seite seiner Mutter. Er sieht die Fehler nur bei dir.«

»Ach, Dagmar, ich weiß nicht mehr weiter. Alles scheint sich gegen mich verschworen zu haben. Ich habe das Gefühl, ich lebe in einem Alptraum, aus dem mich keiner wecken will. Ich habe mit Luitgard Sebald geschlafen. Gerade vor einer Stunde.«

»Ich denke, sowas solltest du mir nicht erzählen.«

»Ich muß mit jemandem darüber reden. Nur mit dir geht das überhaupt.«

»Trotzdem möchte ich keine Geheimnisse mit dir haben. Das bin ich Thomas und deiner Frau schuldig.«

»Ich habe Angst, daß die Sebald Beate einweiht. Sie hat mir zwar versprochen, dicht zu halten, aber ich kenne sie zu wenig, um sicher sein zu können. Wenn sie plaudert, ist es endgültig aus mit Beate, fürchte ich, weil ich sie doppelt hintergangen habe. Ich habe sie betrogen und obendrein noch mit ihrer zur Zeit besten Freundin.«

»Jörn, ich verstehe, daß du im Moment ziemlich durch den Wind bist, aber ich möchte keine Vertraulichkeiten zwischen uns beiden, die mich deiner Frau oder Thomas gegenüber befangen machen.«

»Es ist passiert, Dagmar. Du bist jetzt Mitwisserin, auch wenn es dir nicht gefällt. Ich verstehe mich selbst nicht mehr. Wieso gehe ich mit einer Frau ins Bett, die mir nichts bedeutet?«

»Sie war die Geliebte von Metzner. Man könnte vielleicht sagen: du eignest dir an, was mal ihm gehört hat. Oder es war dir wichtig, gewaltsam in eine Beziehung einzubrechen, die dich stört, die Freundschaft zwischen den Frauen.«

»Wäre mir das bewußt gewesen, hätte ich es nicht gewollt und nicht getan.«

»Laß uns das Thema wechseln. Die Flüsterei fällt allmählich auf. Ich werde jetzt mal Beate am Tisch ablösen und zu dir schikken. Sprecht euch aus, verdammt noch mal, es ist noch nicht zu spät. Ihre verstohlenen Blicke zu dir sagen alles. ›Ego te absolvo‹.« Sie stand auf und küßte ihn auf die Stirn.

Beate überließ Dagmar ihren Platz und verschwand auf die Toilette. Sie hatte sich gekämmt und frisch geschminkt, als sie ins Wohnzimmer kam und sich zu Coldewey setzte. »Hallo«, sagte sie leise.

»Hallo. Schön, dich zu sehen. Hat Spaß gemacht mit den Kindern, nicht wahr? Du wirkst gleich zehn Jahre jünger, wenn man dich so erlebt.«

»Gut, daß du an den Geburtstag gedacht hast. Ich wollte dich erst anrufen und erinnern. Aber dann hab ich mich nicht getraut. Du bist so schnell gekränkt.«

»Ich hab nicht nur daran gedacht, ich wollte dich sogar abholen bei Frau Sebald. Doch du warst schon unterwegs.«

»Ach, du warst in Blockdiek. Gefällt dir die Wohnung?«

»Ein bißchen klein, aber hell und hübsch eingerichtet. Auf dem Friedhof kann man sicher schön spazierengehen. Arbeitet Luitgard tagsüber nicht?«

»Sie erledigt viel zu Haus auf dem Computer und fährt nur in die Firma, wenn sie gebraucht wird. So können wir einiges zusammen unternehmen. Stell dir vor, ich habe endlich den King-Kong-Film gesehen. Es war wie in der Kindervorstellung.« Beate lachte.

»Aber deine Arbeit? Du kannst doch nicht alles liegenlassen. Du hast Abgabetermine.«

»Ich habe viel telefoniert. Einiges ließ sich verschieben, anderes habe ich abgesagt.«

»Warum hast du mir nie erzählt, daß du Metzner zweitausend Euro gegeben hast?«

»Weil du ein Riesentheater veranstaltet hättest. Willst du wieder streiten?«

»Neinnein, um Gottes willen nein! Ich bin froh, daß du mit mir redest. Noch froher wäre ich, wenn du wieder nach Hause kämst.«

»Der Gedanke daran macht mir immer noch Angst.«

»Ich brauche dich, Beate. Es stürmt soviel auf mich ein. Stell dir vor, Ulf hat an den Verlag geschrieben und mich des Plagiats beschuldigt. Alle meine Arbeiten beruhten größtenteils auf seinen Ideen.«

»Ich kenne den Brief. Luitgard hat ihn mir gezeigt. Es kann eben nicht gutgehen, wenn Freunde beruflich zusammenarbeiten.«

»Du weißt, daß ich mich nicht danach gedrängt habe. Ulf hat mich damals geradezu bekniet, für ihn zu schreiben und Regie zu führen.«

»Siehst du, das ist der Grund, weshalb ich Angst habe. Diese dauernden Schuldzuweisungen. Ich habe Ulf als einen besonders liebenswerten, aufmerksamen Freund erlebt, und so möchte ich ihn in Erinnerung behalten. Es ist zwar traurig, aber nicht zu ändern, daß wir beide keine gemeinsame Sprache mehr sprechen.«

»Beate, das ist alles nur ein Spuk. Laß uns das Netz, das sich über uns gelegt hat, einfach zerreißen. Wir lieben uns doch noch.«

»Bist du sicher? Ich sehe zwar, daß du leidest, und das tut mir weh. Doch ich weiß nicht, wie ich dir helfen soll oder uns beiden. Es ist ja nicht so, daß es mir leicht fällt, von dir getrennt zu sein. Oft habe ich schreckliche Sehnsucht nach Zuhause. Wenn ich in den Gesichtern der Kinder die Ähnlichkeiten mit dir entdecke, könnte ich heulen. Nur die Vorstellung, daß alles wieder so sein soll wie vor Ulfs Erscheinen, läßt mich innerlich erstarren. Bei Luitgard bin ich gut aufgehoben. Sie ist intelligent, temperamentvoll und überhaupt nicht festgelegt. Ich habe seit meiner Jugend nicht mehr so spontan gelebt wie mit ihr. Wir verstehen uns auf Anhieb und können uns nach Streitereien sofort wieder lachend in die Arme fallen. Da gibt's keine tagelange Schmollerei oder Gereiztheit, keine undefinierbaren Mißstimmungen, keine verschleppten Kränkungen.«

»Und ich bleibe dabei auf der Strecke. Du solltest eigentlich wissen, daß diese Leichtigkeit einer Beziehung vor allem darauf beruht, daß man sich nur oberflächlich miteinander einläßt. Man klammert konfliktträchtige, emotionale Bereiche einfach aus. Das ist kein Liebesverhältnis, sondern ein reines Zweckbündnis, um sich gegenseitig das Leben zu erleichtern und viel Spaß zu haben.«

»Siehst du, schon wieder weißt du alles besser. Wieso ist das kein Liebesverhältnis? Wie definierst du Liebe?«

»Beate, ich bitte dich.«

»Du kennst dich doch in emotionalen Angelegenheiten gar nicht mehr aus.«

»Beate, du verrennst dich völlig. Luitgard ist alkoholgefährdet. Ich weiß von Metzner, daß es nicht nur unzählige Männergeschichten in ihrem Leben gab, sondern daß sie auch zur Prostitution neigt. Sie hat als Drogenkurierin gearbeitet und krumme Geschäfte gemacht.«

»Ich weiß. Sie spricht ganz offen darüber. Und wenn sie das mit ihrem erfrischenden Humor tut, verliert ihre Vergangenheit alles Anrüchige. Man könnte sich totlachen, wenn sie erzählt, wie sie die Machos aus der Drogenszene reingelegt hat.«

»Beate, was ist nur mit dir passiert?«

»Ganz einfach: ich bin im Moment relativ glücklich. Bis auf die Sache mit Metzner natürlich. Ich vermisse ihn sehr. Dich auch, um ehrlich zu sein. Aber du tust mir nicht gut. Das ist leider eine Tatsache.«

»Beate, ich habe vieles falsch gemacht und bin bereit, Konsequenzen zu ziehen. Wir könnten versuchen, noch einmal von vorn anzufangen.«

»Red keinen Unsinn, Coldewey. Wie wäre es, wenn du dich jetzt mal ein bißchen deinen Enkeln widmen würdest. Ich fände es übrigens schön, wenn du mich nachher zu Luitgard fahren könntest.«

»Das möchte ich lieber nicht.«

»Auch gut.«

XVI

Spengler und Friedberg trafen Luitgard Sebald erst am späten Nachmittag an, nachdem sie zweimal vergeblich bei ihr angerufen hatten. »Schwer, Sie zu erreichen«, sagte Friedberg, als sie endlich die Wohnung in Blockdiek betraten.

»Ich war in der Firma und hab Besorgungen gemacht. Ist das verboten?« Luitgard schenkte Friedberg ihr schönstes Lächeln. »Und Beate Coldewey hat sich erlaubt, ihren Enkel Axel zum Geburtstag zu besuchen, falls Sie die suchen.«

»Wir wollen zu Ihnen, Frau Sebald.« Spengler legte die Hand auf eine Stuhllehne. »Dürfen wir uns setzen?«

»Natürlich. Ich kann Ihnen auch einen Tee oder Kaffee kochen. Oder lieber Mineralwasser mit Zitrone? Bei der Hitze vielleicht angebrachter als was Warmes. Wie schön, daß man sich jetzt öfter trifft. Wenn man Polizisten nur aus dem Fernsehen kennt, ist man neugierig, wie solche Menschen, die sich mit den Schattenseiten des Lebens befassen, in Wirklichkeit aussehen. Ich bin angenehm überrascht, meine Herren, und freue mich, Sie bewirten zu können. Also, was möchten Sie trinken?«

»Nichts. Vielen Dank.« Spengler und Friedberg hatten sich auf zwei harte Stühle gesetzt, während Luitgard es sich in einem Sessel bequem machte und viel nacktes Bein zeigte. Sie ließ die Ballerinas auf den Boden plumpsen und zog die Füße unters Gesäß. Friedberg tat sich keinen Zwang an und nahm das zur Schau gestellte Fleisch gründlich in Augenschein. »In früheren Zeiten hatten Sie aber schon Begegnungen mit der Polizei, oder?« fragte er frech.

»Ach, erinnern Sie mich nicht daran. Das war in einer anderen Welt. Das wirkt auf mich heute genauso irreal wie eine Hannelore Elsner als Kommissarin. Ich war keine glaubwürdige Ganovin. Deshalb bin ich ja auch wohl mit Bewährung davongekommen. Selbst der Staatsanwalt war mehr an meiner Figur interessiert, als an meinen Vergehen. Er hat mich ähnlich taxierend angeschaut wie Sie, junger Mann.« Sie schenkte Friedberg noch ein bezauberndes Lächeln.

»Schluß jetzt«, sagte Spengler energisch. »Ihre sexuellen Gewohnheiten sind schon aktenkundig. Wir brauchen keinen neuen Anschauungsunterricht, Frau Sebald.«

»Sie machen das nicht schlecht. Man könnte darauf reinfallen, wenn man neu in dem Job wäre.« Friedberg grinste und ließ seine Zunge zwischen den Lippen spielen.

»Schade, daß einem immer alle Illusionen genommen werden im Umgang mit der Staatsgewalt.« Luitgard legte demonstrativ ein Kissen über die Beine. »Was kann ich für Sie tun?«

»Was wissen Sie über eine russische Sekte, mit der Sie und Metzner angeblich zu tun hatten?« fragte Spengler. Eine Schweißperle tropfte vom Kinn aufs Hemd.

»Sie meinen das ›Petersburger Glöckchen‹, oder?«

»Hübscher Name. Unsere Sektenbeauftragte konnte uns nicht sagen, woher er kommt.«

»Der geht auf ein russisches Märchen zurück. Hat was mit übersinnlichen Phänomenen zu tun.«

»Also genau das Richtige für Freund Metzner.« Friedberg griff sich ungeniert in den Schritt und korrigierte den Sitz der Hose.

»Mag sein. Allerdings kam ich zuerst mit dem Verein in Berührung. Das lief über die Firma. Die Russen haben einige Immobilien von uns umbauen oder renovieren lassen.«

»Und welche Erfahrungen haben Sie mit denen gemacht, geschäftlich, meine ich?«

»Nur die besten. Sie legen großen Wert darauf, nicht auffällig zu werden. Sie halten sich an alle Auflagen und zahlen überaus pünktlich. Im Baugewerbe eher unüblich. Der Geschäftsführer, ein gewisser Balakow, ist ein sehr charmanter Mann, einer, mit dem man Pferde stehlen kann, wie es so schön heißt. Er hat mir Prospekte von seinem Verein mitgebracht. Da mich Russisches schon immer fasziniert hat, von den Don-Kosaken bis zu Chagall, hab ich mich dort umgesehen. Ein Meditationskurs für Suchtkranke, speziell für Alkoholiker, wie es sie ja in Rußland besonders reichlich gibt, hat mir sehr geholfen. Und daß ich kein Geld dafür bezahlen mußte, fand ich überaus erfreulich.«

»Die ködern also die Leute mit kostenlosen Angeboten?« Friedberg strich sich über die Augenbrauen.

»Nicht nur das. Sie geben auch Kredite zu günstigen Konditionen und helfen sogar mit Geldgeschenken aus – übrigens der Grund, weshalb Metzner sich für sie interessierte.«

»Haben Sie für die Sekte gearbeitet? Zum Beispiel geworben? Mit Ihrer Baufirma ...«

»Die Firma gehört mir nicht. Ich bin nur Angestellte.«

»Sie haben offensichtlich Sonderrechte in dem Betrieb. Sie können kommen und gehen, wie Sie wollen, werden überdurchschnittlich bezahlt und haben in früheren Jahren öfter Provisionen kassiert, wahrscheinlich in der Zeit, als Sie auch für die Sekte gearbeitet haben.«

»Sie sind ja gut informiert.« Das Lächeln machte ihr Mühe.

»Wir hatten heute morgen Gelegenheit, mit Ihrem Chef zu sprechen und ein bißchen in den Akten zu stöbern«, sagte Spengler verbindlich.

»Der Chef redet so von Ihnen, als würden ihn Ihre kurzen Röcke sehr beeindrucken«, fügte Friedberg hinzu.

»Wenn ich mit Ihnen arbeiten müßte, würde ich mich wie eine Muslimin verschleiern«, giftete Luitgard.

»Es sieht danach aus, als hätte es einen Deal zwischen Ihrer Firma und den Russen gegeben.« Spengler bemühte sich um Sachlichkeit.

»Alles legal. Balakow war interessiert an Immobilien, und wir konnten einige sehr günstig anbieten. Wir haben alte oder baufällige Objekte gekauft und saniert. Balakow hat sie übernommen und weiterverkauft.«

»Mit Riesengewinnen für alle Beteiligten. Eure Sanierungen gelten nicht gerade als vorbildlich. Man spricht von Oberflächensanierung. Und Balakow hat diese Immobilien völlig überteuert an Sektenmitglieder verscherbelt, denen er vorher wirklich wertvollen Besitz fürn Appel und'n Ei abgeluchst hat. Schmackhaft gemacht hat er seinen geprellten Jüngern den Tausch mit dem Versprechen, sie rundum psychisch und physisch zu versorgen in den aus Billigimmobilien gezauberten Wohngemeinschaften. Diese ›Petersburger Gärten‹ überziehen mittlerweile die ganze Stadt, und der Wahnsinn ist: die Leute sind auch noch glücklich darin. Das Betreuungsprogramm von Balakow mit den Andachten, Workshops und Meditationsübungen ist perfekt organisiert. Die Leute fühlen sich geborgen und als Teil einer großen Familie. Sie wollen nicht wahrhaben, daß sie gnadenlos ausgebeutet werden. Diese Verbindung von pseudoreligiösem Humbug und Immobilienpiraterie ist schon besonders infam.« Spengler schüttelte sich. »Und das Ganze ist von fragwürdigen Anwälten so abgesichert, daß juristisch nichts dagegen zu machen ist. Wenn ein gläubiger Glöckchen-Fan eine Immobilie im Wert von zweihunderttausend für hunderttausend verkauft und für diese Summe ein Appartement im ›Garten‹ erwirbt und dabei selig ist, wer will da richten? Selbst wenn Balakow, dieser Helfer der Menschheit, dabei eben mal so hundertfünfzigtausend einstreicht.«

»Weil die ganze Sache so dubios ist, haben wir uns daraus zurückgezogen«, sagte Luitgard kleinlaut.

»Und das ist auch gelogen. Sie und Ihr sauberer Chef haben die Mücke gemacht, als die ganze Chose in die Luft zu fliegen drohte. Und zwar durch Metzner.« Friedberg rieb sich die Hände.

»Wie kam Metzner zum ›Petersburger Glöckchen‹?« fragte Spengler ruhig.

»Durch mich natürlich. Ich hatte ihm davon erzählt. Auch von dem Meditationskurs, der mir so gutgetan hatte. Er war wie elektrisiert. Ich machte ihn mit Balakow bekannt, und es schien, als hätten die beiden einen guten Draht zueinander. Wovon ich nichts wußte, war die Schwindelei von Metzner wegen der angeblichen Eigentumswohnung seiner Mutter. Er hatte Balakow um Geld angehauen und dafür als Sicherheit die Wohnung von Anneliese Metzner angegeben, die ihm demnächst überschrieben würde. Der sonst so vorsichtige Balakow fiel darauf rein, weil er Metzner wegen seiner Freundschaft mit mir für zuverlässig hielt. Er gab ihm dreitausend Euro. Kurze Zeit später flog die Sache auf. Balakow und seine Männer setzten Metzner unter Druck, um das Geld zurückzubekommen, aber der hatte damit alte Schulden bezahlt und keinen Cent mehr in der Tasche.«

»Wegen dreitausend Euro läßt ein gewiefter Gauner wie Balakow keinen Mord begehen.«

»Natürlich nicht. Nur hat Metzner den Bogen überspannt. Er hat mit seinen alten Beziehungen zum Sender geprahlt. Es sei ihm ein Leichtes, bei ›Buten und Binnen‹ einen Enthüllungsbericht über das ›Petersburger Glöckchen‹ unterzubringen. Mit seiner großkotzigen Art hat er bei Balakow alle Alarmglocken schrillen lassen, denn schlechte Publicity wäre das Letzte, was er brauchen kann.«

»Klingt doch fabelhaft. Endlich ein handfestes Motiv. Ist es Ihnen eine Genugtuung, Balakow zu belasten und sich selbst damit aus der Schußlinie zu bringen?« Friedberg betrachtete ihre Füße.

»Ich weiß nicht, wovon Sie reden.«

»Wann hat Metzner das große Faß aufgemacht?« fuhr Friedberg fort.

»Nach der Schlägerei vor der ›Hansa-Klause‹.«

»Und da ist dann auch Ihre Firma auf Distanz zu Balakow gegangen?«

»Wenn die Medien erstmal auf dem Plan sind, entwickeln solche Vorgänge eine Eigendynamik, die man nicht mehr steuern kann. Vor allem wenn sowieso schon Gerüchte im Umlauf sind. Denn die ›Glöckchen-Kinder‹, wie Balakow sie nennt, haben natürlich Verwandte und potentielle Erben, denen die finanziellen Machenschaften nicht koscher waren. Jedenfalls kriegte mein Chef kalte Füße.«

»Und um im Falle eines Skandals von sich abzulenken, hat er Sie zum Quartalsende entlassen. So hätte er Ihnen als Freundin von Metzner und Kontaktfrau zu Balakow alles in die Schuhe schieben können.« Friedberg grinste zufrieden.

»Hat er also geplaudert. Das sollte unter uns bleiben.« Luitgard wischte sich die Augen.

»Metzner ist tot, alles zurück, marsch marsch! Ihr Chef kann seine Kündigung zurückziehen, denn er ist wie Sie und Balakow aus dem Schneider. Finden Sie nicht auch, daß Metzners Tod wie gerufen kam. Jeder von Ihnen dreien hatte guten Grund, die Schlinge zuzuziehen.« Spengler lächelte gütig.

»Wo waren Sie letzten Montag zwischen zwanzig Uhr und Mitternacht?« fragte Friedberg schnell.

»Wie soll ich das noch wissen? Ich war eigentlich die ganze Woche abends zu Hause. Vielleicht hab ich gearbeitet oder ferngesehen. Auf jeden Fall war ich nicht mit Metzner auf dem Boot.«

»Wann ist Ihnen gekündigt worden?« Friedberg streichelte seine Unterarme.

»Was fragen Sie? Mein Chef hat es Ihnen längst gesagt. Es war vor etwa zehn Tagen, also vor Metzners Tod. Wollen Sie mich festnehmen?« Luitgard Sebald hatte allen Glanz verloren. Die Falten an den Augen und Mundwinkeln traten krass hervor.

»Sie haben sich den Coldeweys an den Hals geschmissen, als Sie wußten, daß Sie Ihren Job verlieren. Eine Beate zur Freundin zu haben, kann sehr hilfreich sein. Sich ins warme Nest zu setzen, haben Sie bei Metzner gelernt.« Friedberg stand auf und reckte sich.

»Beate ist bei mir eingezogen, nicht ich bei ihr!« sagte Luitgard heftig und sprang auf. Sie wirkte klein neben Friedberg.

»Wenn es demnächst darum geht, wer hier die Miete zahlt, wird sich Frau Coldewey sicher nicht lumpen lassen. Machen wir uns nichts vor, liebe Dame, Sie haben es immer verstanden, gut für sich zu sorgen.« Friedberg grinste auf sie herab.

»Sie wollen mir was anhängen, Sie mieser Bulle! Aber das wird Ihnen nicht gelingen. Ich habe Metzner viele Jahre mit durchgeschleppt, ich habe einen Druckkostenzuschuß für ihn gezahlt, ich habe Zigtausende in dieses Wrack investiert!« Sie zitterte vor Aufregung.

»Noch ein Grund mehr, ihn endlich loszuwerden!« Friedberg verstärkte sein Grinsen.

»Sie widerlicher Mistkerl!« Luitgard stellte sich breitbeinig vor Friedberg hin, die Hände in die Taille gestemmt. «Auch wenn es über Ihren Verstand geht, ich habe Metzner geliebt!« zischte sie.

»Moment, Moment!« Spengler stand auf und schob Luitgard zurück zur Couch. »Wir wollen doch bitteschön auf dem Teppich bleiben. Ihr hitziges Temperament gibt allerdings zu denken, gnädige Frau. Ich darf Sie bitten, die Stadt in den nächsten Tagen nicht zu verlassen. Wir werden zunächst mit Herrn Balakow reden, der übers Wochenende verreist war, und dann wieder auf Sie zukommen.«

»Was ist passiert?« Niemand hatte bemerkt, daß Beate das Zimmer betreten hatte. Das weiße Kleid im goldenen Abendlicht verlieh ihr etwas Engelhaftes. Luitgard stürzte sich in ihre Arme. »Gut, daß du da bist, mein Schatz. Die Herren wollten gerade gehen. Ist das nicht ein wunderschöner Sonnenuntergang?« Sie zeigte aus dem Fenster. Nachdem sie ihre Ballerinas angezogen hatte, fand sie blitzschnell ihr überlegenes Lächeln wieder. Die Gesichtshaut glättete sich wie von Zauberhand berührt. »Erzähl mir von Axels Geburtstag. Du weißt ja, wie ich dich um deine Enkel beneide.« Sie führte Beate zum grauen Sofa und zog sie neben sich. Eng saßen sie beieinander. Ihre nackten Arme berührten sich.

»Also dann.« Spengler schob den widerstrebenden Friedberg aus dem Zimmer und aus der Wohnung.

»Was soll die Eile?« Friedberg startete mißmutig den Wagen. »Ich hätte gern erlebt, wie die Coldewey reagiert, wenn wir über ihre Freundin auspacken. Die hat doch völlig falsche Vorstellungen von der Sebald.«

»Und wenn schon. Was hast du davon, die eine vor der anderen zu blamieren? Laß dich doch heute abend von Angelika befriedigen.«

»Wenn wir Madame festnehmen, geht diese edle Freundschaft sowieso in die Binsen.«

»Warum sollten wir? Die Sebald ist zwar ein Miststück, aber keine Killerin.«

»Der Metzner hat sie um alles gebracht. Sie steckt bis zum Hals in der Scheiße. Ich trau der einiges zu, so wie die mich mit Blicken töten wollte.«

»Wenn einer Probleme mit Gewalt löst, dann Balakow. Oder seine Schergen. Da müssen wir ansetzen.«

Balakow bewohnte eine elegante Villa an der Schwachhauser Heerstraße. Im unteren Teil waren Büro und Veranstaltungsräume zu finden, im Obergeschoß die Privatzimmer des ›Meisters‹, wie er sich anreden ließ. Er empfing sie im Büro, das mit teuren italienischen Möbeln ausgestattet war. Man sah viel Chrom und schwarzes Leder. An den Wänden alte Stiche mit religiösen und mythologischen Themen in modernen Silberrahmen. Trotz des späteren Abends herrschte im Vorzimmer und in den anderen Räumen Betrieb.

»Nett, daß Sie uns zu dieser Stunde noch zur Verfügung stehen können«, sagte Spengler und setzte sich vorsichtig in einen Ledersessel, als könnte er ihn mit seinem Gesäß beschädigen. Friedberg blieb stehen und betrachtete die Stiche an den Wänden. Balakow lehnte sich gegen den Schreibtisch und verschränkte die Arme. Er trug trotz der Wärme ein dunkles Jackett, eine dunkle Hose und italienische Schuhe. Alles saß perfekt und verriet, daß der Mann für sich selbst nicht sparte.

»Mit Vergnügen, meine Herren. Bei uns gibt es keinen normalen Büroschluß. Ein Großteil unserer Veranstaltungen findet erst nach zwanzig Uhr statt. Und darüber hinaus sind wir zu jeder Stunde für unsere Schäfchen da. Darf ich Ihnen etwas anbieten?«

Spengler dankte und schüttelte den Kopf. Er schaute zwischen den beiden Männern hin und her, die sich offensichtlich nicht durch Hinsetzen verkleinern wollten. Balakow hatte grobe Gesichtszüge und eine niedrige Stirn. Nur die randlose Brille gab ihm einen intellektuellen Touch. Wenn er lächelte, entblößte er ein makelloses Gebiß und zeigte Wangengrübchen, die für ihn einnahmen.

»Tut mir leid, daß Sie mich am Wochenende nicht erreichen konnten, aber ich war bei meiner Familie in Petersburg. Sehr umständlich, diese Fliegerei über Frankfurt. Na ja, wie sagt man? Bremen ist ein Dorf, aber ein sehr liebenswertes.« Sein Deutsch war perfekt, und der leichte Akzent wirkte charmant. »Ich kann mir denken, weshalb Sie hier sind. Es geht um diese traurige Geschichte mit Ulf Metzner. Was für ein interessanter Mann. Hochintelligent, gebildet und voller Phantasie. Er war Teilnehmer an einem Kreativ-Training und hat uns alle mit seinen Einfällen in Erstaunen versetzt. Aber leider fehlen ihm wesentliche Eigenschaften, die für Künstler unerläßlich sind: Charakterstärke und Stehvermögen. Und leider mangelt es ihm auch an Aufrichtigkeit. Sie wissen sicher von Frau Sebald, daß er bei uns finanzielle Verpflichtungen eingegangen ist ohne jede Form von Rücklagen oder sonstige Sicherheiten. Wobei ich gern eingestehe, daß ich auf seinen Charme und seine Überzeugungskraft hereingefallen bin. Ich habe noch nie einen Menschen erlebt, der so perfekt lügt.«

»Können wir das abkürzen?« Friedberg lehnte sich ebenfalls an den Schreibtisch und verschränkte die Arme. Balakow rückte nur eine Spur von ihm ab. »Die beiden Männer, die Ulf Metzner an der Ritterhuder Schleuse und in der ›Hansa-Klause‹ überfallen haben ...«

»Ich muß doch sehr bitten. Meine Mitarbeiter überfallen niemanden. Sie haben Herrn Metzner zweimal angesprochen, das ist richtig, um ihn dazu zu bringen, seine Schulden zu begleichen. Beim zweiten Mal ist Metzner völlig ausgerastet und hat meine Männer angegriffen. Er war volltrunken und wußte nicht mehr, was er tat.«

»Ist das alles?«

»Ist das nicht genug? Ein Trauerspiel bei einem so begabten Menschen.«

»Hat Metzner nicht gedroht, Ihr Geschäftsgebaren an die große Glocke zu hängen, Ihren merkwürdigen Umgang mit Immobilien anzuprangern?« Spengler lächelte.

Balakow erwiderte das Lächeln. »Ach ja, das hatte ich völlig vergessen. Wer nimmt so etwas ernst bei einem Mann wie Metzner? Sehen Sie, unsere kleine Organisation hat sich im Lauf der Jahre einen solchen Ruf erworben, daß man unhaltbare Vorwürfe wie die von Metzner schlicht ignorieren kann.«

»Wo waren Sie am vergangenen Montag zwischen zwanzig Uhr und Mitternacht?«

»Warten Sie, das können wir gleich feststellen.« Er nahm einen Kalender vom Schreibtisch und blätterte darin. »Da ist es. Ich habe eine Veranstaltung in Nienburg an der Weser geleitet.«

»Und Ihre beiden Bodyguards?«

»Wer redet denn von Leibwächtern? Die brauche ich weiß Gott nicht. Der eine hat mich chauffiert, und der andere hat mir beim Aufbau der Tonanlage geholfen. Wir waren erst kurz vor Mitternacht zurück. Das läßt sich bestimmt alles überprüfen.«

»Sicherlich. Und sonstige Männer fürs Grobe haben Sie nicht?« Friedberg stellte sich mit verschränkten Armen vor Balakow auf.

»Worauf wollen Sie hinaus?«

»Natürlich haben Sie sich und Ihren Männern, die schon auffällig geworden sind, ein Alibi verschafft. Aber wozu gibt es Auftragskiller?«

»Meine Herren, ich glaube, wir müssen dieses hochinteressante Gespräch abbrechen. Ich werde noch bei einer Veranstaltung hier im Haus erwartet.« Balakow stieß sich vom Schreibtisch ab und wandte sich zur Tür. »Es ist ja auch alles gesagt.« Er lächelte Spengler an. »Daß ich auf die unglaublichen Unterstellungen Ihres Kollegen nicht weiter eingehe, werden Sie verstehen. Sollten Sie mich noch einmal aufsuchen, werde ich einen Anwalt hinzuziehen. Guten Abend.« Er verließ den Raum und verschwand in den Tiefen des Hauses.

Spengler stemmte sich aus seinem Sessel hoch und wischte sich die Glatze mit der Hand. »Schwerer Brocken«, stöhnte er.

»Wenn der keinen Dreck am Stecken hat, reiche ich heute noch meine Kündigung ein.«

»Mit deiner Brecheisenmethode kommst du dem nicht bei. Der ist mit allen Wassern gewaschen. Eigentlich könnten wir jetzt mal nach Hause fahren. Morgen früh ist Coldewey dran. Da müssen wir ausgeschlafen sein. Grüß Angelika von mir.«

»Und wie geht's hier weiter?« Friedberg wirkte unzufrieden.

»Das Übliche. Alibis überprüfen, Mitarbeiter befragen, Computerdateien beschlagnahmen und bei einer Hausdurchsuchung ein bißchen Chaos anrichten. Überhaupt alles, was den Herrn von seinem hohen Roß herunterholt. Wenn er unsicher wird, macht er vielleicht einen Fehler.«

»Der nicht. Für den wäre Streckbett das einzig Richtige.«

»Zügle deine Phantasie. Komm, ich krieg hier drin keine Luft mehr.«

XVII

Coldewey hatte kaum geschlafen. Zwar hatte ihm Werner Holst versichert, daß eine Vorladung ins Präsidium nichts Alarmierendes sei, aber er glaubte seinem Anwalt nicht. Beim Rasieren schnitt er sich ins Kinn, und es dauerte ein paar Minuten, bis die Blutung zum Stillstand kam. Die kleine Wunde war gut sichtbar und für die Polizei garantiert ein Zeichen für seine Nervosität. Nur ein Mann, der etwas zu verbergen hat, bekommt zittrige Hände. Daß beim Schuheanziehen ein Schnürband riß, nahm Coldewey vollends den Mut.

Er kochte sich Kaffee, aß eine Banane mit etwas Joghurt und mußte die Zigarette gleich wieder ausdrücken, weil ihm übel wurde. Der Optimismus seines Anwalts hatte ihn nicht etwa gestärkt, sondern ihm erst recht das Gefühl gegeben, daß er nicht mehr dazugehörte zu einer Welt, in der alles an seinem Platz war, in der Menschen nach überschaubaren Regeln miteinander umgingen.

Er lief zu Fuß ins Präsidium, weil er sich vor der Macht seines Autos fürchtete. Holst erwartete ihn auf einer Holzbank vor dem Büro der Kommissare. »Kopf hoch, mein Lieber«, flüsterte der Anwalt. »Alles nur Routine. Ich habe mehrfach mit Spengler gesprochen. Er sieht die Sache völlig emotionslos. Er weiß, daß die Beweise gegen dich nicht ausreichen. Selbst die Plagiatsgeschichte konnte ich zurechtrücken. Da der Verlag voll hinter dir steht, hattest du nicht den geringsten Grund, Metzner an die Gurgel zu gehen. Metzner hat dir viel Ärger bereitet, das macht aber noch lange keinen Mörder aus dir.«

»Er hat systematisch versucht, meinen guten Ruf in Frage zu stellen. Er hat mir Frau und Sohn entfremdet, und er hat meine kreative Potenz ruiniert. Seit er bei uns aufgetaucht ist, habe ich keinen gescheiten Satz mehr formulieren können.«

»Sei vorsichtig mit solchen Äußerungen. Du würdest damit unseren Freunden die besten Argumente liefern.«

»Aber es stimmt! Ich hasse diesen Menschen aus tiefster Seele und hätte ihn ohne weiteres umbringen können.«

»Jörn, um Gottes willen! Mach mir meine Strategie nicht kaputt. Ich brauche einen selbstbewußten Prominenten, der haushoch über allen Verdächtigungen steht. Laß dich nicht in irgendwelche Details hineinziehen, hüte dich vor Widersprüchen. Laß in erster Linie mich reden. Gib ihnen das Gefühl: ein Mann dieses Formats kann unmöglich ein solches Verbrechen begehen. Polizisten sind auch Menschen und nicht völlig immun gegen jede Art von äußerem Schein.«

Eine Tür wurde geöffnet, und Friedberg winkte die beiden ins Büro. Man bot ihnen Stühle vor Spenglers Schreibtisch an. Friedberg setzte sich in ihren Rücken.

»Guten Morgen, meine Herren.« Spengler begrüßte sie mit Händedruck über den Schreibtisch hinweg. »Ich denke, wir sind schnell fertig. Es sind noch ein paar Probleme aufgetaucht, Herr Coldewey, zu denen wir gern etwas von Ihnen hören würden.«

»Darf ich fragen, ob dieses Gespräch auf Band mitgeschnitten wird?« wollte Holst wissen.

»Gut, daß Sie mich daran erinnern. Ja, für Protokollzwecke. Sind Sie einverstanden?«

»Ja. Nur würde man gern vorher informiert.«

»Richtig. Tut mir leid. Der Fehler liegt bei mir.« Spengler lächelte unverdrossen.

»Sie hatten also vor, heimlich ein Band herzustellen? Interessant.« Coldewey betastete seine kleine Wunde am Kinn und suchte auf den Fingerspitzen nach Blutspuren.

»Wie gesagt, ich bedaure das Versehen. Können wir jetzt anfangen?«

»Nur noch eine Frage: wird Herr Friedberg auch an dem Gespräch teilnehmen?« Coldewey starrte auf seinen Schuh mit dem verkürzten Schnürband.

»Wenn es sich als notwendig erweisen sollte.«

»Und dann redet er mir in den Rücken, oder wie?« Er spürte, wie Holst ihm vorsichtig auf den Fuß trat.

»Wenn es Ihnen lieber ist, kann er sich auch neben mich setzen.« Spengler schaute zu Friedberg hinüber.

»Es ist mir lieber.«

Friedberg kam mit seinem Stuhl und nahm Platz an der Seite des Kollegen. Er verschränkte die Arme und schlug die Beine über. »So besser?« fragte er süffisant.

Spengler räusperte sich. »Wie Sie sicher von Ihrem Verlag erfahren haben, hat Metzner schwere Vorwürfe gegen Sie erhoben. Er bezichtigt Sie des Plagiats in diversen Fällen. Er behauptet, daß ein Großteil Ihrer Ideen und Texte von ihm stammt. Er fordert zwanzigtausend Euro Schadenersatz.«

»Gemessen an den Vorwürfen ist die geforderte Summe lächerlich gering, und schon aus dieser Tatsache ergibt sich die Unhaltbarkeit der Anschuldigung«, bemerkte Holst.

»Was sagen Sie dazu, Herr Coldewey?« Spengler lächelte verbindlich.

»Absurd. Dieser Vorwurf stellt die Realität auf den Kopf. Metzner hat sich immer bei mir bedient. Schon in der Schule ...«

»Hat er etwa bei Ihnen abgeschrieben?« unterbrach Friedberg übertrieben entrüstet.

»Genau das. Und nicht zu knapp. Auf der Uni hat er Referate von mir kopiert und so umgeschrieben, daß sie als seine eigenen durchgingen. Im Fälschen war er ein Meister.«

»Das können Sie sicher genausowenig beweisen, wie er seine Vorwürfe durch Unterlagen erhärten kann.«

»Der Verlag ist nicht gewillt, der Sache weiter nachzugehen und hält die Anschuldigungen für aus der Luft gegriffen«, meldete sich Holst.

»Dieser Vorgang wirft nur erneut ein bezeichnendes Licht auf die sogenannte Freundschaft zwischen Herrn Coldewey und Herrn Metzner.« Friedberg kratzte sich am Knie. »Entweder sind Sie ein Masochist oder ein Heiliger, Herr Coldewey. Nach allem, was dieser Mann Ihnen angetan hat, spielen Sie immer noch den Nachsichtigen. Nicht nur, daß der Mann Ihnen die Frau ausspannt, er stellt auch noch Ihr ganzes Lebenswerk in Frage und versucht, Ihren guten Ruf zu ruinieren. Er macht Sie nach allen Regeln der Kunst fix und fertig, und Sie wollen nicht das getan haben, was jeder normale Mann in Ihrer Lage tun würde, dem Kerl eins auf die Rübe geben?«

»Vielleicht bin ich nicht der normale Mann, Herr Friedberg. Daß in Ihrem verkorksten Polizistenhirn nur solche Auge-um-Auge-Logik existiert, wundert mich nicht, aber glauben Sie mir, es gibt auch Menschen, die die Welt etwas differenzierter sehen.«

»Wie schön. Dann lassen Sie mich an Ihrer differenzierten Sicht teilhaben. Ich bin immer bereit, dazuzulernen.«

»Meine Herren, ich denke, unser Gespräch sollte zu weniger spekulativen Aspekten zurückkehren. Was wollen Sie noch von meinem Mandanten wissen?« Holst wandte sich an Spengler.

»Weshalb sich Metzner zeit seines Lebens von Herrn Coldewey bedroht gefühlt hat. Das geht aus Briefen hervor, die uns seine Mutter zur Verfügung gestellt hat. Zum Teil sind sie schon älteren Datums, einige stammen aus der Zeit, als Sie beide noch beim Sender gearbeitet haben.« Spengler lehnte sich zurück und steckte einen Daumen in die Knopfleiste seines Hemdes.

»Alkoholiker neigen zu Verfolgungswahn. Es muß sich um völlig unbegründete Einbildungen meines Freundes handeln, beziehungsweise gehandelt haben.«

»Er vermutet, Sie hätten ein Liebesverhältnis mit seiner Frau gehabt und ihn aus dem Sender hinausintrigiert.«

»Aber meine Herren, das hatten wir doch alles schon vor Tagen. Diese unhaltbaren Beschuldigungen werden nicht wahrer durch Wiederholung.« Holst räusperte sich energisch.

»Schade, sie würden so gut passen in einem verkorksten Polizistenhirn. Wie du mir, so ich dir. Metzner hat, ob zu recht oder nicht, diese sogenannten Einbildungen mit sich herumgeschleppt und darunter gelitten. Als er nun sein letztes Stündchen herannahen sah, wollte er klar Schiff machen, um im Skipper-Jargon zu reden. Er zahlte Ihnen, Herr Coldewey, mit gleicher Münze heim. Er hat versucht, Ihnen die Frau wegzunehmen und Ihrer Karriere einen schweren Schlag zu versetzen. Ich bin gerne bereit, Ihnen in

Ihrer differenzierten Sicht so weit zu folgen, daß es sich bei Metzner aufgrund seiner Sucht um Hirngespinste gehandelt hat, aber für ihn waren sie real, und er hat Fakten geschaffen, die einfach in der Welt sind und die eine Gewalttat hinreichend motivieren, die Gewalttat eines Mannes, der zu cholerischen Ausbrüchen neigt. Das wissen wir von Metzners Mutter, Ihrer Frau und von Frau Sebald. Die hat uns heute morgen darüber informiert, daß es gestern in ihrer Wohnung zu einer Art Vergewaltigung durch Sie gekommen ist. Frau Sebald hat nur nachgegeben, um Schlimmeres zu verhüten.« Friedberg atmete zufrieden aus.

»Das ist gelogen. Ich habe zwar mit ihr geschlafen, aber das geschah auf Grund ihrer Initiative und im besten Einvernehmen.«

»Gut, daß Sie das zugeben. Das erspart uns eine DNA-Analyse der Spermaspuren auf der Wäsche von Frau Sebald und auf der Couch.«

»Das Miststück hat Angst, daß Beate zu mir zurückkehren könnte, und treibt so einen Keil zwischen meine Frau und mich.«

»Naja, den Keil haben ja wohl eher Sie getrieben, Herr Coldewey.« Spengler lachte. »Denn was auch immer zwischen Ihnen und der Dame passiert ist, Ehebruch war es ja nun mal. Oder hat man Ihnen Gewalt angetan?«

»Meine Herren, hier tauchen neue Aspekte auf, die ich erst einmal mit meinem Mandanten besprechen möchte. Können wir für ein paar Minuten unterbrechen?«

»Das wird nicht nötig sein. Wir können die Vernehmung allmählich beenden. Oder haben Sie noch Fragen?« Spengler wischte sich über die Glatze.

»Ich möchte eine Erklärung abgeben.« Coldewey richtete sich auf und ignorierte die Seitenblicke von Holst. »Nein, kein Geständnis, Herr Friedberg, auch wenn Sie es die ganze Zeit von mir erwarten. Ich habe den Mord an Metzner nicht begangen. Ich sehe zwar ein, daß einiges gegen mich spricht, aber ich finde Ihre Ermittlungen kleinkariert und von konventionellen Denkschemata getragen. Bei Herrn Friedberg vermute ich darüber hinaus eine sadistische Freude daran, einen prominenten Autor und Filmemacher in die Pfanne zu hauen. Ich gebe zu, daß ich naiv, unvorsichtig und blauäugig war, als ich noch ein letztes Mal auf Metzners Verführungskünste hereingefallen bin. Und ich bezahle meinen Leichtsinn mit grausamster Einsamkeit und quälendem Realitätsverlust. Ich habe mich immer gefragt, wie es möglich ist, daß zu unrecht Beschuldigte Geständnisse unterschreiben. Heute weiß ich es. Sie müssen mich nicht mehr lange unter Druck setzen. Ihre Zermürbungstaktik geht auf, ich bin bald soweit, daß ich alles, was Sie mir vorwerfen, eingestehe. Nur im Moment noch nicht.«

»Geschickter Schachzug, Herr Coldewey.« Spengler nickte anerkennend. »Warum reden Sie nicht gleich von ›psychischer Folter‹? Aber wir wollen uns heute nicht mehr echauffieren. Beraten Sie sich mit Ihrem Anwalt und lassen Sie uns ein andermal weiterreden. Guten Tag.«

Holst fuhr Coldewey in die Heinrich-Heine-Straße und beschwerte sich. »Bist du von allen guten Geistern verlassen? Schlechter konnte es gar nicht laufen für uns.«

»Du wolltest, daß ich den Mann von Format spiele. Das hab ich getan, und bin dabei all das losgeworden, was ich denen schon lange sagen wollte. Vielleicht war das taktisch nicht klug, aber für meinen Seelenhaushalt genau das Richtige.«

»Deine Attacken gegen Friedberg waren völlig überflüssig.«

»Das sehe ich anders. Der Kerl will ständig provozieren. Und da hab ich ihm mal gezeigt, was 'ne Harke ist.«

Holst seufzte. »Ach, Jörn, du lieferst dich selbst ans Messer.«

»Sag ich doch. Demnächst unterschreibe ich ein Geständnis. Du kannst mich hier an der Ecke absetzen. Ich möchte ein Stück zu Fuß gehen.«

Er holte eine Flasche Wein aus dem Keller und setzte sich auf die Terrasse. Es hatte ein wenig geregnet, und jetzt kam die Sonne durch. Sie ließ die Tropfen auf Büschen und Bäumen aufleuchten.

Nach zwei Stunden hatte er zehn Zigaretten geraucht und die Flasche geleert. In der Küche machte er sich Brote mit Leberwurst und Streichkäse und entkorkte eine zweite Flasche. Nachmittags schlief er zwei Stunden und trank weiter Wein. Gegen sechs rief er ein Taxi und ließ sich nach Blockdiek fahren.

Luitgard wollte ihn nicht hereinlassen. Sie hatte die Kette vorgelegt und die Tür nur einen Spalt geöffnet. »Verschwinde, Jörn, oder ich rufe die Polizei!«

»Keine Angst, ich randaliere nicht, obwohl du eine Tracht verdient hättest. Aber da macht man sich nur die Hände schmutzig. Ich will mit Beate sprechen. Wenn das nicht in deiner Wohnung geht, dann schick sie raus.«

»Laß ihn rein, Luitgard. Es ist besser, wenn wir uns noch mal unterhalten«, meldete sich Beate aus dem Hintergrund.

»Auf deine Verantwortung, Beate. Dem Kerl ist nicht zu trauen. Ich bin in der Küche. Wenn du Hilfe brauchst, ruf mich.« Sie ließ Coldewey eintreten und zog die Küchentür hinter sich zu.

Sie standen sich im Wohnzimmer gegenüber, sie elegant in roter Bluse und weißer Hose, er verschwitzt in dem Anzug, den er sich für die Vernehmung angezogen hatte.

»Ehe du irgendwas sagst, solltest du wissen, daß ich die Scheidung will. Ich möchte nur meinen Anteil am Haus ausbezahlt haben und erhebe sonst keine Ansprüche. Bis auf die Möbel in meinem Zimmer kannst du die Einrichtung behalten.«

»Wollen wir uns nicht setzen?«

»Wohin? Auf die Couch, von der die Polizisten heute morgen dein Sperma abgekratzt haben?«

»Beate, Luitgard lügt. Ich habe sie nicht vergewaltigt. Es ist einfach so passiert, wobei sie die Aktivere war.«

»Fällt dir nichts Besseres ein, als ausgerechnet den Menschen zu beleidigen, der mir noch etwas Halt gibt?«

»Du verkennst diese Frau. Sie ist ein Luder und nur auf dein Geld aus. Sie will uns in die Scheidung treiben, um dann kräftig bei dir abzukassieren.«

»In welchen Welten lebst du, Jörn? Wie kannst du Luitgard so viel Infamie unterstellen?«

»Ich will dir die Augen öffnen. Sie ist eine Gaunerin. Sie ist im kriminellen Milieu großgeworden.«

»Du bist betrunken und weißt nicht, was du sagst. Ich seh's an deinen Augen, daß du gesoffen hast.«

»Vielleicht mußte ich mir Mut antrinken, um dich hier rauszuholen. Ich bringe dich noch heute in die Heinrich-Heine-Straße.«

»Dann wirst du Gewalt anwenden müssen, denn freiwillig folge ich dir nicht. Bis gestern war ich sehr im Zweifel, ob ich richtig handle, wenn ich dich verlasse. Seit heute morgen hab ich Gewißheit. Luitgards Eröffnung hat alles verändert. Sie wollte zuerst gar nicht rausrücken mit der Sprache, hat dich sogar noch in Schutz genommen, weil's dir doch so schlecht geht. Sie war bereit, dir zu verzeihen. Es war meine Idee, die Polizei einzuschalten. Wenn es zum Prozeß kommt, will ich klare Fronten.«

»Ach, Beate, das bist nicht du, die so redet. Ich erkenne dich nicht mehr.«

»Das kann ich umgekehrt auch sagen. Der Jörn Coldewey, den ich damals unbedingt heiraten wollte, hat sich in Luft aufgelöst.«

»Paß auf, wir rufen uns jetzt ein Taxi und fahren nach Hause. Deine Sachen hole ich in den nächsten Tagen. Ich muß dich retten aus dieser Räuberhöhle.«

Beate entfernte sich langsam von ihm, strebte zur Tür.

»Als ich dich gestern auf Axels Geburtstag beobachtet habe, warst du so unglaublich hübsch. Ganz wieder Mia Farrow. Mir wurde schlagartig klar, daß ich dich niemals aufgeben kann. Ich bin verliebt in dich wie in alten Zeiten. Der ganze Spuk hier muß ein Ende haben. Bitte, Beate, laß mich nicht im Stich.«

»Wir sind doch schon seit langem geschiedene Leute. Wir haben zwar in einem Haus gewohnt, aber zusammengelebt haben wir in den letzten Jahren keinen Tag mehr. Von den Nächten ganz zu schweigen. Deine gelegentlichen sexuellen Überfälle haben meine Einsamkeit nur vergrößert. Ich kann mir gut vorstellen, was du Luitgard angetan hast. Unsere Nummern hatten ja zuletzt auch mehr und mehr den Charakter von Vergewaltigungen.«

»Wie du redest. Beate, wach auf! Wir sind noch ein Paar. Ich brauche dich und du mich.«

»Du irrst. Wir sind kein Paar mehr. Metzner hat wie ein Katalysator gewirkt. Durch ihn ist mir klargeworden, was alles falsch läuft.«

»Wir haben uns beide ein bißchen verrannt. Du hast mit Ulf geschlafen und ich mit Luitgard. Wenn du so willst, sind wir quitt. Laß uns vernünftig sein und nach Hause gehen.«

»Du bist ekelhaft!«

»Bitte!« Er streckte die Hand nach ihr aus. Sie wich zurück und hatte fast die Tür erreicht. »Bleib stehen, verdammt noch mal! Du hast nicht das Recht, mich einfach im Stich zu lassen. Wir haben über dreißig Jahre zusammengelebt, wir haben einen gemeinsamen Sohn, wir haben Enkelkinder! Du kannst nicht alles für null und nichtig erklären!«

»Das hast du getan! Ich ziehe nur die Konsequenzen aus deinem Verhalten. Ich gehe jetzt rüber ins Schlafzimmer und warte, bis du gegangen bist.«

»Du kannst nicht alle Schuld mir zuschieben! Was hast du denn getan, um unsere Ehe zu retten? Hast du einmal das Gespräch gesucht? Du hast dich in dich zurückgezogen und gegen mich verhärtet.«

»Bitte verlaß die Wohnung und schlaf deinen Rausch aus. Wir müssen Rücksicht auf Luitgard nehmen.«

»Gerade auf die! Beate, komm zur Besinnung. Du hast Verantwortung für mich. Wann soll sich denn eine Ehe bewähren, wenn nicht in der Krise? Ich will ja nicht leugnen, daß ich dich vernachlässigt habe. Aber du hättest mich warnen müssen. Es wäre deine Pflicht gewesen, mich auf die Gefahren hinzuweisen. Wir haben beide Barrikaden aufgestellt. Laß sie uns einfach beiseite räumen. Komm mit nach Hause.«

»Ich werde dich morgen früh anrufen, wenn du wieder nüchtern bist. Dann können wir alles weitere klären.« Sie öffnete die Tür.

»Beate!« rief er. »Wenn du jetzt gehst ...«

»Gute Nacht, Jörn. Ich muß allein sein.« Sie verließ den Raum und verschwand durch die gegenüberliegende Tür im Schlafzimmer. Man hörte, wie der Schlüssel herumgedreht wurde.

Einen Moment stand er wie benommen und blickte hilflos auf die Couch. Dann stürmte er auf den Korridor und trommelte gegen die Tür. »Beate!« schrie er.

Luitgard kam aus der Küche. »Bitte, mach keine Szene. Ich mußte Beate von unserem Fick erzählen, das war ich ihr einfach schuldig. Erst die Polizei hat dann eine Vergewaltigung daraus gemacht. Dieser Friedberg vor allem. Der verdreht einem das Wort im Munde.«

»Hau ab, du verlogenes Miststück, oder ich dreh dir den Hals um!«

»Wenn du keine Ruhe gibst, hol ich die Polizei.«

Coldewey wandte sich zu ihr um. »Nur zu, du Stück Scheiße! Kommt nicht mehr darauf an.« Er ging langsam auf sie zu, drängte sie mit dem Körper zurück in die Küche. Er stieß sie hinein, zog den Schlüssel aus der Tür und schloß von außen ab. Er wandte sich wieder zum Schlafzimmer, schlug auf die Klinke. »Beate, wenn du nicht aufmachst, trete ich die Tür ein!«

Luitgard schrie aus der Küche: »Beate, auf dem Nachtschrank liegt mein Handy. Ruf die Polizei an!«

Coldewey warf sich mit dem ganzen Körper gegen die Schlafzimmertür, die splitternd nachgab. Beate fiel das Handy aus der Hand. Sie stand zitternd am Fenster. »Bitte, Jörn«, stammelte sie, »du weißt nicht, was du tust.«

»Oh, nur zu gut, mein Schatz! Ich tue jetzt das, was ich schon viel öfter hätte tun sollen. Ich nehme mir einfach, was mir gehört!« Er stürzte sich auf sie und warf sie aufs Bett. Als sie sich wehrte, prügelte er auf sie ein, riß an ihren Haaren, zerfetzte ihre Bluse. Sie schrie um Hilfe. Er stopfte ihr die Faust in den Mund. Mit der anderen Hand zerrte er ihr Hose und Schlüpfer vom Leib. Beate rang gurgelnd nach Luft. Während er in sie eindrang, umklammerte er mit beiden Händen ihren Hals. Die Schläge auf seinem Rücken wurden schwächer. Er stöhnte und wimmerte und hörte nicht, wie Luitgard die Küchentür aufbrach und das Zimmer betrat, eine leere Sektflasche in der Hand. Sie schlug sie ihm über den Schädel.

XVIII

Ein Uniformierter holte ihn aus der Zelle ab und führte ihn ins Büro von Spengler und Friedberg. Spengler schaute ihn traurig an, während Friedberg sich ein Grinsen nicht verkneifen konnte.

»Wir haben Ihren Anwalt benachrichtigt. Er hat noch einen Gerichtstermin und stößt später dazu«, sagte Spengler sachlich. »Wenn Sie nur in seiner Gegenwart eine Aussage machen wollen, warten wir gern auf ihn.«

»Obwohl er Ihnen bei der Faktenlage kaum helfen kann«, sagte Friedberg.

»Mir ist alles egal.« Coldewey stützte den Kopf in die Hände und spürte die Bartstoppeln. Die Platzwunde am Hinterkopf, die genäht worden war, schmerzte.

»Um so besser. Dann können wir gleich anfangen. Nur der guten Ordnung halber, wir werden dieses Verhör auf Band mitschneiden.« Spengler drückte auf den Knopf.

»Tun Sie das. Und machen Sie schnell. Wie geht es meiner Frau?«

»Sie kann die Klinik vielleicht bald wieder verlassen. Hautabschürfungen, Prellungen und leichte Verletzungen im Vaginalbereich. Sie steht allerdings noch unter Schock und muß psychologisch betreut werden. Ihr Sohn ist bei ihr.« Spengler lachte wie der Klinikarzt, der die gute Nachricht überbringt.

»Vergewaltigung, Körperverletzung, versuchter Totschlag.« Friedberg zählte die Delikte an den Fingern der linken Hand auf. »Haben Sie noch etwas hinzuzufügen?«

»Nein. Machen Sie mit mir, was Sie wollen.«

»Wollten Sie Ihre Frau töten?«

»Ich weiß es nicht. Ich war wie von Sinnen. Vielleicht hätte ich sie getötet, wenn Frau Sebald nicht dazwischen gegangen wäre.«

»Tja, zwei kaputte Türen gibt es auf jeden Fall zu beklagen. Das ist Fakt.« Friedberg grinste.

»Sie hatten getrunken. Unser Mediziner hat einskommaneun Promille gemessen. Neigen Sie unter Alkohol zur Gewalttätigkeit?« fragte Spengler sanft.

»Normalerweise nicht. In extremen Situationen wohl doch, wie man sieht.«

»War die Situation mit Metzner an Bord extrem? Hatten Sie getrunken?«

»Alle Situationen mit Metzner waren extrem. Und Alkohol hat immer eine Rolle gespielt. Aber die Sache mit Beate hatte andere Dimensionen.«

»Welche?« fragte Friedberg schnell.

»Sie wollte sich mir entziehen. Sie war nicht mehr erreichbar. Jedes Gefühl von Vertrautheit und Zusammengehörigkeit war plötzlich verschwunden. Da ich mit Worten nicht mehr bis zu ihr durchdringen konnte, mußte ich mit anderen Mitteln auf mich aufmerksam machen.«

»Und da haben Sie zugeschlagen.« Spengler wiegte den Kopf hin und her.

»Das war kein bewußter Akt. Es ist irgendwie passiert. Dadurch, daß sie mich einfach im Wohnzimmer stehengelassen und sich vor mir weggeschlossen hat, muß sie mich zutiefst gedemütigt und verletzt haben, vermute ich.«

»Wie schön, daß Sie die psychologische Interpretation gleich mitliefern. Da können wir uns den Psychiater sparen. Nur nützt Ihnen das nichts. Was erklärbar ist, muß deshalb nicht akzeptabel sein.« Friedberg schlug mit dem Lineal nach einer Fliege.

»Ich hatte die ganze Nacht Zeit, über das Geschehene nachzudenken. Ich will mit meiner Interpretation nichts entschuldigen oder bagatellisieren. Ich versuche nur verzweifelt dahinterzukommen, weshalb einer wie ich gerade dem Menschen, den er am meisten liebt auf dieser Welt, derart Gewalt antun kann. Ich schäme mich und bin bereit, alle Schuld auf mich zu nehmen.«

»Auch den Mord an Metzner?« fragte Friedberg schnell.

»Warum quälen Sie mich? Was ist der Tod von Metzner im Vergleich zu dem Leiden, das ich meiner Frau zugefügt habe?«

»Ach, Sie besitzen ein bestimmtes Wertesystem in bezug auf menschliches Leiden. Interessant. Wenn Metzner krepiert wie ein Hund, ist das von geringerer Bedeutung, als wenn der hochverehrten Frau Gemahlin ein Haar gekrümmt wird.« Friedberg beugte sich vor. »Man zerquetscht eine Laus, so wie ich eben versucht habe, eine Fliege mit dem Lineal zu erwischen.«

»Sie legen mir etwas in den Mund, das ich nicht gesagt und gemeint habe. Metzner war ein todkranker Mann und Beate ...« Er zögerte.

»Ja, bitte, was wollen Sie sagen?« Friedberg lehnte sich über den Tisch.

»Nichts. Es ist wohl doch besser, wir warten auf Herrn Holst.«

»Jedenfalls haben Sie es mit dem Erwürgen, oder?«

Holst kam eine Stunde später. Das Verhör zog sich hin bis in den Nachmittag. Alle Versuche der Kommissare, Coldewey zu einem Geständnis im Mordfall Metzner zu bringen, scheiterten. Holst verstand es geschickt, Coldewey aus der Schußlinie zu nehmen und für seinen Mandanten zu sprechen. Er begleitete ihn danach in die Zelle und erkundigte sich, welche persönlichen Dinge Coldewey benötigte.

»Heißt das, daß sie mich jetzt für immer einbuchten?« Coldewey ließ sich auf die Pritsche fallen.

»Vorerst jedenfalls. Sie haben einen ordentlichen Haftbefehl. Und da es sich um Mordverdacht und versuchten Totschlag handelt, ist mit Haftverschonung nicht zu rechnen. Tja, lieber Jörn, da hast du dich ganz schön in die Scheiße geritten.« Holst setzte sich auf den einzigen Stuhl. »Was du gestern abend angestellt hast, ist für die das letzte und wichtigste Puzzle-Teil. Jetzt ist das Bild des Gewalttäters für die Herren komplett. Sie werfen alles in einen Topf, und ich muß es wieder auseinanderpulen und vor Gericht deutlich machen, daß das eine mit dem anderen nichts zu tun hat. Oder gibt es da Zusammenhänge?«

»Ich würde es dir nicht übelnehmen, wenn du das Mandat niederlegst. Ich hätte auch keine Lust, einen wie mich zu verteidigen.«

»Hör auf mit dem Selbstmitleid, Jörn. Ich lege nichts nieder, aber ich gebe mich auch keinen Illusionen hin. Dein gestriges Ausrasten war sicherlich kontraproduktiv, um es mal vorsichtig auszudrücken. Ansonsten gibt es nicht mehr viel darüber zu sagen ...«

»Doch!« unterbrach Coldewey. »Genau darüber muß ich mit jemandem reden. Oder ich drehe durch. Vor allem muß ich aus dieser Zelle raus. Hast du schon mal auf zehn Quadratmetern gehaust?«

»Jörn, um dich freizubekommen, müssen wir versuchen, dich im Fall Metzner zu entlasten. Wer war die zweite Person auf deinem Boot? Wenn wir darauf eine Antwort finden, sind wir fein raus.«

»Luitgard Sebald. In die Richtung mußt du recherchieren. Das ist ein Teufelsweib! Ohne die wäre mir das mit Beate nicht passiert. Sie hat alles eingefädelt, um über Beate letztlich an mein Geld heranzukommen. Die will mich aus dem Weg haben. Deshalb hat sie Metzner umgebracht und alles so arrangiert, daß man mir den Mord anlastet. Um meine Gewalttätigkeit unter Beweis zu stellen, hat sie mir die Vergewaltigung angehängt. Klar! Plötzlich sehe ich alles ganz deutlich. Die Briefe an den Verlag und an Anneliese Metzner wurden auf ihrem Computer geschrieben. Die Unterschrift von Metzner zu fälschen, ist für so ein kriminelles Talent ein Kinderspiel. Sie wußte von der alten Freundschaft zwischen Ulf und mir. Sie hat Metzner ermuntert, den Kontakt zu mir wieder aufzunehmen. Es war kein Zufall, daß sie sich schon bei meinem ersten Treffen mit Ulf in der Nähe aufhielt. Das raffinierte Biest hat jedes Detail genau geplant und die ganze Zeit die Fäden gezogen.« Coldewey atmete erleichtert auf. »Werner, es fällt mir wie Schuppen von den Augen, und es ist ein kleiner Trost für mich, daß mein Beischlaf mit ihr Teil ihrer Strategie war. Wenigstens in diesem Fall darf ich mich als Opfer fühlen.«

»Klingt ganz plausibel. Aber wie soll ich der Dame etwas nachweisen?«

»Finde meine Gummistiefel bei ihr. Versuche, über ihren Arbeitgeber etwas über ihre finanziellen Verhältnisse herauszubekommen. Wenn mich nicht alles täuscht, geht es bei der ganzen Angelegenheit nur um Geld. Als sie von Ulf gehört hat, daß sein ehemaliger Freund ein wohlhabender Mann ist, faßte sie den Entschluß, sich bei Beate und mir auf irgendeine Weise zu bedienen.«

»Gut, ich werde mein Möglichstes tun. Vielleicht rede ich auch noch mal mit Spengler ohne diesen neunmalklugen Friedberg. Eventuell haben die selber schon in Richtung Sebald ermittelt.« Er stand auf. »Ich mach mich dann mal auf die Socken. Kann ich noch irgend etwas für dich tun, außer dir Zahnbürste und Wäsche zu bringen?«

»Ja. Ich habe Familie. Vor allem habe ich Enkelkinder. Die Vorstellung, daß man den Jungen irgendwelche Schauermärchen über mich erzählt, bringt mich um den Verstand. Mit meinem Sohn zu reden, hat wenig Sinn. Er ist geradezu abhängig von Beate und voller Vorurteile mir gegenüber. Aber Dagmar, meine Schwiegertochter, ist eine vernünftige Frau. Sie schätzt mich und würde mir eine letzte Chance nicht verweigern.«

»Letzte Chance?«

»Du hast recht, ich rede dummes Zeug. Jedenfalls wäre ich dir dankbar, wenn du sie bitten könntest, mich zu besuchen.«

Am nächsten Morgen wurde er von einem Uniformierten in ein Besprechungszimmer geführt, wo ihn Dagmar erwartete. Ihm war klar, daß man sie beobachtete und daß ihr Gespräch abgehört wurde. Der Raum, nur durch ein Oberlicht erhellt, enthielt nichts außer einer verspiegelten Glasscheibe, einem Tisch, zwei Stühlen und einem Hocker, auf dem der Aufseher Platz nahm.

Dagmar umarmte Coldewey und setzte sich schnell. Sie klemmte ihre Umhängetasche zwischen die Knie und sah ihn aufmerksam an. Er hockte sich auf die Stuhlkante und hielt sich am Tisch fest. Der Anblick seiner Schwiegertochter machte ihm Schwindelgefühle.

»Gut, daß du gekommen bist. Ich hatte Angst, du könntest dich weigern, mich zu besuchen.«

»Warum? Wenn Thomas sich um seine Mama kümmert, werde ich ja wohl mal nach dir sehen dürfen. Die Jungen lassen dich grüßen. Ich hab ihnen gesagt, daß ich dich im Café treffe. Thomas und ich wollen den Ereignissen nicht vorgreifen und die Kinder nicht unnötig ängstigen. Zwar glaubt Thomas nicht mehr an eine positive Wendung. Aber du kennst mich ja. Ich lasse mir meinen Optimismus nur in allerletzter Minute austreiben.«

»Du glaubst nicht, wie gut es mir tut, dich so reden zu hören. Dich schickt wirklich der Himmel.«

»Laß die Kirche im Dorf. Verrate mir lieber, was dich dazu getrieben hat, dich so zu vergessen.«

»Ja, ich habe mich vergessen. Das ist richtig gesagt. Ich war nur noch ein wildes Tier, das um sich gebissen hat und vernichten wollte. Daß es ausgerechnet Beate treffen mußte, bringt mich zur Verzweiflung, auch wenn es eine gewisse Logik hat. Vermutlich sind die Hemmschwellen gegenüber vertrauten Menschen niedriger als gegenüber Fremden. Außerdem hat mich Beate, indem sie sich so radikal von mir abgewandt hat, besonders verletzt. Mein Besuch bei ihr war ein Hilferuf, den sie grausam ignoriert hat.«

»Wäre es nicht besser, du würdest die Schuldfrage offen lassen? Nach dem, was du angerichtet hast, fällt es einem schwer, dich auch als Opfer zu sehen. Ich kann mir zwar vorstellen, daß Beates sanfte Unnahbarkeit Aggressionen weckt, aber Brutalität wie bei dir macht jedes Verständnis schwierig.«

»Du hast recht. Ich will mich nicht entschuldigen. Aber bitte versetz dich nur für einen Augenblick in meine Lage. Ich bin das Opfer einer ganz gemeinen Intrige. Und dahinter steckt die Sebald. Sie hat mir den Mord an Metzner angehängt und mich zum Vergewaltiger erklärt. Mein Beischlaf mit ihr war inszeniert. Natürlich hat sie Beate sofort informiert und gleich eine Vergewaltigung daraus gemacht. Es war für mich absolut unerträglich, meine Beate, meine Frau, so ganz und gar unter dem Einfluß dieser Person zu sehen.«

»Jörn, ich kann das alles nicht nachvollziehen. Ich glaube zwar auch, daß Beate auf dem falschen Weg ist, aber das mit der Sebald klingt ein bißchen wahnhaft. Kann es nicht sein, daß deine Eifersucht dich blind für die Wirklichkeit gemacht hat, daß du diese Frau, zu der sich Beate hingezogen fühlt, dämonisierst? Warum sollte die Sebald so massiv in euer Leben eingreifen?«

»Geld. Sie will mein Geld. Beate hat Metzner großzügig unterstützt und würde das auch bei Luitgard tun, wenn sie an mein Geld käme. Beate will bei einer Scheidung, daß ich ihr die Hälfte des Hauses ausbezahle.«

»Das ist ihr gutes Recht, oder?«

»Aber das gute Recht hört dann auf, wenn man weiß, daß so ein Vampir wie die Sebald dahintersteckt.«

»Jörn, ich finde, du mußt jetzt zur Ruhe kommen. Du solltest alles weitere der Polizei und dem Anwalt überlassen. Er wirkte sehr kompetent am Telefon, aber er ist in großer Sorge, daß du dich durch ungeschicktes Verhalten nur noch weiter reinreitest. Warum legst du dich dauernd mit diesem Feldberg, oder wie der heißt, an?«

»Weil Friedberg ein arroganter Schnösel ist, der mich mit Wonne runterputzt.« Coldewey hob den Kopf. »Haben Sie das verstanden, Herr Friedberg?« rief er gegen die Decke. Der Beamte schüttelte warnend den Kopf.

»Laß uns vernünftig sein«, flüsterte Dagmar. »Holst meint, du müßtest jetzt Pluspunkte sammeln. Wichtig wäre, bei der Verhandlung Sympathien zu wecken. Eine Schlüsselfigur dürfte dabei Anneliese Metzner sein. Er fände es gut, wenn du mit ihr reden könntest. Das soll ich dir ausrichten. Er würde sie auch anrufen, wenn du es für ratsam hältst.«

»Tja, Anneliese Metzner – ein schwieriger Fall. Ich fürchte, daß gerade sie in mir den Mörder ihres Sohnes sieht. Wie soll ich sie da auf meine Seite ziehen? Ich hab ja versucht, mit ihr zu reden. Irgendwie komme ich nicht an sie heran.«

»Soll ich sie mal besuchen?«

»Du?« Coldewey rieb sich überrascht die Stirn.

»Vielleicht kann ich sie bequatschen, daß sie dich aufsucht. Du weißt, im Bequatschen bin ich gut. Nur bei deinem Sohn scheitere ich regelmäßig.« Sie lachte. »Oh!« Sie hielt sich die Hand vor den Mund. »Lachen ist in diesem Raum sicher nicht vorgesehen.«

»Ach, Dagmar, du bist unbezahlbar.« Ein kleines Lächeln hellte sein Gesicht auf. Er griff nach ihrer Hand. »Sag mir ganz ehrlich, hältst du mich für einen Verbrecher?«

»Nein.« Sie drückte seine Hand. »Soll ich also mit Anneliese Metzner reden?«

»Ja, bitte. Wenn jemand die überzeugen kann, dann bist du es.«

Spengler schaltete den Lautsprecher ab. »Nichts Neues, was?« Er sah Friedberg lächelnd an.

»Der Junge will sich mit mir anlegen. Das soll ihm schlecht bekommen. Der arrogante Schnösel ist er.«

»Wie man's nimmt. Jedenfalls hat er mit einem recht: die Sebald ist schon sehr verdächtig, was Metzner anbetrifft. Wobei Coldewey und sein Anwalt nicht mal wissen, daß ihr gekündigt worden ist.«

»Wollte Holst dich vorhin ausfragen?«

»Er hat's versucht.«

»Du solltest ihm klarmachen, daß er dich von der Arbeit abhält.«

»Laß das meine Sorge sein. Ich denke, wir müssen uns das Mädchen noch mal gründlich zur Brust nehmen. Das mit der Vergewaltigung kaufe ich ihr nicht mehr ab. Ich glaube, da ist der Coldewey wirklich reingelegt worden. Bei der Attraktivität der Dame kein Kunststück. Wenn ich nicht schon jenseits von Gut und Böse wäre ...«

»Soll ich dir Viagra besorgen?«

»Der Coldewey ist zwar ein Choleriker, aber nicht der Typ, der so einen Ritualmord durchzieht.«

»Du nervst, Oswald Spengler.«

»Robert, wenn ich bitten darf.«

»Okay. Ich möchte jedenfalls, daß wir den Fall noch diese Woche abschließen, denn Sonnabend muß ich zu Werder. Stell dir vor, Angelika hat Karten besorgt. Meine Frau geht mit mir ins Weserstadion. Das ist eine Weltpremiere. Bis dahin will ich diese Scheiße hier aus dem Kopf haben, und deshalb laß ich mir von dir meine schöne Täteranalyse nicht zerreden. Mit Coldewey paßt alles hundertprozentig zusammen.«

»Es paßt zu gut. Es paßt derart gut, daß einem der Verdacht kommen muß, hier sei etwas passend gemacht worden. Weibliche Arglist. Eben der Hinweis von Holst, daß alle Briefe, die Coldewey belasten, auf dem Computer der Sebald geschrieben wurden, gibt mir zu denken. Und weißt du, was mich wurmt?«

»Sag's mir.«

»Daß wir diesen Zusammenhang mit dem Computer nicht selber hergestellt haben, wir Penner.«

»Willst du sie festnehmen? Soll ich einen Haftbefehl besorgen?«

»Erst noch ein nettes Plauderstündchen bei ihr zu Hause. Da zeigt sie sicher mehr von ihren schönen Beinen, als wenn wir sie hier auf unsere harten Stühle setzen. Ein bißchen Spaß muß sein. Vielleicht ist das ihr letzter Auftritt in Freiheit, und den wollen wir genießen. Komm, Kollege, schwingen wir uns in unsere Luxuslimousine.«

XIX

Dagmar Coldewey hatte Blumen gekauft und sich besonders damenhaft herausgeputzt, bevor sie nach Hastedt fuhr. Vor der Haustür von Anneliese Metzner fand sie einen Parkplatz und rief mit dem Handy an, um sich zu vergewissern, daß die alte Dame zu Hause war. »Metzner!« dröhnte eine Stimme unnatürlich laut. Dagmar drückte den Ausknopf. Eine üppige Blondine fegte den Flur und hatte die Haustür geöffnet.

»Blumen für Metzner.« Dagmar schob sich an der Frau vorbei.

Sie mußte zweimal klingeln, ehe die Tür einen Spalt geöffnet wurde. »Was wollen Sie?« fragte Anneliese barsch. Dagmar stellte sich vor und hielt die Blumen in den Türspalt. »Ich will mit den Coldeweys nichts mehr zu tun haben.« Der Spalt wurde schmaler, aber offensichtlich mochte die alte Frau die Rosen nicht zerdrükken. »Nehmen Sie den Strauß da weg!«

»Schenken Sie mir nur fünf Minuten. Es geht um die Verhaftung von meinem Schwiegervater.«

»Ach, ist er endlich festgenommen worden?« fragte Anneliese neugierig und schaute über die Blumen hinweg. »Das freut mich.

Ich habe mich schon gewundert, daß die Polizei so lange wartet. Der Fall ist doch sonnenklar.«

»Darf ich trotzdem kurz reinkommen? Vielleicht interessieren Sie die Einzelheiten. Und die Blumen brauchen Wasser. Wäre doch schade drum.«

»Da haben Sie recht. Die armen Dinger können ja nichts dafür.« Sie stieß die Tür auf und stand kerzengerade aufgerichtet in ihrem hochgeschlossenen, altmodischen, schwarzen Wollkleid vor Dagmar und schaute sie prüfend von oben bis unten an, bevor sie zur Seite trat. Sie zeigte auf die Wohnzimmertür. »Nehmen Sie nur schon Platz. Ich hole eben schnell eine Vase aus der Küche.«

Dagmar setzte sich in den kleinen, mit Kunstleder bezogenen Sessel und schaute aus dem Fenster auf die Domtürme.

»Hübsch sehen Sie aus.« Anneliese stellte die Blumen auf den Tisch und setzte sich sehr aufrecht aufs Sofa. »In Bezug auf Frauen hat Jörn einen guten Blick.«

»Ich bin seine Schwiegertochter.«

»Das hab ich schon verstanden. Aber er hat Sie sicher für seinen Sohn ausgesucht, nicht wahr?«

»Das hat der ganz allein besorgt.« Dagmar lachte.

»Was ist daran komisch? Warum sollen Väter nicht ihre Schwiegertöchter bestimmen? In anderen Kulturen ist das üblich und durchaus nachahmenswert. Wie soll ein junger Mensch mit wenig Lebenserfahrung wissen, welcher Partner zu ihm paßt und ihm ein Leben lang guttut. Die Betonung des Emotionalen bei sogenannten Liebesheiraten ist doch überholt. Wie geht es Jörn Coldewey?«

»Schlecht. Er leidet unter der Haft, wie man sich vorstellen kann. Ein Naturmensch wie er, der seine persönliche Freiheit immer über alles andere gestellt hat, muß hinter Gittern verrückt werden.«

»Ja, seine persönliche Freiheit. Die war ihm weiß Gott wichtiger als alle menschlichen Beziehungen. Er braucht diese Erfahrung der Unfreiheit, um endlich seinen Kopf aus den Wolken zu ziehen. Was wirft man ihm konkret vor?«

»Vergewaltigung, Körperverletzung, versuchter Totschlag.«

»Wie das? Was hat das mit meinem Sohn zu tun?«

»Er hat seine Frau überfallen, meine Schwiegermutter. Er hatte getrunken und einen Blackout.«

»Sieh mal an. Ich ahnte immer, daß sowas in ihm steckt. Wissen Sie, daß er mich als Junge beim Baden beobachtet hat? Ja, durchs Schlüsselloch vom Badezimmer hat er gelinst. Ich hab mich damals richtig bedroht gefühlt. Das ist einer von denen, die einen mit Blicken ausziehen.«

»Ich kenne meinen Schwiegervater nur als hochanständigen, friedfertigen Menschen. Wenn ihm so etwas passiert wie vorgestern, dann muß man ihm vorher sehr viel angetan haben.«

»Hören Sie auf. Sie sind wie so viele andere auf ihn hereingefallen. Ich gebe ja zu, daß er ein gutaussehender, intelligenter Kerl ist und überaus charmant sein kann. Doch das Bild, das von ihm in der Öffentlichkeit gezeichnet wird, ist eine Fälschung. Ich habe den wirklichen Coldewey erlebt und gefürchtet. Er hat meinen Sohn auf dem Gewissen und erhält dafür jetzt seine Strafe.«

»Und Sie könnten kein gutes Wort für ihn einlegen? Vor Gericht zum Beispiel?«

»Wie käme ich dazu? Sagen Sie, wollen Sie mich auf den Arm nehmen? Ich werde den Tag, an dem Jörn Coldewey endgültig hinter Gittern verschwindet, in Zukunft zum Feiertag erklären. Die Entthronung von Coldewey ist Anlaß zur Freude, Madame.« Ein schiefes Lächeln verzerrte das gerötete Gesicht.

»Nicht für jeden, liebe Frau Metzner. Haben Sie mal daran gedacht, wie sehr seine Familie unter einem Prozeß leiden würde? Wie soll ich meinen Kindern beibringen, was mit ihrem geliebten Großvater geschieht? Was haben sie später in der Schule auszuhalten als Enkel eines Verbrechers?«

»Versuchen Sie nicht, mir auf die sentimentale Tour zu kommen. Kinderleid wird gern als Argument mißbraucht. Was wollen Sie überhaupt von mir?«

»Wenn es zu einer Mordanklage gegen Coldewey kommt, wird im Prozeß viel von Ihrer Aussage abhängen. Wenn Sie sich nur von Ihren Haßgefühlen leiten lassen ...«

»Was reden Sie da?« unterbrach Anneliese. »Ich lasse mich von überhaupt keinen Gefühlen leiten. Es geht um Gerechtigkeit. Es geht darum, einen Menschen für seine Hoffärtigkeit zur Rechenschaft zu ziehen.«

»Was macht Sie so rachsüchtig? Ich weiß nicht genau, was in der Vergangenheit vorgefallen ist zwischen Metzner und Coldewey, ich weiß nur, daß mein Schwiegervater, wenn er Fehler gemacht haben sollte, bereit war, dafür einzustehen und Wiedergutmachung zu leisten. Weshalb wohl hat er Ihren Sohn bei sich aufgenommen?«

»Um ihn weiter malträtieren zu können.«

»War es nicht Ihr Sohn, der die Spielregeln verletzt hat, als er sich an meine Schwiegermutter herangemacht hat?«

»Sie verdrehen die Tatsachen! Nicht er hat Frau Coldewey belästigt, sondern sie hat sich ihm an den Hals geworfen, weil sie von ihrem Ehemann vernachlässigt worden ist. Nein, werte Dame, Sie bringen mich nicht aus dem Konzept. Ich werde nicht plötzlich umschwenken und Jörn Coldewey zum Gutmenschen erklären.«

»Liebe Frau Metzner, ich will mich nicht mit Ihnen streiten. Wenn mich nicht alles täuscht, haben Sie Jörn Coldewey einmal sehr geschätzt. Es gibt Fotos von Ihnen mit den Jungen, auf denen Ihre Zuneigung für beide unübersehbar ist. Jörn war doch so etwas wie ein zweiter Sohn für Sie. Natürlich hatte dieser Jörn wie jeder Mensch seine guten und seine schwachen Seiten.«

»Sie sprechen als Tochter, aber auch als Mutter. Sie wissen, welchen seelischen Belastungen man als Mutter ausgesetzt ist, vor allem, wenn man, wie es heute heißt, alleinerziehend ist. Ich habe mein Kind nicht willentlich leiden lassen, auch wenn ich vielleicht besser auf den einen oder anderen Männerkontakt verzichtet hätte. Ich war ja nicht einfach das leichtsinnige Frauenzimmer, das sich mit irgendwelchen beliebigen Männer einließ. Aber ich war auch nicht die Jungfrau von Orleans. Ich sah mal passabel aus und konnte mir die Männer aussuchen. Ich hätte natürlich wieder heiraten können, aber das habe ich aus Rücksicht auf Ulf nicht getan. Ich wollte ihm keinen Stiefvater vor die Nase setzen. Konnte ich denn ahnen, daß er gerade darunter am meisten gelitten hat, daß ich die Rendezvous außerhalb unserer vier Wände abgewickelt habe? Er hat das als Verrat empfunden, wie ich heute weiß. Ich habe mir alle Mühe gegeben, ihm eine saubere, unbelastete Kindheit zu schaffen, und bin damit kläglich gescheitert. Er hat mir nachspioniert und mich mit Männern in Lokalen oder Bars gesehen. Ich war ja noch so verdammt jung, als ich meinen Mann verloren habe. Aber warum erzähle ich Ihnen das alles, einer wildfremden Frau?«

»Ich bin Ihnen dankbar für Ihre Offenheit. Ich denke, Sie wollen mir erklären, weshalb Sie ein so besonderes Verhältnis zu Ihrem Sohn haben.«

»Ich hatte bei ihm dauernd etwas gutzumachen. Mein Leben bestand nur daraus, für meine kreatürlichen Bedürfnisse zu büßen. Natürlich erkannte ich, daß Ulf auch körperlich eifersüchtig war. Er wünschte sich wohl unbewußt, in jeder Beziehung mein Partner zu sein. Inzestiöse Begierden sind kein Einzelfall in vaterlosen Familien, glauben Sie mir. Nur schwer konnte ich Ulf in die Schranken verweisen, zumal ja noch ein anderes Problem hinzukam. Ach nein, ich kann darüber nicht sprechen und schon gar nicht mit einer Coldewey.«

»Sie meinen, daß Jörn auch in Sie verliebt war?«

»Alle Achtung, Sie verstehen etwas von pubertierenden Knaben! Sie hätten erleben sollen, wie Jörn mich mit Blicken verschlungen hat. Natürlich ist das meinem Sohn nicht entgangen, und es hat ihn sehr gequält. Plötzlich waren nicht mehr die anderen Männer seine Rivalen, sondern sein bester Freund. Das ging so weit, daß er mir eine Affäre mit Jörn unterstellt hat. Es war wie eine fixe Idee, und ich mußte alle Überredungskunst aufbieten, um ihn davon abzubringen. Hundertprozentig gelungen ist mir das wohl nie. Noch an seinem Todestag mußte ich ihm schwören, daß nie etwas war zwischen Jörn und mir. Verrückt, was?«

»Oh, mein Gott, was für ein fatales Mißverständnis! Natürlich mußte Ulf seinen vermeintlichen Rivalen bekämpfen. Daher die Streitereien. Hat er je offen Jörn gegenüber seinen Verdacht geäußert?«

»Das glaube ich nicht. Ich hatte ihm das verboten, weil ich Ärger mit Jörns Eltern befürchtete. Außerdem hatte ich ihm vor Augen geführt, daß man mich wegen Verführung eines Minderjährigen zur Rechenschaft ziehen würde, falls ein solches Gerücht in Umlauf käme.«

»Was muß der arme Ulf gelitten haben, gerade weil er sich nicht Luft machen konnte.«

»Nicht nur er! Meinen Sie, mir wäre das in den Kleidern hängengeblieben? Aber ich hoffte, daß sie sich als gute Freunde arrangieren würden, denn das Verrückte war ja, daß sie trotz aller Reibereien nicht voneinander lassen konnten. So hatte ich darauf gesetzt, daß Ulf irgendwann zur Vernunft käme. Womit ich überhaupt nicht gerechnet hatte, war die Reaktion von Jörn auf Ulfs ständige Attacken und Konkurrenzkämpfe. Der vordem so friedfertige junge Mann entpuppte sich als eiskalter Fighter und rücksichtsloser Karrierist. Ich war vielleicht der Auslöser für den Kleinkrieg zwischen den Jungen, weil beide sich ohne mein Zutun in mich verliebt hatten ...«

»Ohne Ihr Zutun?« Dagmar verschränkte die Arme.

»Absolut ohne mein Zutun! Oder ist jugendliches Aussehen einer Mutter schon ein Vergehen? Jedenfalls bin ich an der Entwicklung Coldeweys zum großen Egozentriker unschuldig. Und deshalb müssen Sie verstehen, daß ich nicht plötzlich gute Seiten an Jörn entdecken kann. Dann würde das ganze Konzept nicht mehr stimmen.«

»Welches Konzept?«

»Ich vermute, Ulf konnte Jörns vermeintlichen Betrug nur ertragen, indem er mich zum Opfer machte. Er glaubte, daß ich von Jörn verführt worden sei. Er wußte ja, daß Jörn mich beim Baden begafft hatte. Sich dann den nächsten Schritt auszumalen, ist kein Kunststück. Mit dieser Version konnte Ulf seiner Mutter verzeihen.«

»Frau Metzner, mir wird ganz schlecht, wenn ich mir das konkret vorstelle.« Dagmar schaute sich hilfesuchend um. Ihr durchschwitzter Rock klebte am Plastikbezug des Sessels.

»Da müssen Sie jetzt durch. Wenn Sie sich für Jörn Coldewey verwenden, müssen Sie sich auch die Wahrheit anhören, so unerfreulich sie sein mag. Mich hat das Leben gestählt. Ich kann heute noch Gewichte heben, die manche jungen Männer nicht schaffen. Ich schwimme jeden Tag meine tausend Meter im Stadionbad. Was meinen Sie, was eine Frau wie ich empfindet, wenn sie den körperlichen Zerfall ihres geliebten Kindes miterleben muß? Sie haben mit Recht nach meinem ›Zutun‹ gefragt. Ohne meine Männergeschichten und ohne meine Eitelkeit, die mich dazu verführte, mich herauszuputzen und meine weiblichen Reize zu betonen, hätte ich vielleicht diesen ungeheuren Argwohn in meinem Kind nicht geweckt. Meine Reue, mein schlechtes Gewissen – was sind die noch wert, jetzt da Ulf tot ist und Jörn hinter Gittern verschwindet?«

»Aber gerade Jörn könnten Sie helfen. An ihm könnten Sie etwas wiedergutmachen. Versetzen Sie sich einmal in seine Lage. Er erlebt, wie sein bester Freund sich plötzlich gegen ihn wendet, ihn attackiert und in unselige Konkurrenzkämpfe verwickelt, ohne im geringsten zu wissen, was dahinter steckt.«

»Jörn braucht keine Hilfe. Die hat er nie gebraucht. Jörn macht aus allem einen Sieg. Wenn Sie so wollen, verdankt er seine großen Erfolge meiner kleinen Eitelkeit und Schwäche. Im ständigen Kampf mit Ulf konnte er all die Kräfte entwickeln, die ihn zum Unbesiegbaren machten: Egoismus, Rücksichtslosigkeit und Hochmut. Ich habe indirekt viel mehr für ihn getan als seine eigene Mutter, diese verklemmte Matrone mit ihren ›Brigitte‹-Kleidern. Ich habe Jörn sexuell stimuliert und ihm dazu verholfen, attraktive Frauen wie Vera und Beate zu erobern. Ich habe den Aufstieg von Jörn nie gewollt, aber ich konnte ihn auch nicht verhindern. Daß ich mein eigenes Kind geschädigt habe, werfe ich mir jeden Tag von neuem vor. Ich habe eine Situation geschaffen, wo des einen Glück des anderen Untergang war. Dafür will ich büßen und zur rechten Zeit die Konsequenzen ziehen. Doch der Zeitpunkt ist noch nicht gekommen.«

»Wovon reden Sie?« Dagmar stand auf und bewegte die Beine.

»Wollen Sie schon gehen? Wollen Sie nicht mehr hören, welche Konsequenzen ich ziehen will?«

»Ich brauche frische Luft.« Dagmar zupfte an der Bluse, die am Hals klebte.

»Machen Sie die Balkontür auf. Aber lassen Sie mich jetzt nicht allein. Sie können nicht hierher kommen und mir Geständnisse entlocken, um mittendrin davonzulaufen. Ich habe mich vor Ihnen entblößt und erwarte entsprechendes Taktgefühl. Interessiert Sie das Konzept plötzlich nicht mehr?«

Dagmar öffnete die Tür und trat kurz auf den Balkon. Ihr war schwindlig.

»Nun kommen Sie schon! Wenn man aussieht wie eine Indianerin, muß man auch hart gegen sich sein können. Ich habe Härte in jeder Beziehung gelernt. Ich habe nicht Sport getrieben, weil es mir Spaß gemacht hätte, ich habe mich damit gequält bis zum Äußersten. Ich wäre dankbar gewesen, wenn mir nach einem Tausendmeterlauf das Herz stehengeblieben wäre, aber es ist nur größer und belastbarer geworden. Meine sportlichen Selbstmordversuche wurden belohnt mit einer Kondition, für die man mich bewundert. Paradox, oder? Paradox, paradox, paradox. Ich wollte mein Kind aufbauen und hab es krank gemacht, ich wollte Jörn in seine Schranken verweisen und hab ihn zum Erfolgsmenschen werden lassen. Können Sie mir noch folgen?«

Dagmar drehte den Rock und setzte sich auf die trockene Seite. »Merkwürdig, das alles liegt so weit zurück, und Sie reden, als sei es gestern geschehen.«

»Für mich ist es das. Mein Leben ist an dem Punkt stehengeblieben, als ich erkannt habe, daß mein Kind endgültig auf der Verliererseite angekommen ist. Das war nach dieser unseligen Geschichte mit meiner Enkelin. Da wußte ich, daß es ihn nun immer weiter nach unten ziehen würde, und ich wußte, daß ich nicht unerheblich dazu beigetragen hatte. Seitdem habe ich nur noch dafür gebüßt. Ich werde Konsequenzen ziehen, aber erst in dem Moment, in dem Jörn wegen Mordes verurteilt worden ist. Ich habe Ulf versprochen, daß ich bis dahin schweige.«

»Warum dieser Zeitpunkt? Und von welchen Konsequenzen reden Sie?« Dagmar spürte den Schweiß am ganzen Körper.

»Ich bin gezwungen, die endgültige Niederlage von Jörn abzuwarten. Danach soll er von mir aus sein Erfolgsleben weiterführen und seine gedemütigte Frau wieder aufrichten. Bis dahin bleibt das Konzept mein Geheimnis.«

»Welches Konzept?« Dagmar biß sich die Lippen blutig.

»Es fällt mir nicht schwer, aus dem Leben zu gehen. Geistig, meine ich. Körperlich wird es mich einige Mühe kosten. Plötzlich brauche ich meine Kraft nicht mehr, jetzt steht sie meinen Plänen im Wege. Warum bin ich nicht gebrechlich wie andere in meinem Alter? Wenn ich zum Beispiel hier vom Balkon springe, muß ich damit rechnen, daß die mich wieder zusammenflicken.«

»Frau Metzner, Sie bringen mich völlig durcheinander. Von welchem Konzept sprechen Sie? Haben Sie mit dem Tod Ihres Sohnes zu tun?«

»Jetzt fragt sie wie eine Polizistin.« Anneliese lachte. »Darf ich Ihnen etwas anbieten? Bei einer Tasse Tee plaudert es sich viel entspannter. Ich bin Ihnen übrigens dankbar für Ihre Geduld. Nur vor einer Frau kann ich mich so schutzlos zeigen.«

»Danke, ich kann nichts trinken. Coldewey ist jetzt schon völlig am Boden. Sie müssen nicht bis nach dem Prozeß warten, wenn Sie ihn vernichtet sehen wollen. Daß er seine eigene Frau angefallen hat, bringt ihn schier um den Verstand.«

»Das ist das wilde Tier in ihm. Schade, daß sich das Animalische später ganz bei ihm gelegt hat, beziehungsweise durch seine Naturbegeisterung ersetzt wurde.«

»Wenn Sie der Polizei etwas zu sagen haben, dann tun Sie es jetzt. Ich flehe Sie an.«

»Sie meinen, die kurze Zeit in der Zelle reicht schon aus, um ihn Bescheidenheit zu lehren? Sie glauben, ich dürfte meinem Sohn gegenüber wortbrüchig werden? Wenn Sie nur nicht so verdammt sympathisch wären. Aber das setzt voraus, daß Sie mir Gelegenheit geben, in Ruhe und Würde Abschied zu nehmen. Ich möchte nicht in einer Zelle enden. Tötung auf Verlangen wird ja absurderweise auch bestraft.«

»Was muten Sie mir da zu? Sie können doch nicht von mir verlangen, daß ich seelenruhig warte, bis Sie sich etwas angetan haben.«

»Wieso sorgen Sie sich jetzt um mich? Ich denke, Sie wollen Coldewey helfen. Ich kann Sie nur unter der Bedingung ins Vertrauen ziehen, daß Sie mich in Ruhe sterben lassen.«

Dagmar sprang auf und lief zur Tür. »Ich gehe jetzt. Ich kann mir das nicht länger anhören! Tun Sie, was Sie wollen, aber hinterlassen Sie auf jeden Fall ein schriftliches Geständnis. Ich bin dem hier nicht gewachsen! Das ist Sache der Polizei.«

»Seien Sie gnädig, junge Frau. Ich mag Sie, und deshalb ist es mir lieber, mich vor Ihnen zu entblößen als vor Polizeibeamten. Folgen Sie Ihrer Neugier, denn natürlich wollen Sie wissen, wie ich meinen Sohn getötet habe.«

»Oh, Gott!« Dagmar setzte sich. Sie zitterte.

»Sie müssen zugeben, daß unsere Planung perfekt war. Wirklich ein Kunstwerk, das letzte große Gedicht eines verkannten Poeten. Seit mein Sohn sein Todesurteil durch die Ärzte erfahren mußte, hat er seine Strategie entwickelt, Coldewey nicht ungeschoren davonkommen zu lassen. Die Anrufe, die Briefe, und so weiter. Das Finale auf dem Boot hat er allerdings erst entworfen, nachdem er sicher bei Coldewey untergebracht war. Daß Coldewey ihm die Sache so leicht gemacht hat mit der Einladung in seine eigenen vier Wände, hat ihn fast gerührt. Und daß Beate sich ihm nur allzugern anvertraute, spielte ihm in die Hände. Die Mordinszenierung war ein Selbstläufer. Dafür gebührt vor allem Coldewey Dank. Auch daß er uns sein Allerliebstes, seine ›Britta‹, zur Verfügung gestellt hat, muß rühmend hervorgehoben werden. Wir haben es beinah ein wenig bedauert, das hübsche Schiff zerstören zu müssen.«

»Sie sind wahnsinnig, Frau Metzner!« Dagmar zerrte mit beiden Händen an ihrem Zopf.

»Nicht mehr als Sie oder die Gemüsefrau auf dem Markt. Vielleicht war ich immer ein wenig radikaler als andere, aber meinen Sie, ich hätte nicht gelitten, als ich meinem eigen Fleisch und Blut die Kehle zugedrückt habe? Er war so geduldig und furchtlos.

Er hat sich nicht gewehrt. Im Gegenteil. Ich hatte das Gefühl, er hat sich gern in meine Hände begeben. ›Jetzt hab ich dich endlich ganz für mich‹, sagten seine Augen. Es war der zärtlichste Mord, den es je gab. Mit diesen Händen.« Sie streckte sie aus und lächelte liebevoll. »Ich sehe die Angst in Ihren Augen. Sie müssen sich nicht vor mir fürchten. Ich werde nie einem anderen Leid zufügen. Aber dieses Kind war mein einziger Besitz. Ich habe ihm das Leben gegeben und durfte es ihm deshalb auch nehmen. Sie glauben nicht, wie kindlich der Kleine war an jenem Abend. So leicht, so zerbrechlich, so hilfsbedürftig. Wir waren wieder eine Einheit, als sein Atem still wurde. Fragen Sie mich nicht, was danach geschah. Wie ein Automat handelte ich genau nach seinem Plan, den wir wohl ein dutzendmal vorher durchgesprochen hatten. Erst als das Boot in Flammen stand und mir klar wurde, daß mein Kind sich darin in Nichts auflöste, konnte ich weinen.« Das tat sie auch jetzt.

»Frau Metzner, ich bitte Sie von ganzem Herzen: gehen Sie zur Polizei.«

»Das wird nicht nötig sein. Ich hinterlasse alles schriftlich. Das Geständnis ist schon geschrieben. Ich lege es auf den Couchtisch. Außerdem möchte ich Ihnen etwas mitgeben. Warten Sie.« Sie erhob sich schwerfällig und wirkte um Jahre gealtert. Sie verschwand in der Küche. Man hörte eine Schranktür klappen. Sie kam mit einem Paar Gummistiefeln zurück. »Bringen Sie die dem netten Herrn Spengler, dann wird er Ihnen den Rest glauben. Sie stammen vom Boot und werden seither gesucht. Sie waren mir viel zu groß. Ich habe sie einfach über meine anderen Schuhe gezogen. Da paßten sie wie angegossen. Selbst diese dummen Dinger haben sich völlig harmonisch in unseren Plan eingefügt. Nur daß ich mit dem Fahrrad ganz nach Burglesum und nachts von Borgfeld wieder zurückfahren mußte, war etwas unschön und strapaziös. Aber wir mußten ja alle Spuren verwischen. Deshalb hat Ulf auch mehrfach das Taxi gewechselt, als er zum Sterben fuhr. Er hat nie die Übersicht verloren. Es könnte ihm ein Trost sein, daß in den nächsten Tagen die Zeitung voll sein wird mit Berichten über die geniale Art seines Todes. Hat mich gefreut, Sie kennenzulernen.

Schade, daß Sie keine Metzner sind. Grüßen Sie Jörn von mir. Er soll es sich eine Lehre sein lassen.« Sie nickte Dagmar zu und zog sich in Ulfs Kinderzimmer zurück.

Jörn Coldewey schlug die Sektflasche gegen den Bug der holländischen Motoryacht und rief, während die Umstehenden Beifall klatschten: »Ich taufe dich auf den Namen ›Beate‹!«

Er umarmte die Enkel, Thomas und Dagmar, seine Mutter und schüttelte befreundeten Skippern die Hand. Ein kaltes Büfett und Getränke standen bereit. Es war ein sonniger Septembertag mit einem Hauch von Herbst in der Luft. Nur noch ein paar Wochen blieben Coldewey, bevor das neue Boot ins Winterlager kam.

Ein Taxi fuhr auf dem Deich vor. Coldewey zuckte zusammen, als Beate ausstieg. Er lief ihr entgegen. Sie umarmte ihn. »Ich darf doch nicht fehlen, wenn ein Schiff meinen Namen erhält.«

»Mein Gott, Beate, wie hast du davon erfahren?«

»Hast du vergessen, daß wir gemeinsame Kinder und Enkel haben?«

»Hallo, Beate.« Dagmar trat hinzu und küßte sie auf die Wange.

»Dank dir, mein Schatz, für den Tip. Was für ein schönes Boot!« Beate winkte allen Gästen zu. Thomas hielt die Kinder zurück, die sich auf ihre Großmutter stürzen wollten.

Coldewey lächelte hilflos. »Aber die Scheidung ... und Luitgard ... und überhaupt«, stammelte er und zog sie beiseite hinter einen Busch.

»Wart's ab. Die Scheidungsklage können wir noch stoppen, und wegen des Totschlagversuchs schauen wir mal. Ich ziehe jedenfalls meine Anzeige zurück. Außerdem würde ich gern wieder bei Heinrich Heine wohnen.«

»Aber was ist passiert?«

»Der Literat Coldewey hat gesiegt. Die vielen Briefe, die du mir in den letzten Monaten geschrieben hast, haben mich sehr gerührt. Da kam ein Jörn zu Wort, den ich schmerzlich vermißt habe.«

»Warum hast du nie geantwortet?«

»Manchmal braucht man ein bißchen Zeit, um zur Besinnung zu kommen. Luitgard ist übrigens total ausgeflippt, als sie erfuhr, daß ich heute hier mitfeiern will. Sie hat mir eine Riesenszene gemacht und mit Rausschmiß gedroht. Dabei ist sie hundsordinär geworden. Du weißt, ich laß mir nicht drohen und mich erst recht nicht beschimpfen. Ach ja, ich hab auch was mitgebracht.« Sie zog eine Medikamentenschachtel aus der Jackentasche und hielt sie ihm unter die Nase. »Tabletten gegen Seekrankheit.«

Jetzt fuhr auf dem Deich ein alter Mercedes vor, der Coldewey sehr bekannt vorkam. Spengler stieg aus und kam den Weg herunter, während Friedberg am Steuer sitzenblieb.

»Mein Gott, Herr Spengler! Mit Ihnen hätte ich zu allerletzt gerechnet.« Coldewey war bewegt.

»Ich werde mir doch eine Schiffstaufe nicht entgehen lassen, lieber Jörn. Endlich können wir uns, wie das unter Skippern so ist, ›du‹ sagen. Trinken darf ich zwar nichts, aber dieser Genever soll dir gut schmecken.« Er überreichte Coldewey eine eingepackte Flasche. »Mast- und Schotbruch und immer eine Handbreit Wasser unterm Kiel.« Sie umarmten sich.

»Wer hat dir denn Bescheid gesagt?« Coldewey hatte Tränen in den Augen.

»Na, wer wohl? Deine Frau natürlich.«

»Ich fasse es nicht.« Coldewey schüttelte den Kopf.

»Ansonsten mach dir nicht zu viele Sorgen. Wenn deine Frau wieder zu dir zurückkehrt, kommst du bestimmt mit einer Bewährungsstrafe davon. Übrigens haben wir die Metzner immer noch nicht gefunden. Wir haben fast die ganze Wümme abgesucht.«

»Wieso bist du so sicher, daß sie ins Wasser gegangen ist?«

»Weil es alle Bekloppten ins oder aufs Wasser zieht.«

»Wenn du dich da man nicht täuschst.« Coldewey lachte. »Weißt du, was mich am meisten irritiert an der ganzen Geschichte? Daß andere ein Bild von dir in sich herumtragen, daß mit deiner eigenen Wirklichkeit überhaupt nichts zu tun hat.«

»Das ist mir zu hoch. Ich bin nur ein einfacher Polizist. Mach's gut, Jörn Coldewey.«